十种寂寞

简媜 著

中信出版集团 | 北京

图书在版编目（CIP）数据

十种寂寞 / 简媜著. -- 北京 : 中信出版社,
2021.8
ISBN 978-7-5217-3271-9

Ⅰ.①十… Ⅱ. ①简… Ⅲ. ①短篇小说－小说集－中
国－当代 Ⅳ. ①I247.7

中国版本图书馆CIP数据核字(2021)第125930号

十种寂寞

著　　者：简媜
出版发行：中信出版集团股份有限公司
（北京市朝阳区惠新东街甲4号富盛大厦2座　邮编　100029）
承 印 者：三河市中晟雅豪印务有限公司

开　　本：880mm×1230mm　1/32　　印　　张：10　　字　　数：160千字
版　　次：2021年8月第1版　　印　　次：2021年8月第1次印刷
书　　号：ISBN 978-7-5217-3271-9
定　　价：48.00元

目录

猫头鹰出来的晚上

小灯泡不够亮，

仿佛一句听不清楚的梦话。

晚秋的夜已经深了，

露珠一颗颗凝结。

阿金满十岁一个月那晚，躲在一棵桑树上，一只猫头鹰陪他。

月亮出来了，从树叶间望去，像在哭。他咽了口水，猜想现在所有人应该都吃饱了，连猪也吃饱了，鸡鸭更不用讲——每天晚饭前，阿嬷一定叫他“去把鸡鸭饲一饲”，所以他家吃饭的顺序是：鸡鸭、小孩、猪、阿嬷阿母（这也不用讲）。

他不喜欢喂鸡鸭，尤其对那群四处闲逛的小鸭仔很生气，他得持竹竿口念：“鹅爸爸爸爸，鹅爸爸爸爸……”赶它们回后院才能喂。

有次，一只小鸭仔不听话，呱呱叫往别处跑，好像要找它老母。他发火，高举竹竿像武侠片那样挥下去，哪知就这么把它打昏了。阿嬷远远瞧见，小跑步抄田埂赶来急救那只鸭仔，无效，一把抢过竹竿替那只鸭仔报仇，一竿直接落在他肩头，好像那只死鸭才是她的长孙。

“我打死你，我打死你，叫你饲鸡鸭这么不甘愿！”

他两手护着头、蹦蹦跳跳一溜烟逃了，好在只沾到一棍而已。他跑，阿嬷在后面追，校庆两百米赛跑的奖状就是靠平日祖孙长跑练出来的。阿嬷战败，一肚子气没出完，指天恨地骂他："夭寿死囡仔，好胆不要给我回来，我没把你剥皮装粗糠，我就输你！"

这还用讲吗？不回去睡哪里？当然要回去啊。小时候闯祸听到阿嬷的狠话吓到哭，经验老到之后，他把这种状况当作"巡田水时间"，既然暂时不能回家，那就到处巡巡，反正外面天大地大没有栏杆。

他最常巡的地方是几畦田之外的阿郎哥家，茂密的竹围里，跟他家一样是单户。阿郎哥到处当小工，他老爸早死了，与一弟一妹过活，很少见到他们的老母。阿郎哥的弟弟有点不灵光，讲话不清不楚，年纪虽然比阿金大，但傻傻的很好欺负。阿金不会主动欺负他，但也不敢讲有时候嫌他勾勾缠可能赏给他一个小拳头，说不定两个也是有可能的。

阿金喜欢在阿郎哥家晃，没有大人啰里啰唆赶他回家，晃来晃去就变成自己家。他勤快地帮忙挑水、顾灶火，帮阿郎哥管一管那个憨弟，好像他才是他的亲弟弟。这时候的阿金应该是天底下最乖的小孩，他忍不住幻想：消息被晚风吹到校长耳中，不对不对，是校长正好骑车经过这里，看到瘦瘦小小的人影挑着两只水桶，从背影一眼看出是自己学校的学生，心中很不舍，停车一问，居然是帮没父没母的邻居挑水，当场拍拍他的头流下眼泪。第二天朝会唱完歌、升好旗，校长喊他上台，含着眼泪当着所有老师、学生的面，把他的善行讲一遍，表扬他好善乐施，是全校模范生，要大家向他学习，“啪啪啪”鼓掌声响起……不对不对，校长没有那么爱哭，不过，掌声“啪啪”应该是有的，而且停不下来。灶火也烧得“啪啪啪”，火光照着他的脸又热又红，露出一朵自我陶醉的微笑。负责炒菜的阿郎哥的妹妹骂他：“阿金仔，莫再添柴啦，你眼睛糊到蚬肉喔，没看见鼎内是空的吗？”

虽然阿郎哥邀他一起吃饭，但他从不在他家吃。一来，没时没准去别人家吃饭很失礼；二是豆腐乳、萝卜干、地瓜叶跟自家差不多，没什么好吃的，不如回家去吃，赶快把这些东西吃完——应该没那么容易，墙角整坛整瓮都是腌渍的酱瓜、豆腐乳——最重要的是，估计阿嬷肚内那粒气球消了，天暗，鸟都知道归巢，何况是聪明的小孩。他跑回后院，先在井边洗净手脸，鬼鬼祟祟地从后门进屋，直奔厨房饱餐一顿。一日恩仇到这时刻算是一笔勾销了。

第二天上学，无须大人交代，他拎着那只小鸭尸弯到大河边竹林浓密处放水流。“下辈子，做人莫做鸭！”他学大人念咒相送，看着小鸭尸随河水往下流，仿佛开开心心地要去投胎，经过一个漩涡转两圈沉下去了，像进去有神明居住的地方。既然来到河边，当然要放下书包玩一会儿：摘一两枝野姜花插在田埂上好像它们跑出去兜风，勘察树上有没有超级大只的天牛、金龟子可捉来跟同学炫耀或干脆脱掉制服下去摸几颗蚬仔。此时当然不能把蚬仔带去学校，离水会死，他把摸到的一把蚬仔埋在一处，再折树枝插在岸边做记号。布置好这个只有他与河知晓的秘密基地让他很得意，好像埋入的是载满稀世宝藏的沉船一般，他是大家都没想到的那个真正拥有权力与财富的人，为此，他当然必须更慎重地搬几块石头围住蚬仔，免得它们被水流冲散。这件小工程耗去不少时间，他感到太阳变热了，如梦初醒，匆匆整装跑去学校。真糟糕，正在唱歌，听到歌要立正不能动，可是不动的话怎么跑？他不管了，反正动也是打，不动也是打，早点到校早点打。老师的脸色不好看，表情像吃太多番石榴籽有点便秘，接着请出棍子叫他站好不要动。他很听话，最主要是经验告诉他，此时不要动就是打三下结案，要是又动又躲，刺激老师的欲望——他发觉每个大人一大早都有打小孩的欲望——至少五六下才收棍，更重要的是，千万不可用手去护屁股，不然棍子打在手背上更痛。屁股肉多本来就是用来被打的，这种人体设计他从小就发现，而且知道当棍子快要落下时，快速把屁股肉绷紧再往前微缩一下下，好像跳土风舞要跟舞伴配合，那就根本不会痛，不过时间要抓得刚刚好，他靠多次练习已经很熟练，心里很得意。三下打完，他向老师一鞠躬说："谢谢老师。"笑嘻嘻地回座位，他一向很有礼貌。

他很习惯这种三餐饭前饭后加上睡前都可能看到棍子倩影的生活，这是小男生的童年标准配备，大家都这样，无须抱怨。他跟厝边隔壁一起长大的男孩们有个默契，到校不提在家被打，回家也不提在校被揍，谁敢违反江湖规矩（例如有一次，有人说溜嘴，"阿婶，你家阿金今天被两个老师打"），寻得适当时机，苦主是可以把"抓耙仔"（间谍）打一顿的。这，也算是小男孩世界里微薄的福利吧。

他又咽口口水，肚子叫得咕噜咕噜的。这棵桑树长在离他家后院十步远的地方，靠近草垛，也靠近隔壁阿婆家的鸡寮，再过去是她家厕所，这几个地方都跟食物无关。数代之龄的老桑树长得高大，枝叶茂密，当然，高树永远张开手臂欢迎"猴死囡仔"来爬。尤其是桑葚成熟之时，他与弟弟、妹妹争相爬树采食，常吃得浑身红紫。他的爬树技术最好，总能吃到高枝上一颗颗黑晶油亮的桑葚，甜死人的美滋味。这么一想，嘴内注满口水，只好又咽下。不过，这时节桑树上只有叶子，还有一群比他还饿的蚊子。

其实，他根本没想要躲这里。

刚刚，阿嬷发狂般从竹帚抽出一枝细枝，每个小孩都知，这是最狠毒的武器。他一见，立即变成一头小牛犊往后门逃窜，经过草垛、菜园、稻田，上了小路，继续依本能往学校方向快跑，速度比上次运动会夺得两百米冠军还快，而且这次没穿鞋——不，本来穿拖鞋，一跑，鞋子不知丢哪里去——他真的跑到学校门口才停下，迎面碰到校长牵出摩托车，把公文包绑在后座要下班。

“校长好。”他说。

“放学了，怎么还没回家？”校长的话藏在噗噗噗的机车发动声中。

“我去阿姑家拿东西。”他撒谎。

“好，快回去听到没？功课要写，听到没？”校长说。

“好。”他说。没撒谎，他也想快点回家，天在黑了。

阿金只好往回家的路走。经过阿姑家，姑丈看到他，问：

“放学了，你怎么在这里？”

他只好再撒谎：“我去学校一下。”

“快回去，天黑喽。”

“好。”没撒谎，他真的想快快回家。国文、数学功课还没写，明天免不了又要挨两个老师的两种粗细不同的棍子打。打就打没什么，偏偏他们三餐吃饱饱的力气都蛮大的。但眼前他没空想那么多，今晚阿嬷的棍子先挨了再说。他觉得做小孩好烦，到处都有要打他的人。

可是，他一万个不甘心挨这顿打——那个阿福早就欠修理，这笔账拖到今天算清楚有什么不对——阿福流鼻血，他的手臂也被那家伙咬掉一块肉，凭什么阿福他妈带小孩上门理论就赢？他自己包扎伤口默默吞忍就输？凭什么大人一看到他就齐声骂“坏小孩”？

平日大人骂也就算了，隔壁班那个阿福有什么资格骂？最近阿福看到他竟然嘟囔一句：“没老爸！”声音虽然不大，他听到了。起初不予理会，没老爸就没老爸，这也是事实，不然要怎样？老爸又不能复活。

没想到，这家伙吃了熊心豹子胆，越骂越长越顺嘴，有一天放学出了校门没多远，这家伙光明正大冲着他的脸用不屑的表情骂：

“没老爸教示，死阿金仔，你以后没出息，去做流氓啦，要不，去捡牛屎。哈哈哈，捡牛屎……”

“你皮痒喔？”他不禁握起拳头。要知道，他虽然一天到晚被打，不代表他没有自尊心。

他朝阿福吐一口痰，偏头瞪他，握着的拳头没松开。但这个地点不适合动手，离学校不够远，要是开打被抓耙仔跑去告诉老师，人家没听到阿福骂他的话只看到他打阿福，他岂不是要屁股开花了。更重要的是，眼下急着回家放屎，肚子里装大便的时候用力打架怕会挫屎，这笔账先记着。他走没几步偏着头回瞪阿福，伸出一根手指用力指着他，用江湖上的肢体语言来讲，就是“你给我记住”。他曾在电视连续剧上看过黑道大哥使出这个动作，很有威严，没想到今天居然用出来。他很得意，蹲茅坑时还再指了一遍，又一遍，配合一面用力，更有威严了。

没想到阿福以为他怕他，今天再骂：“没老爸就是没老爸，去捡牛屎啦！”

这是怎样？是布袋戏讲的“宣战”的意思吗？下一句台词当然就是：“你这个畜生呐，纳命来！”

阿金看一眼淡蓝转灰的天色，还早，风微微地吹，路前路后正好都无人，这款好时好日蛮适合打架的。

他把书包、帽子重重地往地上一丢，气势先做出来，完全不必卷袖踢腿暖身，直接像豹子一样飞扑过去，将阿福的脸压在地上吃沙。阿福反击，两人先互相抓头，因为头发太短改抓耳朵再扯衣服，一阵翻身跨腿骑坐，阿金很幸运得到空隙挥出存放许久的那一拳，但阿福也不是卤肉脚，张开一口利牙咬鸡腿一般朝他的左手臂咬下去，两人都挂彩。

阿福流鼻血，捂着鼻子坐在地上哭。阿金用右手捡起书包、帽子及掉出来的弹弓，左手应该是废掉了，走田埂回家。没哭，男子汉不随便哭，但全身都痛，头晕晕的，拜托，男子汉也是肉做的好吗！

他以为账算过就好了，一点皮肉伤不算什么，直到阿福的阿母带他上门，一脚踢开板凳，像个疯婆大呼小叫：“你看，你孙阿金仔要好好教训，你看你看，这里、这里，还有这里，无缘无故把我家阿福打成这样，要给他死吗？”他才了解世间事永远未了。接着，换阿嬷像个疯婆子抽出竹扫帚细枝要找他算账。

薄薄的月亮升上来，田野间蛙鼓、虫鸣喧闹。他从学校踅回，脚步越走越慢。一路上骑脚踏车陆续下工返家的乡亲叫他的名字，他也礼貌地招呼，叫阿伯阿叔。黑暗中因为有来往的车声人声并不孤单，反倒有萍水相逢的暖意，好像所有的烦恼都是一阵风罢了，吹过就好。他相信就是这样，甚至轻快地一蹦一跳起来，阿嬷的气应该消了，肚子好饿，吃得下三碗只配豆腐乳的饭。

他依照以前的法子，在井边洗净手脸，基于一种想要痛改前非、睡一觉起来变成一个用功读书的好孩子的决心，把耳朵背、膝盖、脚指头也搓得干干净净。

他轻轻推着后门，却发现那扇木门被拴住，拴得死死的。

他惊慌得哭了。走来走去，试图从窗户窥视家里情形，人不够高，像皮球一样弹跳，惊动竹丛下酣息的鸡鸭。此时这些平日得他手挥脚踢的小家禽竟比他安稳，好似它们才是家中一分子而他是谁都讨厌的野种。

窗内是“吃饭间”，没开灯，往前那间是客厅，灯似乎是亮的，但看不到人。他小声地喊弟弟、妹妹名字，无人回应，渐次大声，用手拍门，依然死寂。他不顾手臂隐隐作痛奋力攀爬窗户，这一看，连客厅也是暗的，要不是猪圈飘来的屎味证明这里有人有猪居住，整间屋子就像被恶鬼弄倒的砖块堆。晚风拂过竹丛发出沙沙声，更添荒凉。

一定是这样，阿嬷带着弟弟、妹妹离家出走，把他遗弃了。

阿金急得往前门去探，门也落锁，果然是这样。

黑暗中，他一面放声大哭一面在晒谷场转圈圈，忽然被竹丛下蹿出的鸡群拨开脚步，一提脚就这么往外走，走了一碗饭工夫，定神一看，两只脚带他来到阿郎哥家。

月光照着竹丛以及无人居住的砖屋，他们已迁至较好找工作的热闹镇上。阿金记得，搬家那天，他从后院远远地看到阿郎哥拉着放满家具的手拉车，一弟一妹在后助推，朝天边海角的方向去。那天，他原本龟缩到比三岁小孩还脆弱，不敢去说再见，后来看到他们快弯出路头，不知从哪来的勇气抄田埂追过去，像一只勇猛野牛弓起背用尽力气推那过度沉重的车体。阿郎的弟、妹欢叫：“阿金仔来了，阿金仔来了！”顺势放手休息，好像阿金要跟他们一起搬家。

“阿金仔。”阿郎哥叫一声，从疲惫的眼神中撑出一抹欣慰，像看到亲人。

阿郎哥身上斜套着拉车皮带，像拉一条沉船般迈不快脚步，有阿金助推，忽然轻盈起来，两人越走越快，竟像兄弟俩一起去行走江湖。直到不能再送，“好喽，阿金仔，你回去。”就这句话，阿郎哥讲了一次两次三次四次，阿金终于停住脚步，看着他们去一个阿郎哥懂得的地方，而他必须回去他不懂的村里。忽然，阿郎哥放下车驾，从车里一个布包抽出一样东西，小跑步过来交给他：“给你修理麻雀。”是一把他自己做的弹弓。目送他们的车体弯上通往遥远市镇的柏油路，他想，等他长大把不明白的事情都搞懂了，他也要去天边海角。

今天，他也用到这只弹弓，捡一团硬土块当子弹，用废掉的左手握住弹弓，右手放弹，给倒在地上的阿福补上最后一击，修理这只大嘴巴麻雀。他有遵照阿郎哥的吩咐打脚不打脸，这一弹让他稍为感到爽快，好像有个隐形的哥哥出来帮他出一口气。

漆黑太深，像沉睡巨灵吐着一股霉湿味，把月光也呼得虚弱起来。废屋原有两扇门片，如今只剩一扇，另一扇坏掉的在前次台风后被农人拆去架在小河上当桥，这些他都知道，他常故意去走那桥，来来回回绕，好像进进出出阿郎哥家一样。此时，他觉得跟阿郎哥一家好接近，其实他根本不知道他们去哪

简熙 / 绘

里，他感到接近，因为觉得他跟他们一样都是人家不要的人。

这一想，他又哭起来，在废屋四周绕圈子，绕到前院草丛，蹲下来边哭边拔草，鸡冠花、鸡屎藤被他一把一把地拔除，最后手停在一棵小树苗上。它很顽强，一动也不动，似乎以顽强来安慰他，他不服气用两只手拉，边哭边拔，终于拔起来了。他提着这棵顽强的树苗让两只脚带他踅回自家后院，他在井边擤鼻涕时看见几只萤火虫绕着桑树附近低飞，好像刚回家的人。

忽然，听到熟悉的哭声。

他听到阿嬷的哭诉声，对着放在客厅墙边他病逝的父亲的灵堂。阿嬷一有辛酸事就蹲在她独生子灵前痛哭，泣诉她多么命苦，老了无依无靠，看着孙子一个比一个小，无老爸教示，学好学坏拢不知，叫她怎么办才好！

他好高兴，攀着窗户看，客厅那边是亮的，显然他们都在那里。心里有一条小通道穿透砖墙连到那儿，他马上被哀凄的哭声缠住，靠着墙蹲坐地上，也哭得一把鼻涕一把眼泪。虽然隔着厚厚一道墙，但跟阿嬷一起哭泣让他有安全感，不再觉得被家人遗弃。

他专心地哭，由于思念在外地工作的母亲，因此哭声之中除了伤心别有一层倾诉的意思，仿佛只有阿母能了解他的委屈，偏偏她不在家，脾气暴躁的阿嬷除了打骂没第二句话，要是阿母在就好了。

阿金哭着哭着竟打起瞌睡，不知过了多久，门闩拉动、木门“咿歪”而开的声音让他惊醒。他像一只小花豹，迅速奔到草垛后面躲着。推门出来的是阿嬷，她到井边擤鼻涕、洗毛巾、擦脸，重重地叹了气，接着进门去了，喊孙女孙子吃饭，都半暝三更了，阿嬷的声音哑哑的。

阿金支耳听，木门“咿歪”关上，重重地又落了闩，锁住。

他闷闷地站着，不自觉地抽取稻草、丢掉、再抽一束……天彻底黑了，举目望去是无边无际的夜幕，只有一两处竹园透出微光。没有人声，只有忙碌的蛙鼓、不眠的夜虫。

阿金踱到桑树下，搓一搓脚，专心打死几只蚊子——我饿了没得吃，你们饿了居然可以吃我——接着，背靠树干，忍不住探头望一望后院那扇门。黑暗中，看不出动静，但他看到窗内有了灯光，想必他们都在“吃饭间”吃饭。

他抱着桑树，仿佛这树是阿母，不，是他死了半年的阿爸化身。他本能地踩着枝头爬上树，身手灵活像一只猴子，疲倦的猴子，坐在高处稳当的位置，树完完整整地笼罩他，有依有靠。他嘤嘤地哭出声，用脏手抹眼泪抹得脸也脏了，忽然从树叶间看到月亮，水水的，仿佛也在哭。

一只猫头鹰不知何时飞来，栖在阿金家屋顶上，面朝着他，一动也不动。阿金先看到月亮然后看到它。如果是平时，一定兴奋地爬上屋顶想抓它，就算抓不到，朝它做鬼脸吼叫吼叫也很好玩，但现在他没心情捉弄这只“暗光鸟”，相反的，他一点也没想到捉弄，反而觉得只有这只猫头鹰知道他的委屈，特地飞来陪他。他对着猫头鹰哭，好像它是他唯一的朋友，嘤嘤、呜呜，哭得太专心了，眼泪糊掉视线，黑夜变成幽深的海。

不知哭了多久，阿金坐得酸了，挪一挪位置，一晃眼，隐约看到一条高大人影从草垛边闪过，他的心脏被捶一下似的紧张起来，是鬼吗？他抱紧树枝，现在不是农历七月半，但是田野间到处都有孤魂野鬼，等着捉短命人。他阿爸就是被恶鬼缠上，才会很快病死。

“阿爸！”阿金小声喊着，他感到害怕，又嘤嘤地哭出声，如痴如醉，希望阿爸在他身边，随即想起阿爸死了不可能现身，更是伤心地又喊了三次“阿爸，阿爸，阿爸……”

“落来，露水重了，会生病。”

阿金停声，听到有人叫他下来。低头看，没半个人影，望向屋顶，猫头鹰不知何时飞走了。刚刚是猫头鹰对他说话吗？视线被树叶遮住，他干脆跳下来巡，从竹丛、草垛到桑树，全无人影。他仰头看了看树，黑的天，只有银闪闪的月亮挂在树叶间。

既然下来，他自然朝后院那儿探一探。挂在木门外面的那颗五烛光小灯泡是亮的，照着窗台上，似乎有一碗饭的样子。

阿金什么都不顾了，急急去看，果然是一碗饭，上面布满青菜、萝卜干，不知是谁放的。萝卜干的咸香刺激他的鼻腔，像母亲牵小孩的手般牵动他的肠胃。他坐在地上，专心扒饭。米饭香味完全占据他的心，让他忘记种种不快之事。这真是奥妙极了，来自土地的五谷杂粮竟有不可思议的力量能立刻安慰一个受委屈的小男孩。大概因为这土地经过他的高祖、曾祖、祖父及阿爸亲手耕种，将来也要传到他手上，所以即使四代男人都亡故了，他们的祝祷与愿力仍旧存在于土壤里，借着米粮灌注到他的小身体里，暗中支持他抵挡眼前风暴。阿金吃个精光，仿佛把阿嬷阿爸阿母弟弟妹妹都吃进肚，连十五只鸭九只鸡三头猪也吃进来了。他满足地摸一摸隆起的肚子，走到水井边洗碗筷。

他望着不远处那棵桑树，夜风吹过，好像有人躲在树后，不出声，看着他。

小灯泡不够亮，仿佛一句听不清楚的梦话。晚秋的夜已经深了，露珠一颗颗凝结。

夜更深了些。阿金背靠墙壁坐着，困了，也觉得凉，打了大呵欠，正想躺下来睡觉，忽然不知怎的站起来，试探地伸出手推一推那扇木门。

门没锁。

黑夜

晚霞在天边烧得橙红，

早月已升空，

这时分正是倦鸟归巢的时刻，

唯独他在秋风中朝向未知的暗路。

1

拍桌声，“安啦！”

“有我黑三在，这摊大的，稳赚！”原本敞开的衬衫，经他这么一拍，扣子又往下溜开一个，露出肩头半条不知是虎是猫的尾巴刺青。

“来来来，干啦！”唤作“落脚仔”的高瘦男子顺势举起酒杯，碰了黑三及阿郎的杯，三人仰头饮尽。昏黄灯色下，脸色都泛出猪肝红，一手夹烟，喝完酒立刻吸一口，喷出灰雾，预先庆祝丰收。

这三个未到服役年龄的年轻人，曾在同一间以管教严格著称却效果不彰的穷乡中学落脚过，也常在朝会时被训导主任叫上升旗台当模特儿，公然罚站示众。虽然各自犯行不同，却十之八九都同台，太阳底下站久了，不免在麦克风放送罪行的声浪中、头低低貌似羞愧的姿态下交换几句自家兄弟才会说的干话，因此日久生情，生出革命感情。水塘里浮萍与浮萍的交情都不是自己能决定的，往往跟豪大雨有关。三人先后因被学校记过满贯或是家中发生这般那般的困难而学业中辍，离开学校后失去音讯，再相逢，就是在白花花的太阳下、热滚滚的马路上，在一个无须躲避训导与教官、不必靠学历与操行成绩也可以活下去的江湖边缘。

将近子夜，黯淡无月的寒冬，小镇夜市已没什么人声，早过了店家拉下铁门的时间，几盏要死不活的路灯亮着，这时候会经过这里的人，不是迫不得已出门就是无家可归。

挨着夜市边界一处无须付租金又不必被驱赶的三不管空地，挤着两摊小吃。为了营生空间宽阔些，两家说定，卖车轮饼的白天开卖，小面摊从黄昏开火到夜宵。这时刻不可能有人来，老板也不希望再蹿出哪个三头六臂的饿鬼要他煮面。他女儿是唯一帮手，她此时双臂环抱上身，歪头靠在不远处民家墙边打盹。她身上那件外套单薄了些，煮面时哈着热气跟夏天似的，要是打盹那就是结结实实的冬天，冷气流不放过任何人。他看了心疼，那面墙后是茅厕，比臭豆腐还呛，若不是累瘫谁也受不了那股一直攻击鼻腔的骚臭味。他也烦，这三个少年仔是常客，有他们光顾是好事，但一来就喝到凌晨还不散，跟暗光鸟一样，七月半的鬼都比他们早睡。他尤其不喜欢那个叫黑三的，动不动两只眼睛扫他女儿胸部。他不止一次跟女儿讲：“你眼睛要睁大一点，以后千万不要交那种混江湖的，一辈子衰。”还好已托远房亲戚帮忙留意，说不定过完年后她将到台北工作，不必再跟他陷在这个饿不死吃不好的面摊里一世不能出脱。他打了呵欠，把剩下的面条一束一束地塞进塑料袋，锅碗瓢盘都收妥，就等这一桌完结。

“春如，拿啤酒来……”黑三的声音。

“春如累了在那边眯着。够了啦，要收了，这么晚……”老板好言好语。

“想死啊？叫你拿来你就拿来！”

他双手不自主地往围裙上又搓又揉，提起脚却不知该怎样迈步，还是弯腰心不甘情不愿地拉出一瓶啤酒，趁机嘟囔一两句。

“不过，黑三，万事还是谨慎一点好。前不久，碑头那一帮才被料理过……你知道的。再说，那只老猴也不是三岁囡仔，恐怕没你想的那么简单。”

有一双不成比例的长腿因而得到“落脚仔”绰号的他，比其他两人多一份小心。好似腿长天生看得较远，能辨识结实累累的果树高枝深处有潜伏的暗箭等着。四个小时前，他们分别乔装成路人、工人到“业主”宅屋周边勘察，确认被前波强台风扫坏的后院铁门尚未换新。他们早就锁定这只肥滋滋的老猴，其单纯规律的生活模式也渗透入他们的作息中。好一阵子以来，这位八十靠边的有钱老头好似跟他们一起生活，至少对负责摸清他作息的阿郎来说是如此。他任何时刻看手表，都能推算出老头现在正在往餐厅的路上，还是看过连续剧进浴室正要洗澡。如今，带给农渔业惨重灾情的强台风提供一个破口，倒像老天爷给他们一次千载难逢的机会。

“落脚仔，什么时候吃到女人口水变缩头乌龟，一点胆也没。放心，我全准备好了，软的不行来硬的，就算他是孙悟空也逃不出如来佛的手掌心……”黑三那张脸现出狰狞奸笑，他侧身斜向落脚仔，低声说，“要是真不行，一不做二不休……”黑三竖掌猛力比出一个斜切的手刀，仿佛刀下人头落地。落脚仔持筷夹着的豆干落到桌下，眼珠瞪得像龙眼剥去白肉之后的黑籽，舌头就像碟子上卤得烂透的大肠，吊在两排牙齿之间。

“干！”啪的一声，筷子被压在桌上，阿郎倏地站起来，瞪着黑三。黑三那个斜切手势激怒了他，说好的，谋财不害命。桌上空酒瓶撞在一起，差点跌个粉碎，空气在瞬间凝固。黑三猛地灌一口酒，也站起来。

“少年仔，拜托别这样，我生意还要做……”老板手里牵着油污围裙，不知道该冲着黑三还是阿郎为难地摇头摆手，活像一只落水狗。

“有话坐着说，再商量再商量，自己兄弟，统统是自己人嘛……”落脚仔慌了，用力把阿郎按坐下去，再去按黑三的肩头，这两人从未这么僵过，他忙着按左按右，好似他们是他抽筋的两条腿。

黑三慢条斯理地张开那两片厚唇，嘴角刻意地压弯着，从齿缝间迸出话：“男子汉大丈夫，要干就干彻底。若像老鼠看到猫尾就破胆，我劝你回家温棉被算了，走这途，不狠无路！”

“黑三，少讲一句，阿郎心情不是很好，算了算了，自己兄弟，再商量再商量……”落脚仔用手肘推了推黑三，场面总算缓下来。

“家私我准备好了。”黑三的声音冷酷地刺入夜风的心脏。付过钱，各自无声地散了。

阿郎凝视远处一盏朦胧的路灯，年轻瘦削的脸有太多棱角，好像会割人，也像被什么力量硬是削出来，浓眉纠在一起，杂乱的发丝垂覆额头，血丝在他眼里结网但掩不住眼珠的黑亮，他的眼神看来遥远，漫着一层迷茫，像那一盏路灯。紧闭着嘴，一句话也不吭，沉默惯常是他的武器，也是唯一藏身的地方。

2

最后一次勘察地点后的傍晚时分，阿郎随便找一家自助餐厅吃饭，出来时带两个便当。冬风像一匹饥饿的狼，迎面扑进他微暖的胸膛。

老旧公寓顶楼，加盖的一间漏雨小房间。屋内黑，开灯，只见桌上散开的作业簿、铅笔及没吃完的泡面、萝卜干，好似底下有洪水猛兽，所有的日子都堆积在桌上，旧的新的生的熟的香的臭的，堆久了自成半壁江山、熟悉的小窝。六七坪破烂小房间，夏热冬冷，散着久未打扫的霉味与厕所飘来的尿骚臭。地上摆几个小桶小盆，随时准备承接雨水，桶子不够多，摊着几件破衣吸水，像阵亡者无人收尸。壁上叠挂大大小小的衣服，又是短袖薄衫又是套头毛衣，穷人家的夏天和冬天是一起来的，四季没什么意义。没有床架的双人床底下铺塑料布防水气，床上蓬着两条太空被，被子里还藏着一件黑外套，没套子的枕头清楚可见黄渍霉斑，倒也不妨碍睡眠——累极的人只求一处淋不到雨能躺下来的地方，至于让他躺平的是床还是地板，没差太多。唯一的一张单人沙发上，家用杂物堆得像小丘，那沙发无辜地拐了一只脚，不知是捡来时就如此还是被压垮。其实，对受伤的人或物而言，怎么受伤怎么弄坏的都不重要，重要的是，把日子过下去。

门推开，声音像打破玻璃似的流出来：

“哥，肚子好饿。哥，我跟你说，阿弟又跑去打电动，输十几块，我叫他不要打，他一直打……”

他没吭声，装满一壶、一锅水搁上瓦斯炉，静静地开了瓦斯，这两个总有三天没洗澡了吧，刚一进门，一身油垢臭比垃圾桶还呛鼻！

“哥，你你不要听听她乱说，我没没有咧！她偷偷偷我的钱都都不讲，不不要脸！”

“我没有偷你的钱，你自己丢掉的还说，我什么时候偷你的钱？你有看到？”

“有有有啦，昨天晚上，我睡睡觉了，你起来小小便就偷的啦，哥不不在，你就就偷啦！”

“大舌猴大舌猴黑白讲，我根本就没有！”

“你你你有有有……”

“没有！”

“有有……”

“砰！”他使劲盖上锅盖，水满出来洒在瓦斯炉上，炉火嘶的一声消了半圈。

两姐弟同时住嘴，互相给对方指责的一眼，无言地一个坐桌边、一个坐床上吃着半冷的排骨便当。

他背对他们，蹲在厨房门口抽烟，深吸一口，缓慢吐雾，好似要把整个肺部吐出来，结果吐出的是埋得不够深的郁闷，故又追加一声旁人难以分辨的叹气。几只大蟑螂光明正大地在他眼前逡巡。他盯住，右手拔下脚上拖鞋，待刚吸入的一口烟喷出后将扑杀其中一只。这不知死活的丑物并不知仅有两秒钟可逃，他将烟蒂弹入洗碗槽正要动手，蟑螂已遁逃无踪。是谁指点它们巧妙地掌握他仅有的两秒钟犹豫逃过一劫？为何他从未遇上这种仁慈？

3

不，不是他，是他老爸没遇上。

高瘦的阿爸光靠祖上没败光剩下的一块贫瘠田地很难养活一家，常年至邻镇渔港随渔船出海作业，久久才回来一次。阿郎只记得他身上飘散难闻的鱼腥味，他在家的时候整座竹围都笼罩在海盐、鱼腥交糅的气味中，大麻竹的叶片顿时都像鱼群在风中乱游。晚上，他看见寡言的阿爸蹲在地上叼着烟，凑着昏黄灯光用拔鸡毛的小镊子清理嵌入脚趾缝的鱼鳞，微拱的背撑开汗衫上大大小小的破洞，也像鳞，那样子好似他本来是鱼，短暂回到陆上当人，终究还要回去有盐分的海浪里。

那寻常的一天应是年关将近大家开始忙乱之时，也是他母亲盼着讨海男人捧回钱财把旧账清掉、宽裕地采买年货给孩子添新衣过个丰年的时候。傍晚，晚炊刚开始，一队陌生人由乡亲带路来到他家。穿警察制服的两个人围着母亲不知说些什么，只见她哀号几声昏厥过去。他们协力救醒她之后立刻分派搭车方式，不顾及他还是个小学生根本没能力弄懂事情便架起他往摩托车后座一放，叫他抱紧前座警察的腰部，说是要去“认尸”。

他们被带到山边一处菅芒草高掩的地方，一辆挂着破藤篮的脚踏车倒在不远处路上，天虽黑，他认出那是阿爸的也是他借以学会骑乘的车。人声嘈杂，从田地收工路过、尖着嗓门咒骂是谁这款没天良的妇女，呵斥围观人群退后的男人声，纷纷攻击他的耳朵。接着的事他都不记得，只记得有人用力推他向前，面对地上那一团黑影，他就要看清楚时猛地被母亲捂住眼睛往她腰后一拉。他被母亲的手臂夹得发痛正要挣脱，那手臂忽然松了，伴随一声呼叫丈夫名字，母亲昏过去。他的眼睛乍从黑暗中睁开，手电筒光线下，第一眼看到的是一个斜躺在凝固血泊中的男人，胸膛上插进一把断刀。

这是他最后一次看到那尾以人的形象做了他父亲的鱼。

那晚，山边五六户人家都派出代表看过这个陌生人的遗容，最有可能在这区域活动的农人在热心乡亲火速查访下，没一个人能提供任何异常情节，连一根发丝的线索也没有。最后，大家异口同声推荐田边的土地公，纷纷见证它的神迹，说它是破案的唯一关键。他与母亲在土地公前下跪、磕头，围观的人群你一言我一语帮着陈述案情、咒骂歹徒之凶残，激烈的情状让人相信泥塑神像也会在愤怒下变身为持枪彪汉，为孤儿寡妇做主，下一秒钟就把杀人犯重重地摔到大家面前。

次日起，渔港那边吹过初期震惊、惋惜的风之后，接着便有一波又一波隐在称赞死者是古意之人背后的小话传扬开来。赌这个字后劲强大，起初是四色牌，接着加入骰子、麻将，传到他母亲耳里时小赌客已变成大赌徒。传言积欠的赌债是天文数目还沾到地下钱庄，但无人敢来向孤儿寡妇追讨，免得遭受嫌疑，听说自认倒霉的人遍及渔港的每一条船及隐在妓女户内的赌场常客。这传闻多少解释了这个寡言男人常年在外跑船却无法像其他讨海人一样丰收的原因。

从那时起，母亲变了一个人。

母亲喃喃自语、忽而高声咒骂的次数频繁起来，最常被骂的是生来憨傻的小弟，只会喊饿喊渴的年纪加上那么明显的痴样，在太平盛世富含慈爱的家庭里或许别有一股惹人怜爱的天真，但在这个被衰神附身、村人视作前世造恶今生报应的破落户里，只能得到“怎不跟你无用老爸一起去死”的咒语。

大约是次年中秋节前，他跟母亲依例去市场卖菜。她挑担，他骑那辆父亲唯一留下的财产脚踏车，用塑料绳缠好破藤篮，前篮后筐可装下不少菜货，颇有流动摊位的架势。

母亲坚持带憨弟一起去。

依例他们分头叫卖，流动菜贩的路线不定，大抵在市场周边活动。他脚勤，很快卖完一车又回家补第二回，待售完回到家已是午后，直接累倒在床上睡到黄昏。

妹妹摇醒他，告知阿弟走失了。他冲到后院井边，母亲低着头，发丝散乱，两手机械般刷洗衣服好似木匠刨木头，喃喃自语：“真失礼，老爸没路用，老母也没路用，去找好家庭，免随我吃苦。”

他忽然心里有数，不发一语，骑脚踏车冲出去，两只脚还踩不到踏板底竟能在碎石路上飞驰起来。晚霞在天边烧得橙红，早月已升空，这时分正是倦鸟归巢的时刻，唯独他在秋风中朝向未知的暗路，他不知哪来的怒气对每个挡路的人狂拨车铃，即使前面是熟识的长辈也全然不管。

他进派出所。那些无用的穿制服警察抓不到杀他父亲的凶手，年节时只会在市场口驱赶他的车摊，此时却有一点用处。

简熙 / 绘

有个警察说，今日下午五公里外有人在水坝附近捡到一个哭傻的痴孩送过来，盘问许久，连住哪里、家中有谁、父母叫什么名字都讲不清，忽然一把鼻涕一把眼泪说老爸被坏人杀死了。翻查旧案，猜测跟去年那桩悬案的苦主有关，有个警察骑脚踏车带他去碰运气，刚出去没多久，动作快一点，说不定追得上。

他拦住他们，那警察松了一口气反过来称赞他够机灵。待办好认领手续，夜已黑透。警察给他们两个黑糖馒头，憨弟三两口吃完一个，他把手上那个也给他，也吃光。走出派出所，他向警察致谢，心里原谅了他们无能破案、驱赶他的菜车等种种积怨，而且坚定地想要做一个好人。

憨弟吃饱也放心，回程路上顿时困眠起来。他不敢骑改用牵的，让他趴在坐垫上酣睡。途中，不止一次停下来看他那张无邪的脸，能这么无忧无虑活着是一种天赋。他想起有一次午眠，被憨弟弄醒，他左脸靠近太阳穴有块拇指大的暗红色胎记，憨弟趴在床上抠它，下手不知轻重，弄痛他。他被弄醒很火大，一拳挥过去："笨喔，老爸老母给你什么就是什么，这是点油做记号，抠不掉的啦。"挨了一拳的憨弟哭了起来，他忽然一惊，天生傻也是父母给的啊，到底谁笨?

"老爸老母给的要接受，那生下我们这样的小孩，老爸老母能接受吗？"

简熙 / 绘

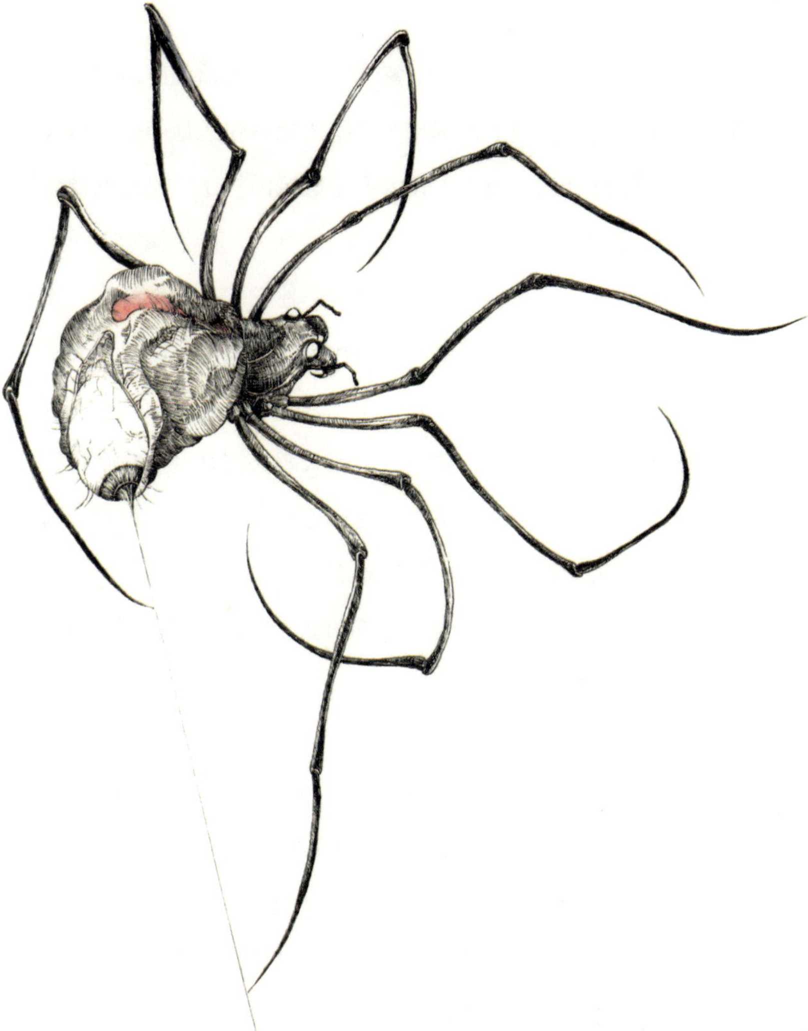

从此，他没再打过憨弟。

其实他想奋力骑车快点回家，肚子已饿得前胸贴后背，刚刚那个微热的黑糖馒头他真想一口塞入嘴里快乐地咀嚼，但自尊心阻止他这么做，他决不让人看见饥饿的样子，况且饱受惊吓的阿弟比他更需要靠咀嚼忘掉可怕的今天。一手扶车把一手揽阿弟肩膀，迈着越来越缓慢的脚步，他觉知自己就这么一步一寸地长大起来。思及母亲今天的作为，不敢多想她心中到底是厌弃他们还是疼爱他们，三个小孩是不是累赘把她困在无望的牢狱里？他流下眼泪，还好路上无人不必掩藏，以致在夜风中他确实闪过一丝念头，不如就这么连车带人、兄弟做伴一起冲入河里替母亲除去累赘。但这丝念头比蜘蛛丝还微弱，毕竟对一个刚上中学的男生而言，一堆功课等着做，下周还有运动会，他要代表班上跑两百米比赛，这是他该负责的，况且单单留下妹妹叫她怎么办？但他确切有了新认知，母亲迟早会离开家。“真失礼，老爸没出息，老母也没出息……”他直觉到母亲像在告别什么。那么，此时带弟弟往回家的路走，恐怕是最后一次清楚明白的温情。将来，家如果拆散，就不能称作回家了。

起初母亲离家数周才返回，留下生活费又不见了，接着数月才返，留下够他们省吃俭用大半年的钱又不见，终于失去音讯。他向几个可能知道行踪的人打听，每个人说的城市都不同，结尾都是一句无关痛痒的屁话：“好好照顾弟弟妹妹，用功读书，将来做个有用的人。”

这期间，他一面当家长管教弟妹，一面在学校当登记有案的劣等生，终于走到辍学、四处打零工那条通往未知的险路。起先他跟随一个装潢师傅习艺，受不了老板娘想尽理由克扣薪水、把学徒当作家中奴工使唤的恶行，熬了一年不干了，转往建筑工地干活。无意间竟在工地遇到跟随营建界大哥来洽谈业务的黑三、落脚仔，昔时升旗台上的好兄弟会合，这时的他们都已长成天不怕地不怕的青年。

他拉着手拉车搬家那天，“家”这个字散成杂草屑，被野风吹入水沟里。

但他不觉得悲情，没老爸老母，就自己当老爸老母，没什么了不起。

4

阿郎从床上拖出那件仿皮黑外套穿上，打开门正要挪步。

“哥，你又要出去？”这个早熟而且最会念书的妹妹，细小声音中带着一点撒娇与畏惧，她的脸在灯泡亮光中晕出不寻常的酡红，应是被冷风冷水刮伤。

“嗯。”阿郎的眼光有些逃避。

“哥，不要出去啦，昨晚房东有来，她要收房租，她说今晚还会来，脸很臭。”

“你跟她说，我这几天会给她。”带上门，他又折回，对两个看似无邪又比同龄孩子多几分生活刻痕的弟妹说：“我们会搬到好一点的地方。”

他在楼梯口顿了顿，接着像一支箭下楼。冬风更紧，他不禁缩着脖子，双手插入口袋，朝向希望之路。

行人不多，只有车辆偶尔划破厚厚的风袋，冬风便肆无忌惮地冷得更狠。

这样的晚上，应该围在热腾腾的桌边吃火锅，任由母亲为你夹了又夹。这样的天气，饭后只合窝在松软的被子里，做一些也温暖的梦。这样的风……阿郎感觉到脚指头似乎僵了一半，他用力吸着不知不觉流出的鼻水。

一辆出租车在他面前停下，一位妇人牵着小男孩下车，走进一栋透出灯色的房子。他停步，怔怔地注视那扇有人影走动的窗户。他的目光在黑夜里透露内心的秘密，那份遥远的记忆。很久很久以前，他就像那位被牵着的小男孩，和年轻的母亲一起搭客运去渔港等他阿爸的船返回。他们一家三口逛夜市，吃炸虾饼配鱼丸汤，还得到一支像大朵云的粉红色棉花糖粘着他的头发、脸，夜宿一间吹着咸海风的旅社。他记得每个细节，包括口袋里那一盒很珍贵的牛奶糖的滋味，爸爸从他的两腋抱起他架在自己颈部，遥指那条他工作的船在阳光下闪闪发亮。

他低头走着，从口袋掏出烟，把仅剩的那一根点燃，呼出的烟雾使他的眼神更迷茫，记忆就像烟头上的红点，忽隐忽现。如果时间可以重返，他愿意付一切代价返回港边那个被爸爸架在颈上的小男生，嘴里含着牛奶糖，慢慢感受糖果在嘴里融化接着一咕噜咽下奶香口水的感觉。不，他不要返回那个只会吃糖的小男生身上，他要回到山边菅芒草那里，携带家中那把柴刀。他会事先磨得像阳光那么锋利，握紧刀柄屏息躲在草丛里，待他阿爸与那个想必身材十分壮硕的男人出现时，像野猪一样扑向即将犯案的凶手，狠狠给他一刀，那么一切都不会发生。他跟阿爸骑车回家，即使口袋里没多少钱能交给等着过年的母亲也没关系，顶多被骂到臭头而已，踩着脚踏车回家的路上，说不定他与阿爸会一起吹口哨。

他紧握拳头，那截未燃完的烟在他掌中捏碎。记忆中的刀伤永远不能磨灭，更随着他的成长扩大了伤口。他咬牙切齿，一股森冷的气流刺透他的背脊以及毫无防备的心房。他坐下来，鼻头一放一缩，嘴角还是倔强地抿着。他紧抓头发，企图摆脱纠缠他的那一幕：他听到那把刺进阿爸胸膛的刀被左右旋转却抽不出直到“啪”的断裂的声音，鲜血喷出，自他挚爱的阿爸躯体……他叫一声：“干！”一切幻灭，只剩无尽黑暗浓缩成一块铅塞进他的嘴巴，硬是挤过食道压入胃部。对面亮着路灯，灯芒照出微微雨丝，他平静地站起来，瘦削的脸颊又恢复冷漠，过马路，经过路灯下时，银白光洒在那件破旧黑外套上，使他看起来仿佛披着白布一样。

他走向黑三与落脚仔的租处。

今晚动手。

5

“放心，一切包在我身上。等他过年回来，我劝劝他。我这个伯父看着他长大，我的话总要听几句吧。来，喝酒喝酒！”

老董举杯，那张原本红润福相的脸被酒意染得更深，笑起来像弥勒佛的孪生兄弟，什么烦恼都能在咧嘴一笑中灰飞烟灭。坐对面的是老朋友，这一对做了祖父母刚满一年、尚未戒掉到处炫耀孙儿胖嘟嘟照片习惯的夫妇，近来烦恼得要死，已有一个气到心脏病发去挂急诊——他们那个在大都市干得不错的儿子被猪油蒙糊了心，竟然搞上野妖精要跟媳妇离婚。

“唉，老哥，还是你好，没成家，老了没烦恼，清闲啊！

你看看我们，干脆气死算了，偏偏又气不死。”

“我还羡慕你们，有人让你操心也是福气啊！”

“老哥，不怕你笑话，我这是福个屁啊！”

老董是这家餐厅熟客，有个小包厢供他随时与老友餐聚，等同自家厨房，无须看菜单，厨子都知道这位出手宽裕像家人般亲切的贵客喜欢什么。人老了求什么？无非是银行里有个深不可测的财库，平日有个懂肠胃与口味的厨师伺候着，几个能共话国事家事天下事而不翻脸的老友，加上信得过的医生等在边上。这些他一向不缺，唯一缺点是屋子里有一柜人参却没半点人气。

这一餐破例，陪苦恼的老友喝多也聊晚了，回到家已近十点。他让出租车在路口停，刻意想吹一吹夜风醒醒酒，却忽然感到头晕。真不中用了吗？他颇不服气。大约是整晚听老友抱怨家庭琐事，虽然庆幸自己没这些腥臊事缠身，可是又不免在杯酒间浮出欣羡心思，虽说在慈蔼的笑容里不至于让人察觉这丝欣羡有多强韧，保存了一个富商晚年的自尊心，但自己骗得了自己吗？才反常地用不成熟的方式提前下车走个路，要证明什么？想证明自己还保有年轻时三更半夜应酬后小跑步回家发一身汗迎接天际微亮洗个澡小眯两小时又上班去的体能，还是证明八十靠边的人管你有钱没钱、英雄或狗熊都一个样，没用了。

他微喘着，停步休息一会儿，弯进暗巷。他的日式老宅位于巷底，隐在几棵老玉兰树间，独门独院是个幽静所在。附近的老宅废屋这几年陆续被收光，正值开发潮，已盖好、刚盖好、未完工的大楼如新竹嫩笋交错，俨然是个热闹的大工地，他的老屋在这拨翻腾的建筑里显得格格不入。这一带没住几户人家，加上都是新住户，平日虽然打过照面却也不知道东家是长西家是短，邻人与路人尚未分明。

老董开了朱红大门，院落有一株还飘着香的老龄桂花树，一排圣诞红绽着大红苞叶，点缀岁末节气，墙上高高低低挂着几盆从后院花房移来的蝴蝶兰，喜气地开着花。他今晚喝多了有点反胃，一直线开了两道门直接进屋。

“真是老了。”

他沏一壶茶，屋内漫着俗称报岁兰的墨兰幽香，但他浑身酒气闻不到。十点三刻，还没半点睡意，不知接着该怎么打发。想翻报纸，翻来翻去就是找不到今天的，也想不起搁哪儿去了，便觉得索然。开电视，没像样节目，仅仅只是贪图那一点疯言乱语的人声及罐头笑声。心底那丝欣羡便钻出来作怪了，想必老友回到家，夫妇间还有吐不完的苦恼可以整夜续着，不像他无牵无挂，一个人闭嘴就全家闭嘴。这种飘着年关岁末氛围的冬夜，对不必为生活拼搏、没有家累且无忧虑的独居富豪来说，就是一台豪华型冰箱。

在厕所取下假牙泡入杯里，一阵头晕令他差点腿软，“真是老了。”不如去躺平。

他把床几上的电话听筒拿下，怕被吵醒，十多年的老习惯，要是半夜被吵醒再也睡不着。关灯，静静地躺下，把被子拉好时，顺势叹了一口气，好似叹给那些在背后羡慕他的人听。

6

电话亭里。

“嘟嘟嘟……”通话中或电话没挂好的声音。

“睡了。”黑三放下电话，拉紧手套。他一身是黑，包括那顶毛线帽。落脚仔和阿郎也是同款打扮，从背后看，除了高矮胖瘦不同，实在分不清谁是谁。

“都记住了吧，我和落脚仔在工地那边，阿郎你进去后，在门下闪三次手电筒，我和落脚仔再开车靠近，那只老猴的保险箱没我没法开。大家谨慎点，得手了一辈子不愁吃喝。阿郎，你记得，一进房间马上塞他嘴巴再蒙眼睛，你身上的绳子够你绑，必要的时候……”

当黑三说“必要的时候”时，递来一柄尖刀。阿郎看一眼他们，收下。

其实原先的计划是由黑三打头阵，阿郎反对，他的理由是黑三块头大而他身形瘦巧适合钻探，且在工地待过善于捆绑，不管是木头还是石材，他捆过太多购屋者装潢甜蜜的家所需的建材，必能在老头清醒前绑妥。黑三觉得有理。

他们出发了。

阿郎灵活地钻过那道半塌的锈铁门缝，进到后院，把门打开。黑暗中悄步移位，屏气凝神穿过一个兴起养兰趣味的人搭建的小花房，不碰倒瓶瓶罐罐，不踢翻花铲花剪。他感谢今晚没有月亮且夜风森冷，掩护一个走投无路的人初次犯案的压力。早被他们锁定的那扇被花架遮住、外人不易察觉的木头窗户，对当过木工的他是小菜一碟。他悄悄搬开堆放的花土花肥，卸下玻璃窗钻入屋内的厕所，从厨房打开通后院的雕花铁门，闪三次手电筒，至此他开始冒汗。

停了几秒，他让自己适应客厅那一种富丽的黑暗与陌生，摸索卧房方位。他的蒙面罩被呼吸弄湿了，不敢用力吸那快滴下的鼻水，手在棉手套里浸了汗，伸手掏裤袋里的大手帕，准备潜入卧室来个猛扑，将手帕塞进老头嘴里。他感到一阵沁冷，在应该全神贯注的此刻却被脑中乱流冲击，竟闪过憨弟夜间熟睡露出肚脐次日必定着凉、妹妹会不会被躲在楼梯间的流浪汉攻击拖到暗处强暴、那年冬夜菅芒草边的黑影，遂发抖、牙齿打战，以致掏不出手帕。

总算掏出手帕，他摸到卧室门边。门内，有一个他要制服的富人；门内，有一台沉甸甸的保险箱，箱子里有一大沓明日太阳升起时将改变他们兄妹命运的钞票。他左手轻轻握住门把，两秒钟停顿，右手捏着那团布，狠狠地吸一口气，以一种连他自己都无暇思索的猛劲冲了进去。

“哐啷！”门撞倒门边搁着的立体玻璃框饰物，这是独居者不为人知的布局。

“谁？”

阿郎猛冲过去，将老董按在床上欲塞住他的嘴，却发现手帕不知掉落何处。老董趁机翻身，阿郎扑空，不偏不倚撞向床板，踉跄跌倒，后脑勺撞到窗边五斗柜，一阵麻疼。阿郎挣扎要站起，老董更伶俐地把一床毯子抖开向他飞盖过去，自己站在床上伸腰开灯，接着欲按壁上警铃。身体这一延伸失去重心，像规划好的完美动作一般笔直跌落在那一摊崩碎的玻璃框上，头部正好对着框里木雕关云长拿着的那把青龙偃月刀。

苍白灯色，血从面庞富态红润的老者额头涌出，倏地沿眉眼流下。前襟也冒血，一块锋尖的玻璃刺进他的胸肉，米色睡衣迅速染血。阿郎吓呆，他从未告诉任何人此生自己最害怕的是血，那埋入脑海深处的一幕像猛虎跃出，就在眼前，他看到一个斜躺在血泊中的男人，胸肉上插着凸出的断刃，那渐渐逼近的脸孔使他眼前一黑几乎晕倒。他脸色苍白，胸口闷痛，半爬过去，全然没感觉碎玻璃刺伤手掌，出声叫他："阿伯！"摇他肩膀，高声叫："阿伯！阿伯！"抓起地上那条手帕压住他额头的伤口。

黑三与落脚仔蹿进来，见状立即明白一分钟前发生的事。

"怎么办？怎么办？"阿郎的声音发抖。

"快！"黑三说。

阿郎以为他们要协力扶起老者送医，立即恢复力气，没料到黑三要阿郎放下老者趁机搜括值钱之物，他与落脚仔直接扑向保险柜，试图合力搬走。

阿郎愣住不动，黑三见状，朝他肩头捶去一拳，斥责："干，你死人啊！"

阿郎瞬间无法思考，不能言语，忽然那闷痛的胸膛崩塌，接着以一种连自己都不知来自何处的力量抱起老者，朝门口快跑，冲进冬夜长巷，一边朝医院的方向飞奔一边喊："阿伯、阿伯……"

没有人知道那老者倒下之前伸长的手指确实按到了警铃；同样，没有人能在凌厉的风中听明白这濒临崩溃的年轻人，呼喊的是“阿伯”还是“阿爸”？

关于警铃，很快的，大家都听到警车呼啸着赶来，当场逮到现行犯。而呼喊，只有年轻人自己心里明白。

不，恐怕不明白，也不想弄明白。把老者交给急诊室医疗人员后，他连夜叫醒弟妹打包行李，踏上清晨第一班开往远方的自强号火车。

阿郎决心封锁记忆，不再想起属于冬夜的那两个人。

管他叫阿伯，还是阿爸。

一天一夜和第二天早晨

她想起家乡路边常有玉兰树，

开出一阵香风，

此刻看到玉兰花竟有莫名的感动，

好像有人带讯息给她。

1

她下车，一个踉跄差点跌倒，一手扶住路边灯柱，一手压着胸口，猛然一股酸刺从胃部喷泉似的涌上喉头，五脏六腑都拉扯起来，搅得她浑身发软，止不住呕满一嘴酸水。她忍住晕眩，勉强移动正在发冷的身子，赶紧从手提袋拉出几张卫生纸捂紧嘴，跑到小巷拐角处，对准水沟，哗啦啦大吐起来。

早餐吃下的面包牛奶都化成一摊浊液泄洪似的冲下。蹲在地上，身子又冷又软，呆呆地望着沟里浊黑的水映着乱发及头上那方破碎的天空，好一会儿才擦掉眼角泪水，嘴里的腥酸却怎么也吐不掉，不死心地用力磨搓，把嘴唇都擦得干白死灰，沾着卫生纸碎屑。她勉强撑起身，走了几步又站住，拿不准要往哪儿走，眼睛来来回回兜圈，像两只迷途小鸟困在暴风雨中。

周一早晨，车辆人流特别汹涌，尤其是赶着上班的摩托车，红灯尚未转绿，连一秒钟也要抢，一群饥饿鲨鱼似的向前冲刺，尖锐声划破清晨最后的宁静，留下漫天臭烟。城市的一天就这么开始，任何一个没睡饱的人站在路边都会觉得前途渺茫、人生无望。公车站牌旁依例聚了一堆人，年轻的年老的，各等各的车。公交车驶来，停下、开门，下来几个吞进几个，关门、开走，无情无义的样子。这班开走，另一班驶来，一切都在沉默中进行，无须交谈。除了一两班行经医院学校市场的公交车搭乘的人较多，难免在上车时出现推挤，其余的看来还算平和，好像要去的地方都是不得已的，早到不如晚到，晚到不如不到，不到不如从来不知道。

她站在路口，也是一副不得已的样子。附近陆续响起拉铁门的声音，打呵欠的年轻小店员拿着扫把挥扫，不知在扫垃圾还是残梦。睁着像两只迷途小鸟的眼睛，她看着这些，尤其多看几眼那个年龄与她相仿、披散一头长发的扫地小妹，猜测她应是刚到这家店没多久，一面扫地还伸手巡看粉红色指甲，生怕漂亮指甲被灰尘玷污般，模样像憋一肚子闷气心不甘情不愿。要是老店员，凡事照规定，老板怎么说就怎么做，别说扫地，就是叫你刷马桶也得面带笑容认命地刷，否则遭骂："不甘愿啊，奴才命不要给我摆大小姐脸，有才情去做少奶奶呀！"

她听过老板娘对一个挑剔工作分配不合理的女同事骂这种

话，那人说要忍到拿了年终奖金才离开。她羡慕这个心不甘情不愿的长发小店员，看起来她的字典很小本而且没有“忍”这个字，说不定今天要是老板娘讲话稍为不客气，她翻个白眼立刻走人，邀朋友逛街看电影吃夜市，反正家里不看她的薪水袋，自由自在。而她，现在最缺的就是自由。这阵子以来，觉得头顶上有一团乌云阴魂不散地罩着，厚云越来越低，快要变成铅块，非把她压成肉饼不可。

红灯亮起。她站在路旁，不自觉地拉了拉稍嫌厚重的格子毛料外套，这是同事穿不下给她的。便宜的东西毕竟不耐洗，格子上结出拈也拈不完的小毛球，犹如每一天看起来跟昨天没什么不同、其实暗地里长出的新烦恼，加总起来就是一年份的缭乱。她拂着几个月前烫的现在已炸开的卷发，重新把发夹夹好，露出这阵子常常泡在泪水里以致微肿的瓜子脸，刚才那阵大吐把原本素净的脸逼得更苍白。她忽然把发夹拔掉，让发丝稍稍掩去半边脸，好似现在挂起帘子，外头的人看不到屋内秘密。绿灯亮了，她把外套往下拉直遮住肚子，双手插进两边口袋，驼背走路，整个人透着不应该出现在刚过完二十岁生日的人身上的瑟缩与沉重。

对面马路挂了一排争先恐后的招牌：银行、邮局、旅社、商店、理发厅、平价自助餐店及小吃摊。至于招牌最大的还是那几家私人诊所，除了一家牙科，其他都是妇产科。这里是滚滚烟尘的老商区，主街道内藏着一条长巷，走进去是宽阔的传统市场，像产道与子宫的关联。大马路上货车、摩托车忙碌进出，买菜的路过的办事的看病的人川流不息，将一条旧旧脏脏具历史风尘的老街道踩踏得更凌乱，但在这个把各种需求摊开于太阳下任君选择的地方，乱才让人有安全感。那些偌大的妇产科招牌悬在半空中，既崭新又扎眼，那么干净反倒让人无法掩藏。

她第二次到这里。有一回在自助餐厅吃饭，背后两个大嗓门妇人嚼舌根，提到某个女人惹上感情麻烦事后来去“XX街那边的妇产科处理”。她记住街名，也记得她们讲“处理”时压低声音的神秘感，好像那里是下水道内蒙面人聚集施行妖法的地方，很忌讳，不可在光天化日下提。

现在，她站在招牌最老旧的“钟妇产科诊所”前，假装在等车，其实她的回程车站牌还得再往前几步才是。诊所位于巷子口，过了巷子是一家“新星西点面包店”，这是她选择这家诊所的唯一理由，不，唯二——老旧表示经验丰富，处理过很多事不会拒绝人，而面包店提供很好的掩饰，毕竟从外人看来，像她这样的年轻女子去买面包的需求大于进妇产科诊所。还有，父亲面摊前面那条路叫新生路，同样有个“新”字，而面包面条都跟面粉有关，她心里觉得一脚踏在家乡路上，有个依靠。

不知何时，旁边站着一个老头，抽着烟，眯眼邪邪地打量她。她脸上露着被窥视的紧张，仿佛自己是赤裸的，回避地转身，刚好瞥见诊所门口那道墨色自动门映着自己的身影：烫短的头发包覆着脸，双手插在口袋里，黑长裤自顾自地直下，把上半身挤得好臃肿，像被丢弃在路边的淹过水的枕头。她巡视左右，确定没人看她，安心地退到墙边斜靠，还把手提袋搁在前面，却又忍不住瞄四周一眼，好像到处都有间谍监视。她的视线落在巷子口，正巧看到面包店后门闪出一条年轻男子身影，将大包垃圾塞入桶内，背对着她抽起烟来。这么冷的天只穿一件短袖，瘦瘦的身影有点眼熟，好像在哪里见过，可那烟味让她反感，年轻男子加上烟味的记忆像蛇盘绕脑海，她恨不得把头砍下来像切除哈密瓜发烂部分把那块记忆切掉。即使要死，也不要带着烂记忆一起死。想到这里，眼眶红起来。

门“哗”一声开了，走出一位高挑少妇，像小姐模样，正往皮包搁下一包药，走几步，又拿出药包一面走一面看，头也没抬，拐入巷子不见了。她有一点宽心感觉，注意到那小姐的洋装显出微微的半圆，大概跟自己一般年龄吧，只不过高了一些。

有一班车来，正是她前面站牌的车班，许多人上车，有人嫌挤，宁愿等下一班。她想，不会有人注意她的。忽然走来一位妇人，腆着大肚子，走路摇摇晃晃的，一位瘦高男人搀着她一起进门。这次她瞧见门里正好有个护士走过，赶紧过来搀扶那位妇人还招呼了几句，这让她觉得一下子松了口气，好像人家招呼的是她。门关的刹那，她看到里面有一个小窗口，写着两个红色大字“挂号”。

“挂号”，这两个字攫住她的脑子。她打开手提袋，摸着袋底的信封，厚厚的，早上数过一次，临出门又多放几张进去，她想，应该够的。可是又不免担心，如果不够怎么办？会不会被赶出来？想得心脏都撞得发疼，眉头锁得死紧，低低地叹气，眼眶又湿了。抽出卫生纸擤了鼻水，揉在手里不敢去丢，明明不远处就摆着一个垃圾桶。

有个妇人走到站牌旁，瞧了老半天，发现她，好大一声：“小姐，借问一下……”没等说完，她猛摇头，人就躲开，本能地进了面包店，把架上的吐司面包糕点巡过几遍差不多可以背出品项，才夹两个菠萝面包结账。也许真的饿了，咬一口竟觉得从头香到脚，好像被谁紧紧拥抱，回到光天化日的世界来。她不好再杵在诊所门口，慢慢地往前踱，走到该搭的回程公车站牌才停下。吃完一个面包还想吃第二个，又怕吃多会吐，留待晚餐吃吧。那现在呢？正当她心里七个水桶往妇产科诊所荡、八个水桶往回家的路上晃时，却见回程的那班公交车驶来，怎么办？脑中一片空白，世界等着她做决定，一秒两秒……忽地一股力量推她上车，当司机关上门，她竟有解脱之感。

车开动，却后悔。大老远来买两个菠萝面包，今天又白跑了。

一小时后，回到那间四五坪小房间，她倒在床上哭起来，脸蒙入被子里，咿咿呜呜一声高过一声，猛然一阵酸又涌上喉头，跑到浴室去呕，呕到胃抽搐，干咳一阵，眼泪、鼻水一起滚落。早上出门前鼓起的勇气都消失了，如今又恢复一团烂泥。她沉沉睡去之前喃喃自语：观世音菩萨救苦救难，我求求你，不要让我醒来。

2

"这房间不错吧，看得到天空。"丽香说。

十个月前，大年初六开工日前一天，她提着一口旧皮箱随丽香踏入繁华城市。丽香是远房表亲，大她四岁，介绍她到同一家成衣厂当作业员，还帮她找到这间除了漏水有霉味、嘈杂多油烟之外房租很公道的栖身处。

确实看得到一小片天空，有时铁灰像被大鸽子展翅遮着，有时水蓝好像家乡的夏日海洋。她很满足，能够脱离面摊生意到大城市赚钱，替父母分担，让她兴起成就感。母亲的厨艺不错，碍着一条瘸腿不能久站，只能在家备料做卤味，全靠身体不佳的父亲一人扛那小摊，料想弟妹们放学应会去帮忙，然而那毕竟是靠体力在风中雨里、水中火里讨生活的艰苦事，父亲总有撑不住的一天。一家担子她挑定了。城市给她一条活路，窝在小床铺上，想家的泪水多过闷热天气流的汗水，她很满足，有时也做起买一栋四室两厅两卫房子的梦，虽说那条路在哪里还不知道，但美梦不就是为了给“不可能”一巴掌叫它变成“可能”而存在的吗？

窗口吹进冷流让她醒过来，还活着，观世音菩萨不救她。躺在床上瞪着天花板，那盏日光灯污黑得几乎要掉下灰尘块。天色阴沉，房间又暗，更觉得那盏灯仿佛要化作魑魅来攫她，一闭眼真的有一团黑影逼近，斥骂她是不要脸的人，干出这种事来，对得起父母吗？甩来两个巴掌，是她自己的手！惧得她不敢再闭眼。塑料衣橱上那口旧皮箱里面是空的，想到还有两个月就过年，可以回家去。她还没有回去过，从出来到现在。她曾想过给家人带些礼物，把皮箱装满，那一定是很甜蜜的沉重，说不定重到把手扭伤，她甘愿。但现在皮箱是空的，空得像一口棺材。

墙壁上挂了几件毛线衣和一条老爷裤，不是她买的，是丽香的旧衣送给她。只有那条米黄色褶裙是她买的，这辈子第一次到百货公司帮自己买衣服，感觉像地下室奴婢变成花园里的时髦小姐。那是唯一一条像样的裙子，她很喜欢穿它，只有穿那条褶裙时她才觉得自己是美丽的，可以在阳光下边走边唱歌。同事也说她皮肤白身材瘦，配上米黄色，更细致娇美。第一次穿去上班时，裁剪部的小王对她吹口哨：

“春如，水当当喔！”

丽香瞪了小王一眼，他俩是一对，大家都知道。

跟小王同组叫阿铭的，跑到她身边笑嘻嘻地说：

“小如，晚上请你吃饭！”

她们说，她打扮起来根本不像二十岁。她为此还去烫了一次头，让自己成熟些，好像运气会变好。

她现在不喜欢那条裙子，甚至想撕碎它。那是她唯一喜欢的裙子，选了很久才决心买。上班、逛街都穿它，每一个重要的日子都穿，包括那一天。她恨恨地想撕碎它，撕碎那一天。

两个月前，阿铭邀她：“我请大家吃饭，永和的涮羊肉你一定没吃过。中秋节连假，你第一次在外头过中秋吧？”

“你们去就好，我还是回去。”她对这个时常借机在她面前晃的人保持戒心。

“有什么关系？都是外地人，出门在外互相照顾，再说，我也把你当妹妹看待，我妹妹都比你大一岁。”

“不好啦，你们去就好了。”

“小王、丽香也要去，你一个人回去啃月饼？”

“她也要去？”

“是啊，就我们四个人一起吃饭，团圆团圆。告诉你一个秘密……”阿铭凑近她耳边，“我打算做到月底，先别跟他们说。”

“团圆”这话打动她的心，在外人像浮萍，餐桌上冒烟的四菜一汤都是梦中的事，更何况他将离职，说什么也该顾念这份情谊。

永和闹市到处亮晃晃得像白天，把她撩得很兴奋，走路像踩在云端。她穿着那条米黄色褶裙跟在丽香后面，丽香也穿得很漂亮，还化了妆，高跟鞋“叮叮”地响着。

除了涮羊肉，还有海鲜。阿铭带来一瓶洋酒，很漂亮的瓶子，她第一次看到。他们劝她喝一些，她不要。他们说不会醉，甜甜的，她还是不要。丽香说没关系啦，过节嘛意思意思。小王弄来一瓶白葡萄汽水，让她们掺着喝，说这样后劲才不会那么大。她看丽香喝，也就喝了。“干杯！”两个男人灿笑着，酒杯一举高，节庆的感觉都出来了。她放心喝，甜腻带点辛辣，喝第一口觉得甜，第二口开始有些扎喉咙，等到她喝完那杯汽水掺酒，打一个响嗝以后，全身便热烘烘起来，甚至火烧似的烫。

她说：“是不是地震？好晕哟。”他们大笑。

屋子开始旋转，她想舀汤喝，没舀到。她被搀着站起来，围着围裙的老板娘脸好大，街道弯弯曲曲的，好像一条大蟒蛇，而且是凹凸不平的大蟒蛇，每走一步就踩进一个窟窿。蒙眬中，好像回到老家，那次邻居阿嫂坐月子，她去送礼，母亲吩咐她：“阿婆若端麻油鸡给你吃，你要吃光，阿婆下次才会抱男孙……”她吃光，回到家倒在床上睡到天黑。母亲的话、阿婆的笑容，丽香的声音、阿铭的话语，在她脑海交叠追逐，牵着她一下子往天边荡去一下子跌落地面。她记得自己吐了，吐完说想睡觉，仿佛被塞进一个密闭箱子，掉入大窟窿不断地坠落，烟味浓浊，是火烧吗？黝黑的影子紧紧包围她，有个东西重重地压着她的头、胸口、手和脚……她迷迷糊糊地感应到火烧后的虚脱与疼痛却无力判读，只要躺平就好，沉甸甸的便什么感觉都停止了。

醒来，已是第二天下午。宿醉像身体遭小偷，一阵晕眩搅得她头痛欲裂、浑身无力，待坐起，怎有散不去的烟味？到浴室洗澡，阴部不寻常的闷痛敲醒她的脑袋，她看到内裤沾着铁锈色血污，全身被电击般惊跳起来，这不是生理期提早来，恐怕是被……她奋力抵挡那个强烈的念头袭来却无效，跌坐地上前脑子被“强暴”这两个字狠狠地敲了一棍。

她打电话给丽香，问昨晚怎么了。

“你啊，我会被你气死，吐得跟猪一样。”

她是不能喝酒的，吃带酒的东西都会晕。

“我跟小王要去看电影，只好叫阿铭送你回去。你要谢谢阿铭，好好一顿饭没吃完就结账，白花钱。”

她缩在床上，一直发抖。

连假后，阿铭没进工厂，离职了。

她问到他的租处电话，每晚到楼下打公共电话，没人接就是没人接。有一天终于通了，接电话的人说，这人已经不住这里，你别再打。她不死心，去人事室谎称欠阿铭钱要寄还他，查到他家住址。高雄县乡下，那是什么地方？就算她有胆拿刀子也杀不到那么远的地方！

该拿刀子是一个半月后的事，生理期迟迟不来。顾面摊时最恨生理期，常搞得狼狈。她从没像现时那么渴望看到经血，一滴就好。恐惧袭来，她是翅膀被反折的鸟，头顶上一条绳子系一把刀，落下就是砍头。墙上挂着那条米黄褶裙，她没再穿过，褶线都爆了，皱得很厉害。她扯下褶裙，使命地撕，用尽全身力气撕，连手都颤抖，却怎么也撕不破。像一根针扎进带血带肉的脑心，她拼命地捶床，痛哭起来，猛然一个翻身，拿枕头扔墙上褶裙，连棉被也扯起来丢，半杯水也一起飞抛，水把褶裙泼湿一角，像那天的血污，抓起梳子再丢，把木板墙打得像要溃倒。一切静止，大事定了。

跑去西药房买泻药吃，她天真地以为只要让肚子里的东西全部泻下便会没事。泻了好久，在厕所坐到脚软，一面诵念观世音菩萨救苦救难。一整天没吃东西，想站起来没半丝力气，几乎爬着上床。她抚摸腹部，似乎不再那么凸，嘴角露一线微笑，喘息着任时间在她的晕眩中流逝。

熬了一个多礼拜，每天向观世音菩萨祈求，这一带的宫庙也求了，月经依旧没来。她想起女人们进进出出的妇产科诊所，害怕到牙齿打战，她想："人家会说我是一个无耻的贱女人！可是我没有错，我被欺负了，被欺负也是我的错吗？"

"你最近怎么搞的，老出错。"丽香板着脸把她交上去的货退回，叫她重新车线。

她虚弱得头昏眼花，低头拆线重车，什么事都不能让丽香

简熙 / 绘

知道，她一知道，整个亲戚圈全知道，叫妈妈的脸往哪里摆？她一想到妈妈跛着腿在厨房盘面条、炒油葱酥、卤黑白切，从早到晚走不出那间酷热小厨房，心就揪紧，把涌到喉头的话语像吞石头一样吞下去，就算吞刀子也要吞，没别的选择。

饥饿拨醒她的理智，剩下的那个菠萝面包三两口吃了，止不了饥。冬冷天气，让人特别想喝点热腾腾的汤。

此刻应是父亲最忙的时候，四张桌子一定都满座，她恨不得飞回去接手，让父亲喘口气。如果有一间自己的店面，这是父母的梦想，如果有一间自己的店，不必餐风淋雨跟人家抢地盘该有多好。

她出门觅食，一路这么想，遥远的梦想让她移开注意力，似乎也灌进来不一样的心思。进面馆点了阳春面，面端来，她一眼就知道这碗面除了烫，其他的都不及格。她遗传母亲的厨艺本能，一眼一尝就能抓到八九分，只是没有立足的半寸地。

一个穿小学制服的小女生提花篮进来兜售夜来香、玉兰花，傻笑着招徕，说出来的话像一团麻糬不清不楚，是个可怜孩子，没人理她。她想起家乡路边常有玉兰树，开出一阵香风，此刻看到玉兰花竟有莫名的感动，好像有人带讯息给她，是什么？她还不知道，大概跟未来有关吧。她不忍那女孩空手，买了一串。这种天气还在外讨生活的人要得不多，不过是想活下去而已。她带着一串玉兰花在回去的路上下定决心：“我要得也不多，活下来而已。”仿佛自言自语又像说给肚子里的某个存在听：“做人很艰苦，不要来做人。我没有能力生你，对不起！”

她打电话给主管，明后两天还要请假，同意要请，不同意也要请。要把她开除也没关系，工作再找就有，要做牛不怕没犁可拖。

明天，太阳下山的时候，她发誓：“我也要翻过这一页。”

3

搭同样的车，还是在那一站下。同样是昨天那套衣服，好像时间暂停，只不过她去攀了一趟悬崖，等她回来，时间继续往前走。

她站在“钟妇产科”门口，九点才看诊，还有半个钟头。等车的人不多，她比较放心些。那道墨色自动门被铁卷门遮住，一动也不动，安静得像永远也不会开似的。她盯着地上那块鬃毛擦板，已经磨秃了，布满灰尘泥土，不知有多少女人的鞋印踏过。今天，她也要踩上去，用力擦鞋底，把过去擦干净。

既然需等待，她本能地往“新星面包店”逛去，怕晕车今早还没吃东西，也许还是买一个最爱的菠萝面包吧，把它当作唯一知情的好朋友，躲在胃里给她力量，陪她渡过这一关。

她推开玻璃门，门上小挂铃响起，叮咚叮叮咚，响得特别清脆。

店内没人看着，正在迟疑间，从柜台后面的烘焙间走出一个瘦高男子，穿短袖、围着围裙，第一眼看起来严肃，好像笑容是很昂贵的东西，不可以轻易拿给人看。

但第二眼，他脸上有块红胎记联结到不算远但必须翻山越岭的过往时光。他俩脸部表情同时牵动、荡开，眼睛睁得大大地盯着对方，嘴角不自主地绽出昂贵的笑，同时翻山越岭。

系围裙的面包师傅笑着说：“你不是面摊那个春如吗？你跑来这里做什么？”

“我跑来这里做什么？是喔，我跑来这里做什么？”她笑着重复他的问话两遍，像个傻瓜，记起这个常常跟朋友来吃面要不就是带弟弟妹妹来、每次都点炸酱面配贡丸汤的人。

“你就是那个阿郎对不对！”春如高声指认，叫出他的名字。时间在这时乱掉了，窜成旋涡。

她打算告诉他为什么在这里，才一开口，话还没说，眼泪先流下来。

阿郎站在她面前，问：“发生什么事？”

时间旋出一朵水淋淋的红花，九点整。

待续

于是，她总在行路的某一瞬间回头，

仿佛看着自己歪着头颅，

坐在某一块霓虹招牌顶端，

觑着叆叇世间，

也不微笑，也不皱眉，

好像一只搁浅在半空中的云豹，

忘了自己是谁。

1

任荷总是想到死亡。

那是一种微晕的摇晃，独立于死亡证明书、讣闻与葬仪社估价单之外，仿佛轰轰烈烈迁入精心装潢的新居首夜，贺客的余音与酒肴香气混杂在新屋特有的油漆味里，形成一种摇晃；或是欢爱之后，身旁的伴侣规律地发出均匀的鼾涛，只剩她留在浅眠的夜晚迷路，忽而朝睡眠的沼泽下沉，忽而被莫名的力量打捞而浮升，接着发现床上流淌着暧昧的光，以为是栖息的月亮，认真看，赫然是骚动的、肥美的白蛆。她甚至缺乏惊栗的感觉，也不想喊醒背对她而睡的伴侣，只是安静地看着它们繁殖，拥挤地、快乐地淹没了她。

故事要求另一个故事以协助诠释，形成记忆锁链，连续地占据时间和空间，蚕食人的一生。而任荷几乎无法逆溯最初的迷恋是从哪一个时空刻度开始的。她也不能询问母亲是否在子宫时期即已察觉她对生命的质疑，是否曾听到腹部深处传来胎儿以暗码敲出“请结束”的哀求？海洋无法被取消，不管初始是以游戏或是认真的意念踏上一艘不返航的海盗船，任荷不难想象，一个站在诊所挂号柜台指挥护士、协助甫开业丈夫推动妇产科业务的强悍医师娘，不可能聆听她不想听的话。

她尝试用搜索来的知识与杂艺，梳理留在她脑海深处整个过度忧伤的孩提时期，是否来自畸形的家庭或暴力婚姻或被反锁在衣橱或性骚扰诸如此类具有统计意义的事件对儿童成长的致命影响，但任荷想不出哪一项适合用来解释她对死亡的迷恋的起源。她的父母一向很努力地在她与妹妹面前保持微笑，接近于做功德。她也不愿意质疑这桩记忆，并且放纵它继续发展细节。譬如，在碎花小阳伞的庇护下，一家四口到照相馆拍全家福，母亲特别允许她含着一颗糖，这项隆恩使得照片中的她看起来两颊丰润，非常可爱。任荷愿意尽一切努力保护这桩记忆的完整。多年之后，当她数次在生与灭的夹缝中喘息时，或多或少从这桩记忆萃取靠岸的感觉而恢复流泪的能力，愿意相信她的周围还有爱。虽然少量但毕竟还有，这让她觉得被季节放弃的枯木上也可能有小树苗正在抽长，被另一个季节收留。她渐渐明白，小户人家要经营出可让外人赞扬的幸福不是一件容易的事。她总是想起斯文的父亲蹲在地上拿着布，慢慢擦净自郊外踏青遇雨回来一家四口皮鞋底泥巴的情景，而收音机里流出轻快的钢琴演奏，是春天某个早晨蝴蝶绕着盛放的花朵的样子。她后来才领悟，幸福藏在微小的事物里，而且像麦芽糖自有其延展性，拉成丝即使像一条线也还是甜的。

2

叫醒她的是小货车的喇叭声，“修理纱窗纱门换玻璃”，从远而近。看来大家的门窗都是崭新的，没人搭理，又渐渐远去了。

她躺在床上静静听那声音，猜测应是一个认命的中年男人录制的，讲“修理”加重语气，好像他是为了修理东西才生而为人。这么说来，一辈子低头干活也不会抱怨。这是个本领。因为低头，大约也没人真正看清楚他的长相，而他也不在乎别人用什么眼光看他吧！

写满蓝字的三百字稿纸盖在胸口，刚刚她就是这么睡过去的。不记得是第几次重阅，稿纸上端正的蓝色笔迹是她熟悉的。她在作业簿、补习班讲义、考卷上看过这秀气中带着执着的字迹，那些参考书、考卷后来传到她手上，她再怎么作答都跳不出已写下的蓝笔迹答案，得分不是一百就是接近一百。文科申论题更是如此，她根本不必思考，直接背蓝色答案。不管什么题目都难不倒那支蓝笔。有人生来就是负责解答。

她记得那些蓝色圆珠笔，笔头被一个爱思考的人当成槟榔咬出锯齿状痕迹，好像什么难题咬一咬就没了。她读过蓝笔写出《那天，我见到人性的光辉》《生于忧患死于安乐》等一篇篇洋洋洒洒、总是博得高分的作文，但她从未见过“总是想到死亡”的句子，打死她也不相信蓝笔会写出这种在父母老师眼中是病毒的文字。这让她掉入万丈深渊，一切都是伪装吗？书写者每天从藏身的缠绕着水草的深渊出来，穿上假面皮囊男装，做一个乖儿子、好哥哥、资优模范生，却在无人的时候化身为“总是想到死亡”的叫作“任荷”的女生。

她读下去。

任荷不得不归咎于宿慧，来自上辈子的沧桑之感，像娘胎带来的宿疾不易根治一样。这种结论无从佐证却不失为简单有力的理由。能相信玄秘思想也是一种本领，而且不见得比相信其他定理律则省力。她似乎预见人世是怎么回事，遂提早在孩提阶段确定性格基调，也提早设定整个人生的故事内容。她总是知道自己藏身的处所，时而在野兽麇集的热带草原，时而是酷雪覆盖的岩洞，时而在妈祖庙檐下一只远方来的黑燕的羽翼里。她不禁想象，如果曾经有那么一次，只要一次就好，当她午睡醒来，搂着妈妈买给她的布娃娃，坐在通往一楼父亲诊所的楼梯转角处，含着眼泪，看着候诊的陌生女人们时，有个女人来到她面前，抚摸她的头，弯腰问“小朋友，你刚刚梦中躲在燕子的翅膀里不嫌黑吗”，而不是“小朋友，不要哭，哭会被妖怪抓走哟”，她的人生会不会转弯？也许不会出现往后的发展：在时间的进程中顶着一颗过度沉重的头颅及一具拒绝转型的童话式的身躯，熟练地驾驭她所设计的各套应用软件，走入白花花的人世街头。也不会出现这样的尴尬：人们依照她的指令来认识她，却没察觉每一套系统都是一种取消。

于是，她总在行路的某一瞬间回头，仿佛看着自己歪着头颅，坐在某一块霓虹招牌顶端，觑着叆叇世间，也不微笑，也不皱眉，好像一只搁浅在半空中的云豹，忘了自己是谁。

待续。

她记得那张照片，哥哥四岁，坐在妈妈腿上，她两岁，嘴里含着糖球由爸爸抱着。她太小，无从记忆拍照那日情景，即使后来从相簿上看到照片，也欠缺兴致多看一眼。

她也记得以前住过的诊所楼上，老式两层楼透天屋，楼下是父亲的诊所，楼上住家。从父母的房间窗户可以看见马路对面的菜市场及隐在后面露出黄瓦屋顶的宫庙，年节时总会传来鞭炮声，打算把世界炸开似的。她不讨厌硝烟味，比楼下楼上长年弥漫的消毒水味、药味好闻。往窗外探头，可以看到“钟妇产科”招牌。年终扫除时，眼皮下垂的阿桑会靠在窗边，伸出拖把擦那招牌，状似与缠栖在上面的鬼魅搏斗，她曾压低声音说，招牌上有很多被打落胎、没办法出生做人的婴灵爬来爬去，还拉她衣服到窗边：“婷婷，看到没有？喏喏，一个两个三个……八个！”她吓得尿裤子，再也不敢进爸妈房间。妈妈看到湿裤子，骂她，医生的小孩怎么胆小到像个废物。

“我们这条路上的小孩，我家婷婷最胆小最丑。”她记得妈对邻居说这话的表情。

她记得很多事情，包括那次午眠醒来坐在通往楼下诊间的楼梯哭着喊妈妈。

妈妈严格禁止他们下楼干扰诊所运作，小孩冒出来喊爸喊妈，有损医师、医师娘的专业形象。二楼楼梯口设了一道门，平时锁上，那日竟没锁。她记得自己抱着布娃娃，候诊的陌生女人过来叫她不要哭，这让她哭得更凶。后来是个胖护士过来哄她，带她回房，接着把门给锁上。她拍门继续哭着喊妈妈，不多久，门开，庞大的身影像疾风中的猎鹰，展开双翼卷起她的小身体，直接冲至房间，在她喊完“妈妈”后一把抢走布娃娃朝窗口丢去，接着一个火辣的巴掌打在脸上，大手掌捂住她的嘴，“不准哭！”

后来，诊所的业务蒸蒸日上，需用到楼上。妈妈在巷内买新屋安家，新盖大楼一层两户打通，共五个房间。她与自南部接来的中风阿嬷住左户，右户是爸妈的主卧、哥的房间及爸的书房。家变大，家人变多，也变散了。

记得很多事，但也只是记得而已。她的心像一颗按时间长大却不会成熟的瓜，欠那么一股迷人的清香。这叫什么？“笨笨傻傻”的瓜。妈妈骂她的台词从“不用心”“用点心”到“你的心被狗吃啦”“你根本没有心”“你赖在这里做什么”“你还要拖多久”，她觉得一针见血。被骂久了，也会生出抗体。

哥哥相反，他的细腻与敏锐近乎强迫症。小学时，妈妈检查她的数学作业，错得太离谱，气得朝房门丢书，骂她：“你要是有你哥哥一半用功就好。”她哭，妈甩门而出，换哥哥进来，捡起作业簿查看错在哪里，双手捧起她的脸，用手将她的脸颊往后绷紧，两只眼睛被绷成一条线，他说这方法可以快速止住眼泪。他试过，很有效。

“莫哭，士婷乖，莫哭，士承乖。”隔壁房间的阿嬷喃喃自语，念经一般。

那或许是个分界点，她从此越来越不用心，而哥哥越来越用心，除了自己的还一肩担起她的责任额。只要有人到资优班负责拿第一名就好，另一个人可以躲在普通班用彩色笔在课本上画王子爱上又丑又胆小的公主。

“搞不懂你的脑子里装什么！”妈说，翻开被她画满童话人物的课本。

她与哥哥各自找到生存之道，这两条路从此没有交集，这是后来才知道的事。

哥哥毫不意外地上了明星男校资优班，目标清晰地朝向克绍箕裘的路走，名字里有个“承”字，还能有什么选择？大家都觉得这么漂亮的成绩不当医生简直是傻瓜，他也这么想吧。

“不走医，你以后要花多少力气跟别人解释，不是你考不上，是你没填医学系。”妈说。

爸不管事，这个家能动的不能动的都归妈管，她总是铿锵有力地分析事理，强迫别人服膺她的决定。要在这条号称诊所街存活岂是容易的，优秀只是基本配备，优异更是家常小菜，让优秀、优异的人佩服，那才算一号人物。在妈眼中，只有人物才配活着，其他的都是来混吃赖活等死的。

她就是来混吃赖活等死的。不仅来到世上的时间在妈妈的计划之外，据说，一度迟疑要不要让爸爸用他的专业亲手“中止妊娠”，但这传出去岂不是让那些等着抓把柄嚼舌根的人快乐死了，当他们餐桌上一整年的话题小菜。再者，名字里的“婷”字更出乎意料地阻挡妈妈往下的生育计划，生了她之后两度流产，诊所业务一忙，渐渐冷了生育这个心。更糟的，长相复制乡下阿嬷这边，宽额宽脸，单眼皮眼睛，一副劳动底层苦力没睡饱的面相。她也算配合妈妈对她“没出息”的论断，只肯用部分精力稳住功课基本盘，其余的沉浸在漫画与小说中，每天晚上到升高中金榜保证班报到，无非是为了花费医生爸爸的高收入，让妈妈眼不见为净省得怄气，也让自己在拥挤的百人集中营里吹冷气，安安静静地把小说看完，当作度假。没出息的人，会自己找出口活下去。

“我脑子里装的，正好是你这种人要扑杀的东西。”

她把这句话写在某本小说的最后一页，看起来像读后感。她知道有人会翻查她的笔记、日记，大概连内裤都会检查，断简残篇式的记录法适合用在独裁统治的家庭。

“人们依照她的指令来认识她，却没察觉每一套系统都是一种取消。”

哥哥看透这一切。

3

这个家有许多墙。

一墙之隔，阿嬷的房间常传来半呻吟半呼唤的声音，混杂在闽南语流行恋歌与盛赞保健食品功效的收音机放送中。恐怕是这原因，妈妈才把她的房间安排在这里。对一个“不上进”每天混日子的人来说，旁边是哀号病人或是动工中的挖土机，没什么差别。她最擅长的本事是无动于衷，能在补习班集中营老师的麦克风激动声中把小说看完的人，用她妈妈的话来说，根本就是个死人。收获也是有的，每天练闽南语，听久了也懂。“听众朋友，下一首是桃园的阿娥点的，好听的《春花望露水》……”当她正巧也躺在床上发呆时，恍惚以为“这一生，像黄昏等待回航的船，回头只存冷冷的眠床，春花啊望露水，安慰一生的辛酸，操劳一生为子、儿孙”是唱给她这个等死的瘫痪老妇听的，刹那间吓得发颤，还好眨个眼回神，青春还在身上没少斤两。

“士婷喔，士承喔……今天几号？”

起初，她会放下书本，到她面前回应。隔不久，声音又响：

“士婷喔，士承喔……今天星期几？”

她还是去回应，顺便问她要不要喝水、尿布有没有湿。不久，又响了：

“士婷喔，士承喔，我的金孙啊，现在几点？”

她跟阿嬷不亲，一场中风外挂多重慢性疾病正好让独居乡下老厝的阿嬷合情合理地被送来与医生儿子同住。其他子女松了好大一口气，顿时对最有成就的大哥大嫂巴结起来，按季节宅配自种蔬果以表谢意。

“阿桑，你拿回去吃。”妈用脚把刚寄达的蔬果箱踢到门口，拆都没拆。

阿桑吃了这么多箱蔬果，难免说溜嘴跟来探视阿嬷的“寄件人”称赞并且请教种植之法。“寄件人”一听就知道他寄的菜阿桑全吃过，反倒躺在床上的老母亲没吃过。那天他亲手拎一袋台农五十七号黄金地瓜加上刚采收的高丽菜、地瓜叶来，当下明白女主人眼里看不上这些沾泥带土的粗俗物，有钱医生家欠两把蔬菜三斤水果吗？遂恹恹地自觉猥琐不配在这间豪宅出入，从此不再寄，人也不来了。

“你这些兄弟轻松啦，把人丢在这里什么都不用管。以前还会寄菜，现在连菜也省了，当作人死了是不是。”她就是有这个本事，用最快速度让周围耳朵还听得到声音的人受伤。

每一句话，老人家都听在耳朵里——中风的人，垂手晃脚，偏偏听力不仅没受损似乎还升级。阿嬷是这个家的异乡人。士婷渐渐发现搁浅在床上的她，用喃喃自语的方式返回稻田与菜园欣欣向荣的乡间，在长长的喟叹中跟熟识的老邻闲话家常、评议蔬果的丰收与价格，却靠听觉荡回这间在乡人眼中有福报的人才能住的豪宅，呼来唤去儿子、两个孙儿及看护阿桑的名字。爸爸偶尔在上班、睡前出现，停留时间以分钟计，说的话多是短句，结束语不是“你莫想太多”就是“你好好休息”。哥哥鲜少到这个“回收站”来；妈妈要是现身大多跟喉头痒想骂人有关；阿桑需兼顾诊所庶务，三餐时间才会出入。表面上整天人影飘来晃去，热闹若是拖着一条长长的等待的尾巴就叫作寂寞，会回应的只剩她。

阿嬷一听到她回来的声音，开始喊“士婷、士婷、士婷”，像卧床的古堡主人拉铃唤地下室女仆，若不现身会继续喊下去。她做不到不理会，又觉得烦，以后便蹑手蹑脚开门进房间，像小偷。这让她无意间听到阿嬷的评论，对来探视的不知哪个亲戚悄声评论儿子媳妇：

“太忙啊，自早看到天黑，做医生真辛苦，三顿饭，一顿久久两顿相堵，身体都败了……她以为我听无，她咒我：你还要拖多久，你赖在这里做什么？她以为了不起啊，骂天骂地骂老母骂老爹。”

她听得毛骨悚然，不，暗中叫好。支耳往下听，却没捞到听者的回应，悄悄走到半掩的房门探望，房里除了阿嬷，没人，唯有的人声来自收音机。她忽然觉得与阿嬷像落在波涛汹涌的暗夜海面上，各自浮浮沉沉，鲸鱼、乌龟游来游去仿佛是路人甲乙丙。两人恰好被浪涛冲在一起，不是伸手互拉一把，是评估对方离灭顶还有多远。

她与哥哥也不亲，他的存在证明了她的无能，这个结到中学才算解开——解得开的都不叫结——其实跟他也没深仇大恨，干吗拉着他的衣角死命地跟呢?

资优生的背影是重的，挂着沉重的书包。他的作息从小被家教、补习班填满。她记得他那个念大学、具古典美的家教梅老师，教他国文与作文。她曾多次借口去借文具，趁机问一两个问题。老师曾说她是“女子中有英气的”，她以为是“阴气”，妈说的阴阳怪气。梅老师特别写在纸上递给她，她不懂什么叫“英气”，说难驯顽劣还好懂些，却留着那张纸，收在抽屉里。老师也看出兄妹之间的潜在矛盾，引了李白诗“天生我材必有用”之类的励志话。这个台阶还不错，被当作“朽木”当久了，也会摸索出“朽木虽不可雕，烧火可旺呢”的自我感觉良好心理。后来，梅老师上研究所辞了家教，哥哥专心去补习班安顿。兄妹俩各上各的补习班，各回各的房间，一家人很少在那张够坐十二人的昂贵柚木餐桌旁吃饭。

有一晚，她翘补习班的课在快餐店读小说，从窗边看到哥哥从另一家补习班出来，心生一计去跟踪，离他四步左右，看这个呆鹅何时发现。直到一小时后回到家进电梯，他才发现被妹妹跟踪，只有淡漠的两个字：“无聊。”

她从不曾那么专注地看哥哥这个人，一路上不眨眼地看身高一百七十五厘米的十七岁少年行走的样子，看他是否转头注意店面的陈设甚至兴起好奇心进去逛逛。是否回头多看一眼走过的漂亮女生，像雄性荷尔蒙分泌旺盛的高中生。都没有，他像被操纵的傀儡朝着一条熟悉的轨道前行，在站牌等车时仍拿着书本看，四周喧嚣的人事物像落叶浮尘，一切都在书本里，他活在里面，这个躯壳只是包装纸。

仅有一回，离他大考近了，她有点怪自己为何不用心记下那一日的所有细节，包括是否因为风太野把不知何处的鬼魅花香吹进他的房间，以致他放下书本钻回躯壳变成有血有肉的人。

他来到这个失败者居住的“流放之地”，进她房间，那时她正对着镜子剪发梢分叉，惊得本能地收起剪刀以为妈妈来了，看是他松了一口气。“钟士承你来干吗？”脱口而出叫他名字，不是平日习惯叫“哥”。太久没叫哥，当下记的是名字。

他从巷口“新星面包店”买了三个蛋挞，先拿一个给隔壁房间的阿嬷，用不流利的闽南语说很好吃，一个给她，自己垫着纸吃完一个，把纸揉成团以投篮姿势抛向垃圾桶，一跃往床上躺下，“啊”一声，摸出压着的小说、漫画、偶像歌星CD、一把梳子及半包没吃完的王子面。

“现在的蛋挞没以前好吃，原来那个面包师傅结婚了，跟太太在菜市场边开面店。”她说。

“喔。”他随口答，翻着手冢治虫《怪医黑杰克》漫画，但显然兴趣不大，抛到一边。

“我去吃过，蛮好吃的。她知道我们家，每次都送我一条卤海带。阿桑说，那个老板娘是爸爸的病人，在我们这里做产检，有个八卦，说是之前在这里拿过小孩，现在回来做产检，一定要在同个地方把小孩生回来，好执着哟。你以后也要跟爸一样当妇产科医生吗？”

“不知道。”他翻另一本书，“原来你们女生都爱看这个啊？爱在远方……多远？十千米、隔太平洋还是外太空？男生送的！”书的扉页题了一行字，落款的是个男生名字。

她一把抢过来。

“他是谁？你跟他约会了？在哪里见面？”他显然对这个突然冒出来的名字很感兴趣，像问案，问得津津有味。

她说：“你很无聊。你来干吗？”

“不要跟妈讲。”她避开这个话题。他也不追杀，眉眼间

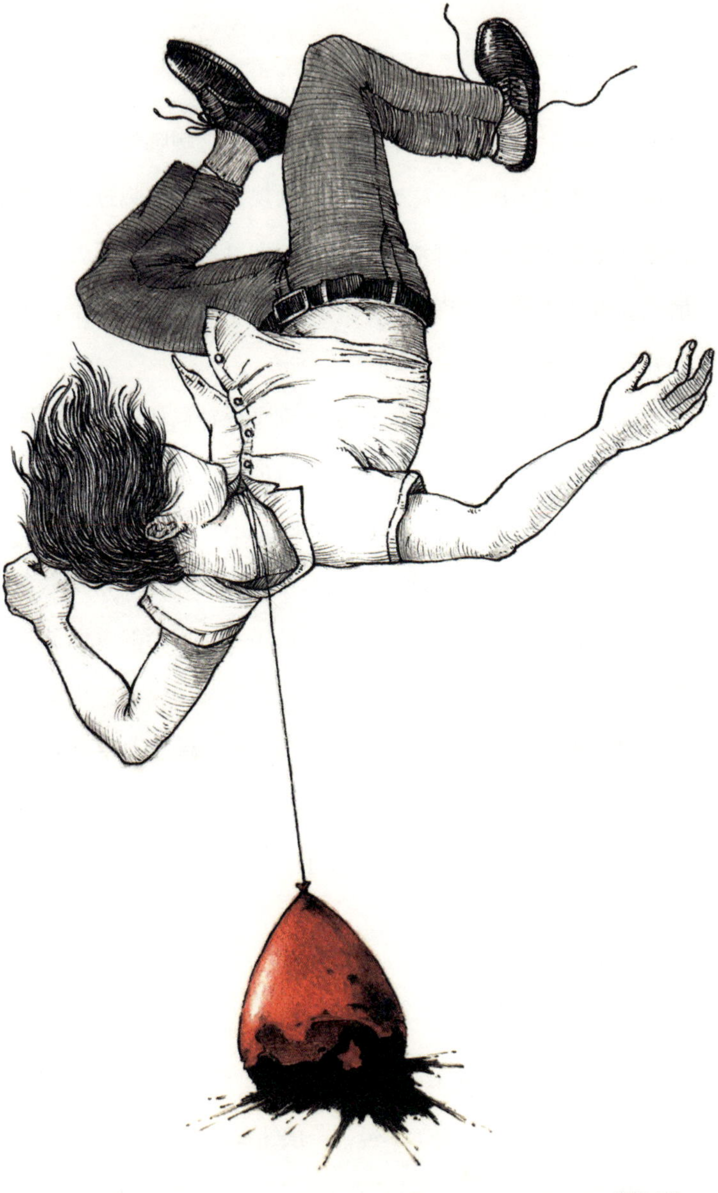

简熙 / 绘

少了睥睨顿时柔和起来，看着妹妹剪发叉，咧嘴发出笑声，与其说笑声里有不屑的意味，不如说发现了他从未想过的奇怪事物感到新奇。他的五官清明，鼻梁特别挺，框着高度近视加上散光的褐框眼镜，却掩不住炯炯有神的眼睛，扫描一下，十之八九皆在掌握中。

“难怪你功课不好。”进房不到十分钟，他已扫描出房间里窝藏的违禁品不可能让念中段学校的她考上顶尖大学，更确认他与她的脑袋就像两个星球那么遥远。

“帮我剪一下。”他的头发天生自然卷，柔细带点棕色，头顶发旋处蹿出一蓬乱发。他真的低下头，好似等着妹妹帮他砍头。

她哪敢真的剪，意思意思修一下，看起来别那么蓬乱，翻着翻着，发现发旋边有个圆秃。

“惨了，你有鬼剃头，再秃下去以后交不到女朋友。”她大叫。

“多大？”

“十元大。”

“嗯，再一个就十全十美。”他摸了摸，似乎不在意，但对交不到女朋友这话起了不悦，一层迷雾落在眼神里。

因为弯腰低头，扫描到书架底层，他抽出一沓稿纸。

“这什么？”他念出第一句，“‘她总是在想怎么活下去。’不错嘛……”

她赶紧夺回来，又被他抢去。

“你写小说啊？”

“不要让妈知道，不然我惨了。”她哀求。

“我今天有来你房间吗？”他答得干脆，“怎么没写完？”

她招，小说看多了手痒，偷偷写的，参加学校文学奖，落选，老师建议她重写，没时间，写不下去，算了。

他忽然脸色一沉：“什么叫没时间？”

“没时间就是没时间，听不懂啊？要注释啊？”

他没搭腔。仿佛置身于葱茏的树林老藤草丛间，大时间中时间小时间，老时间新时间嫩芽时间，到处都是满出来的绿色时间，而住这里的人竟然喊没时间。他生活的那个沙砾地，吃沙啃土，那叫什么呢？忍不住回了：

“这叫没时间？逃避。”他指了指镜子与那把修发小剪刀。

“你才该写，文笔那么好。反正你什么都好，我就是没才气，怎样？没见过失败者吗？”她垮着脸说。

话里有酸味也有棍棒，他被激怒，把那几张稿纸卷成棍形，用力朝床上掷去。

“你吃错药了，忽冷忽热，有病啊。”她不认识这个会丢东西的人，这个家谁都可以凶她，这让她愤怒。

“对，我快要吃药了。我们家每个人都该吃药。”荫翳的天色笼上这一张俊逸的十七岁少年的脸，那脸因积累过重的知识与课业显出深沉的质地，像汉白玉大理石欠缺一点红润，可那目光还未干涸，能穿透矿脉石材，抵达不存在生机、他人看不见的地方。

“你知道太阳系中坑洞最多的行星是哪一颗吗？水星，谜样的行星。”他捡回稿纸，重新摊开，用手掌熨平，“椭圆形轨道，距离太阳从七千万到四千六百万千米。温度，白天四百三十二摄氏度，晚上零下一百七十二度。回答你问的忽冷忽热。”

他把稿纸叠好，像女生折叠手帕一样，要把天地万物都叠到适当的位置。

“不要让别人决定你是什么，除非心甘情愿。”

“那你呢，你心甘情愿吗？”

她被自己这具有挑衅意味的问话吓住，立刻知道话语的背后是想要他留下来说说话不是要驱赶他。来不及，话太硬转不了弯。他岂是能够被质疑、批评的人，气呼呼地转身走了。

她本想写字条道歉，但不知道要道什么歉。失败者要向胜利者道什么歉？“很抱歉，我应该争气一点才能衬托你的奖杯超级可贵。”她觉得自己简直是白痴第一名，把纸条揉成团掷入垃圾桶，道什么歉！

几周后，她起了一点兴致想重看稿子，怎么找都找不到，也没真当一回事，反正找不到的东西太多不差这一项。她一向的口头禅，算了。

后来才知道，没法算了。

4

即使拥有敏感度最高的侦察器，也不见得能侦测到任何异常。应该说，像失速货车朝向山谷下坠，各色货物随机抛落，站在车上的人再怎么身手矫捷也不可能接住所有。人过日子过习惯了失去警觉，怎料日子会反过来像虎头蜂螫人一下。

那阵子，爸爸的身体有些疑虑，排了一系列检查，诊所请朋友代诊。阿嬷也凑热闹，发高烧住院去了，这是几天后她才发觉的。从阿桑口中知道阿嬷还活着，家里有个长期病号跟家里开诊所一样，让人对生老病死麻痹。

某日，她进门正要穿过客厅、餐厅往左边房间走去，却听到主卧室传来争吵声，她悄悄移近，关着的门关不住尖锐的女声：

“什么都丢给我，公平吗？都死了吗？你干什么好事以为我不知道，你为什么这么无能！”

“你还要我怎样，你还要我怎样……”颓丧带着哀求的哽咽男声，“可不可以让我安静，我只想过简单的生活……”

她害怕再听下去会听到让自己无法承受的事，潜回房间，轻声锁上门，衣服没换，躲入棉被里。才闭眼，两行热泪滚落。她以为自己已脱离垂泪年纪，那么多小说漫画音乐电影已经把她战备化了，不流泪至少也算一种胜利，可能是她唯一拥有的胜利，没想到还有脆弱的部分尚未进化，成长怎么这么慢这么烦。她后来明白，是“死”“安静”这两个关键词瞬间击溃她的防线。

“去死吧，通通去死吧，死了就安静了。”泪痕在脸上干成薄膜，脑子像自山顶崩落的石块，泥流奔下，裹挟着一颗无助的心坠落于黑暗的深渊。

生命本应是向着光的，何以长得离生这么远、离死这么近？

次日，工人将阿嬷房间的床、柜清走。她回家看到空荡荡房间，恍然以为海啸冲来把一切卷到天边海角去。收音机搁在地上，厚厚的毛发尘絮描出一个长方形，像床底曾有小动物做窝，不，描的是棺材形状。

“阿嬷死了吗？”她害怕起来，按下开关，仍是放送闽南语歌的那频道，“所爱的人今何在，望你永远在我心内……”她关掉，眼泪流下。戴手套的阿桑提着水桶拖把进来，看出她脸上的疑惑，压低声音：

“哭什么，你阿嬷还没‘回去’啦，说是以后要送去那种地方。”接着比一个旋转的手势，像女巫作法，要让与这房间相关的一切从地球上消失。

那房间很快变成储藏室，堆满医疗用品。插了鼻胃管与尿袋的阿嬷直接从医院送到某座山边的照护中心。她与哥哥没去探过，“阿嬷”这两个字从此变成禁忌，像天花板上的壁癌，斑斑驳驳要落不落，有人拿扫把铲一遍，现在干净了，不怕头上落灰。

“总算有人靠岸了，尘埃落定就好。”她在日记上写，“原来尘埃是这个意思。”

她把那台收音机收到房间，放在书橱顶上。风吹动窗口的小陶铃，很像以前隔壁房间传来：“士婷、士婷喔，现在几点？”

父亲休养后恢复看诊，原来代诊的医生颇受病患赞誉，在母亲邀请下也来驻诊。诊所业务加倍繁忙，母亲心情不错，甚至动念另找地段扩大经营。除此之外，一切照常。

唯一的不寻常，是一向被看好的哥哥竟在“学测”大考铩羽，成绩单寄来，上不了第一名校的第一名系，若要走医路，须落在私立学校。这事很快在学校尤其是虎视眈眈的家长圈传开，固然有抚着胸口的妈妈痴呆般问：“怎么可能？他怎么会这样？怎么会这样？”动用了仿佛听到闺密的老公外遇般的一级惊吓表情，却也不乏因儿子少一个竞争对手心中放下大石头的家长以修饰过的语气来一段励志的劝世文：“塞翁失马焉知非福啊！”既然这么有“福”，何不让你家孩子败一下。

妈妈两眼冒火，逼问一晚，他全程沉默。

“胜利的滋味千百种，失败的滋味只有一种。胜利，他人的眼神在你面前闪耀；失败，那些目光变成背后的箭。”这是后来她从他留下的参考书空白页上看到的最直白陈述，除此之外，他的沉默类似冰封。那阵子，她也避免碰到他，即使碰到，视线也不接触。她后来严厉地逼问自己为何这么冷酷，最真切的答案是“害怕”：一个匍匐的人看到壮汉摔倒，不知如何扶起他，又不知如何安慰他，当下竟害怕起来，转向避开，保全他的一点自尊。除此之外，没别的吗？她不敢继续逼问自己，看到常胜军落败，滋味如何？

没别的选择，他报名魔鬼冲刺班，剃了大光头，参加夏天难度更高的考试。考完，没人敢问“考得怎样”。

有一晚，她坐在餐桌吃晚餐配漫画，妈进来：“你哥呢？”

她指了指房间。

不知何时起，他用个大碗装饭菜进房间吃，状似监狱里的囚徒，如今考完了，仍然如此。妈去敲门，门是锁的，叫他也不应。妈有点生气，要她去找钥匙，门一开，一股汗馊味扑来。屋里是黑的，妈开灯。窗户关着，没开冷气也没开电风扇，他躺在床上身上还盖着薄被。冷气机上的温度计显示三十二。她看到书桌墙上贴着近几年学校的发榜剪报，各组状元露出笑容，记者采访其读书方法、制胜秘诀。

酷热的艳阳没有减威的迹象，用电量节节攀升，电视新闻恐吓大家会有跳电危机。倏然消瘦的他，把短袖短裤穿得像秋风中被遗忘在晒衣竿上的衣服，一颗冒着黑发楂的头颅框上眼镜，苍白的脸没有表情，像剃度后又还了俗，真实的喜怒哀乐不知哪里去了。他走到哪儿，那里就分成两个世界，他夹在中间。大家避着他，不知该用什么表情该说什么话。她觉得没差，一周跟他讲的话不超过五句，反正在家的时间少了，夏令营、社团活动、暑期课辅，还要抽时间谈一点起起伏伏的小恋爱，忙得很，现在换她只留一个壳放在家里——称作免费旅店可能比较贴切。

成绩单寄来，没考好，比原先的落点更差。

“打雷了打雷了，没见过你妈发那么大脾气。”阿桑煮好晚餐来叫她吃饭，把门掩了，低声说，“叫你哥重考，她去补习班把钱都缴了，你哥不要，你妈骂他丢脸。”

“干！”她啐了一字。

“你女生跟人家骂什么脏话，不死鬼喔。”阿桑口气一转，“你哥整天关在房间不行啦，这样会破病。我跟你妈讲，她说不用理他，肚子饿就会出来。唉，其实喔，你妈没有她自己想的那么能干，什么事都要管，说实在也很累啦，铁打的都会生锈，何况肉做的。”

她跑去敲他房门，一片死寂。她想找他的同学谈谈，一定有人跟他同样遭遇，能在这当口相互宽慰，却完全不知他有什么朋友，继而一想，他一向独来独往，恐怕是个绝缘体。

她塞一张纸条进去：“要不要去吃市场边那家面店，卤海带很好吃。”

没回音。那道贴着“春”字的木门上了锁，在它对面父母的主卧门白天也是锁上的，旁边是父亲的书房，事关工作、研究，更要上锁。

她闷得慌，自己跑去吃榨菜肉丝面，依然有一条免费的卤海带。

老板娘忙着煮面，墙边娃娃床上睡着几个月大的小婴儿。天花板上的风扇嗡嗡地转着，像声音浑厚的男低音，一面干活一面哼歌。小娃忽然醒来，哭了，绑着花头巾的老板娘转头哄着：“乖喔，妈妈煮面给你吃喔，爸爸呢，爸爸在哪里？”

老板从里间出来，收钱、收拾两桌碗筷，喊了他的不太灵光的弟弟来洗碗，接着牵起腰间围裙擦了擦油手，抱起小孩，大手大脚地摇起来，摇到老板娘身边：“你抱，我来弄。”

她偷偷看着这些，忽然被这店里热闹、喧哗的声音触动而眼眶一热。她不明白是什么，既而理解，是冒烟的那种热，是你喊我我叫你的那种嘈杂，是被现实抽鞭子必须没日没夜地干活才能糊口，却拥有一家人搂着护着的那股热以及婴儿身上散发的叫作“希望”的气息，是所有的门都开着的那种口无遮拦的感觉。这么世俗却这么温暖，一家人哗啦啦地一起往前奔流。

她外带两条卤海带回家，写了条子塞进哥房门底。次晨，桌上的海带原封不动，发黏，馊味像死了两条小鱼。

5

秋老虎在天空扬威，大楼中庭种着一棵栾树，绽放黄金碎花，风一吹，一阵黄金雨。某个周六早晨，开学前，爸爸载哥哥到外县市学校安顿。谈判与妥协的结果，他去那所大学报到入学取得学籍，一两个月后再办理休学回台北进医学系保证班准备重考。没人知道那个被用来当备胎的理学院科系是不是他喜欢的。这节骨眼，即使是他喜欢的，他也没条件爱下去。

她帮忙提包，一起到地下室停车场。电梯里，闻到哥身上散出多日未洗的发垢味，那衣领也是一道黑污。父亲打开后车厢，塞进两口皮箱。她看到箱子上还留着小时候贴的眼睛会动的小叮当贴纸。他们曾分别坐在打开的皮箱内，拿玩具铲子当桨，假装航海去找北海小英雄。短暂欢乐的童年无影无踪，沉甸甸的箱子意味着旅途漫长且遥远，这一去，何时能见？她想起小时候都叫他“葛葛”，什么时候开始不这么叫？也许因为长大了，这么叫显得稚气可笑。她忽然迷惑，既然嫌孩提幼稚，人为何又会怀念童年呢？很想再这样叫，跟他说话，骗自己还在童年，一下下也好，但他早早钻进车后座，闭眼，把世界关在眼皮外。

她心冷，有点气，硬着声音叫：“哥。”原本要接的话：

“你干吗给我脸色看，我又没得罪你。”话到嘴边硬是和着一股酸涩吞下，换成低声叮咛：“不用回来，打电话给我。”

他忽然睁眼，看她，露出浅笑，虽然僵硬，毕竟是个难得的善意的笑。

她觉得好温情，挥手，车子驶离。

这么热的秋天到底要热死谁，她一身汗进门，嘀咕着。冷战气氛弥漫整个暑假，妈妈把宽敞的室内冻成空荡荡的冰宫，正拿起茶几上一包切好的苹果——她早上切的要给他们路上吃，显然他们忘了拿——粗手粗脚地把水果往冰箱里丢，撂了话：

“我这一生的努力全白费，你们每一个都让我失望透顶，全丢到水沟里！”

丢给谁看呀？“你们”，只有她一人在就该接球，她不客气了：

“要什么脾气，考不上台大医学系就是废物吗？那么爱考你不会自己去考，考考考，考个够。”

“你说什么？”

她不理，直接进房，用力关门。惊觉自己第一次顶嘴，莫名地升起一股快感，突然又直觉自己说错话，但一下子没抓住哪里错。算了，按照她的习惯，解决问题最快的方式就是，算了。

一旦开学，日子的运转方式像游乐场旋转木马，尖叫几声，云层带来雨水，东北季风吹来凉意，满街商家换了布置，一看到红红绿绿就知道已到岁末。

他没办休学，仍留在学校。妈也懒得追杀，放牛吃草。

圣诞节前，他寄信来。依然用蓝色圆珠笔，写在一张照片后面："乡间路上，遇到这棵枯树，害虫啃噬的杰作。我不回去了，痛苦到底要把人带往哪里？"

一棵以仰角拍得的枯树树影，瘦黑树干开展弯曲枝条，像小楷毛笔描出般，几片枯叶挂着，更显得空荡，背景天色阴沉，如思考中的哲人额头。信寄到学校，只写年级没写班级，幸好她在社团还算活跃，但交到她手上已是隔周。

她特地翘补习班的课去选圣诞卡，还买一条有节庆图案的围巾，虽然他所在的南境丽日多过冷天应该用不上，但不知怎的，觉得他那儿天寒地冻让人哆嗦。

掏出贺卡与礼物正要包装才发现漏买包装纸。"真是个猪脑袋。"她敲敲头，还得再跑一趟文具行。下雨的周末晚，她到楼下大门口正要撑伞，警察与几位陌生人询问管理员，管理员叫她："你爸妈在家吗？你哥出事了。"

"在，我哥怎么了？"

没人理她，谁都不把一个绑马尾撑花伞的高中生放在眼里。

管理员带那四五人搭电梯上楼也不招呼她。门关上，她像被灌了石膏，脑中回荡“你哥出事了”，回神跑向楼梯直上八楼，心脏快要冲破胸口，听到父亲哭着喊：“小承啊，小承……”听到母亲喃喃自语：“怎么会坠楼……”

蹿入她脑中的第一个念头居然是“要买黑色包装纸”。多年之后每次想起这一刻，她深深以自己为耻。

6

他们赶到医院急诊室已近子夜，病床被安排在最靠墙边的单独角落，帘幕拉密，医疗机械声规律地运转着，不，不是从那帘幕发出，是斜对方罩着氧气沉睡的老人床边。那帘幕后是静止的，警方带路只带到帘边，让他们一家三口钻进帘内相见。

妈见状晕倒，她立刻扶住她，护理师扑来，有人拉来椅子让她坐下，量血压、测血氧。她站在背后扶她的头，帮她揉太阳穴，感觉母亲的脸高热而自己的手指冰冻。父亲身影遮住哥的上半身，恢复一个训练有素的医生应有的冷静，聆听急诊室医生说明致命伤及死亡时间，掀开染着血迹的被子察看伤口。随后赶来的校方人员接着说明经过，事发地点在校园某栋楼，有人目击，监控录像已交给警方。

她的耳内有山崩地裂声，年华一片片粉碎、记忆一截截撕毁。现在的时空人物是全新的，必须重新指认、决定、储存，而过去的积累帮不了现在。她只能感知自己与这一群人同时存在，但彼此是什么关系、何种牵连竟一片空白。此时此刻非常不真实，像在高速旋转中只靠一丝蚕线理智悬吊在噩梦与黎明微光之间，底下是万头攒动的魑魅魍魉，等着吞噬一切有血有肉的人。她害怕，想逃窜，想把这一切像抠贴纸一样从脑中抠掉转头跑走，乱石崩塌、岩块滚落的现场都交给他人。她不想待在这里，不想面对不想记忆，没有记忆就没有回忆，没有回忆就能无感地返回熟悉的日子里吃喝玩乐，继续往下走。

可是，感官不放过她。她看到床尾露出年轻男子的脚，陌生的苍白的脚，应该不是哥的。这时候，“哥”这个概念回来了。忽然问自己：“他穿几号鞋？”接着看到地上有鞋，一只正着一只倒扣，即使沾着脏泥与暗血她也认得这双有品牌的休闲鞋，是他唯一爱穿的那款那色。可笑的人，居然靠鞋子指认亲哥哥。她猝不及防举起右手甩自己一巴掌，仿佛有个无名的幽灵指使那只手这么做，没人听见，因为母亲发出愤怒且凄厉的哭声掩盖了巴掌声。此时她清醒了，那些关系与牵连都绕到她身上，她读到床上哥哥未止息的情愫，浑身起了疙瘩。他知道家人来了，渴望相认渴望拥抱渴望说话。她终究没有逃，不知哪来的勇气，牵起母亲的手，拉向前，牵起哥下垂的大手，她感受那手的僵硬，让两只手握着。母亲半跪半蹲着，牵起那只冰冷的手抚自己的脸，又张口咬着，恨不得吃下肚。她站在一旁把这一切收入眼里，从另一个角度理解天葬的意义，高度的爱接近了恨，反之亦然。

她站在床尾，不停地不停地搓揉那只年轻男子的脚，仿佛要搓回童年，打开两口皮箱当作船的那日，哥哥说："妹妹，我们来划船。"

拿到"死亡证明书"后，接下来的事情几乎听她安排。殡仪馆的灵车载着遗体北返，爸妈随车。电话里房东说："没见过你哥这种人，把房间收得干干净净，两个皮箱，还留住址。你顺便来载，我在门口等你。"她另外包车到租处运载行李回北。这个伤心地，不要再来。

离开医院前，恢复理智的母亲向医生、护理师鞠躬："辛苦您们了，谢谢。"抚着尸袋说："儿子，妈妈带你回家。"

7

两口皮箱几乎是空的，除了重要证件及可堪再用的小家电，已无个人书籍衣物用品，连一双袜子、一支牙刷的现实气息、日常情分都不留。他整理行李的时候一定怀抱一颗要远行的心，执行坚定的不再返回的计划，断了该断的、舍了该舍的。多么像他啊，从来就是这么精准、周详、明快。唯有一只牛皮纸袋，写一个“妹”字，再无其他。里面是她的那几张没写完的小说原稿，不知何时被他拿走，以及一沓字迹还算端正的他的手稿，没有题目，没有说明，没有署名。

没有遗书，那么这就是遗书了。看来是一篇小说草稿，有人用小说当遗书吗?

她收起来，没让父母知道。他们浸泡在她不想进去的沉默、阒暗深渊，除了阿桑公然在她面前叹息流泪，他们三人很小心地不碰触任何一条会触及亡者的线索。他的房间保留原样，连挂在墙上的高中书包、外套都在。而任何一个人，包括自认不被重视而离开的人，都低估了自己在家中留下的庞大讯息。她每天必须管控才能避免说出“哥”这个字，可是无须用语言发声的意念里，她无法克制地想到他写在参考书上的话：“失败，那些目光变成背后的箭。”背后插满箭是什么感觉？她有点懂却也不太懂，从小习惯“失败”的她，从未觉得背后插满箭，这么说来，梅老师说过的“英气”大概可以理解成天生配备了盔甲以致能够刀枪不入。她错过了跟他“分享失败”的重要时刻，然而她很快摇摇头，来自一个习惯性失败者的劝告根本就是屁话，她错过的是不曾认认真真地问他：“你认为什么叫作成功？”

还有，错过了问他：“你拿我这篇没写完的烂稿子做什么？”

她鼓起勇气读他的手稿，读到最后一页最后一段只有两个字“待续”，读不懂，以为待续是正文。熟悉的是文中那些童年经验是她原稿里的，但灵魂不是她的，是他的吗？她想起多个因社团活动而迟归的夜，看到他的房门缝流出灯光，静悄悄的。她从小认识的他只不过是门面上的，现在，这些文字透露灵魂的光色。

“待续”，是什么意思？为什么写不下去？

第六日是个阴沉的冷天。在殡仪馆提供给家属做七的小室，一场近似只是一家四口到快餐店吃早餐的告别式悄悄地办了。

一位法师及两位师姐诵经，十多位不知从何处得知消息的高中同学来送他一程。厅小，他们聚在室外低声说话，如同下课十分钟在教室外面讨论功课、对考卷答案。

她双手合掌，全心全意呼唤他。“痛苦到底要把人带往哪里？”她想起他信上写的，随即想到最后一面就是他离家那个秋日，她对他说：“不用回来。”原来说错的是这句话。她无意间侦测到他的意念，他才给她一个天知地知你知我知的笑容。

他去哪里了？刚才出门前她再读一遍手稿：“歪着头颅，坐在某一块霓虹招牌顶端，觑着叆叇世间，也不微笑，也不皱眉，好像一只搁浅在半空中的云豹。”今天他会以一只云豹的灵魂原形出现吗？如果会，她能辨认吗？环顾四周，没看到豹影，却看到坐在椅上摘下眼镜频频拭泪的父亲。现在她能看穿了，父亲除了两手两脚还有血肉，头颅身架已成骷髅。而一身黑衣的母亲，除去平日淡妆画眉闪着精锐眼神、佩戴首饰显出威势的样貌，一夜间灰白了头发、惨白了素颜，现出小女孩形貌，不知被谁欺侮、一个人孤单地站在大操场啼哭。时间不理她，飞快地转动，把身体撑大，可那小女孩还在原地哭，等着被发现、被拥抱、被安慰。她顿时明白，母亲所有的愤怒来自于她是被遗忘的小女孩，而她之所以无法恨母亲，是因为她必须负责拯救她。

封棺前，她放入圣诞卡与围巾，卡上写：“葛葛：冷的时候记得围上围巾。想你、永远想当你的妹妹，士婷。”她原想把手稿也放入，却在最后一刻缩手。她无法解释那一瞬间的迟疑从何而来，可能是“待续”两个字吧——带着强烈的暗示，留在世上的要替离去的人活下去，活得惊天动地，活到爱尽恨消。

同学们护送棺木到火化场，她从他们身上感受到旺盛的青春能量，每个人或许都是孤鸟，带着秘密创伤在雨中孤独地飞行。

一直飞，总会飞到栖身的地方吧。

她捧着骨灰罐出来时，雨，终于落下来。

8

行李都整理好了，用他的皮箱装，上面还贴着小叮当贴纸。

不记得是第几次重阅手稿，叫醒她的小发财车已走远，她忽然莞尔，有时叫醒我们的是很微小的事物。

她似乎读懂了，他在模拟她的形貌，同时试着释放内在自我，把这两部分搭在创造出来的人身上，以观看他人故事的不涉入态度，借以窥伺成长与伤害的轨迹。

这是一种疗程吗？为何他不能用寻常人理解的方式直面自己的困难，难道捆绑他的魔物竟剥夺了他面对自己的勇气？为何封锁任何一种可能的倾诉？她忽然领悟，他笔下的人是他们两人的合体，“总是想到死亡”，想的是他们兄妹俩各自寻找的解脱。他把妹妹放在创造出来的成长模式里，现在换她把他放入自己的成长模式内。

“待续”，是这个意思吗？她将手稿收入袋内，连同空白稿纸放入皮箱。

她必须找个安静的所在，思考、续写那篇小说，不，不是小说，是人生。她后来想起那日他曾说到谜样的水星（Mercury），翻查看到在神话传说中，这颗星对应的神是墨丘利，一个戴着有翅膀的头盔、双脚长有双翼能健行如飞的信使，持着双蛇缠绕的魔杖，自由进出冥界、穿越边界的旅行者与商业之神。

这篇待续的手稿，是他传递给她的讯息：接着，换她必须传递下去。传递什么？她还不知道，但总会找到的。

父亲支持她离家的决定，帮她安排住处。至于母亲，她管不了那么多，让她内在的小女孩在操场上再哭一会儿吧，时间到了，她会去拯救她。

次日清晨，晴朗的天气适合离家。父亲打开后车厢将皮箱放入，她正要钻进车内，看到母亲提一袋水果走来。

她伸手接了，走向车门。

停了两秒，回过头，主动抱她：

“妈，我会回来的。”

弱水三千

窗外，天蓝着，

榄仁树舒开翠绿新叶，

杜鹃闹着，

流苏初积嫩雪，雀鸟轻啼。

年年都看的风景，

怎么今日如此不同？

1

赵圣宇拾着阶梯，上了文学院二楼。

十月中旬，微雨天气，秋意正醉，廊上窗外的榄仁树叶色殷红，经雨洗过，带了几分“浓睡不消残酒”的凄清之美。赵圣宇看在眼里，不免心恻。

他扶一扶眼镜，依次看着每一间研究室门牌，在整栋文学院绕过来弯过去找了好一会儿，还是不知道“中文系办公室”在哪里。自揣着，该去配眼镜，高度近视大概又加深了。

一声声“空、空、空”的跫音从前头传来，赵圣宇抬头，是一个高挑纤瘦女子：米色上衣配灰长裙，一条浅灰与粉红双织的围巾系在肩包上，肤色白皙，脂粉未施只搽了薄薄的口红，秀发垂肩遮去半张脸，从这样阴沉无趣的秋日午后一声声走来，像随身携带一座春天的空谷。赵圣宇不禁眼亮，甚是忘情地拿她瞧。她边走边翻阅手上的精装厚书，神魂全在里面，不理会九陌红尘。

错身刹那，赵圣宇瞄到那是古典中文书，忽然唤她："请问您是梅运同学吗？"

那女子从书中抬头，一双慧眼露出微惊，仔细地将眼前这人壮硕结实的身躯审了一遍：暗红色长袖毛线衣，露出个白净衬衫领子，加了件黑色外套及长裤，脸方耳大的，眉宇之间甚是厚实，乍一看觉得是大树浓荫；框上眼镜，又显得温文儒雅，笑起来有"绿水逶迤、芳草长堤"之感，仿佛这一笑不打算收。她瞧了又瞧，看了又看，直要看透人家的身体发肤似的。赵圣宇被她审得有些不安，说：

"您……在考据吗？"

她却不理会这话，兀自深思，倏然眉目一灿，说：

"您是赵圣宇同学！"

换他吃惊，忙点头："是。"被认得心脉俱热。

这一回答，两人竟不约而同问对方："您怎么知道我的名字？"

两人都觉得好笑，先后笑出声，这一笑抵过半生疏离，当下如故。梅运抢着道："您先说。"

赵圣宇看她举止很是落落大方又不失端庄，尤其笑起来音质轻柔亲切，与她刚刚埋首书页的用功样大相径庭，心下也就不拘泥，便又将她冰清玉洁的身姿记了一遍，说：

“觉得，您应该就叫梅运。”

梅运一笑：“好吧，不成理由的理由，暂时接受。”

“那您呢，我脸上可没刻‘赵圣宇’三字。”

“嗯……”她沉吟一会儿，深看他一眼，嘟着嘴抱一个怨，“我都词穷了……”又不甘心，似乎要捕捉什么奇妙的感觉，到最后轻叹一声，逞了一个小口舌：

“您要不是您，您又能是谁啊？”

赵圣宇以为她要说什么蛛丝马迹，听她这么狡辩，直呼：“谬论，谬论。”

梅运一赧，随即说道：“这名字赞天地之化育，就该是您这样子。您怎么迟到，都已经开始上课了。”

赵圣宇的脸上闪过一瞬黯然神色，扶正眼镜之后支吾着：“因为……个人的一些私事，所以……”

梅运期待他把话说完，听他断断续续，像在避什么，以为他初来乍到难免认生，当下替他把话一截：

“所以，那一定是十分重大的私事。”不等他插嘴，轻溜溜转了题，“补注册了吗？”

“尚未。”赵圣宇心下如释重负，不免生出几分谢意，“惭愧，我还不知道办公室在哪里。”

“这叫咫尺天涯。”梅运走在前头带路，偏过头来笑着说，“喏，前面就是。”

“不劳梅同学您……”赵圣宇赶上一步，说，“我自己去办。”

梅运停步，有点愠然：“叫名字就好。我们这一届十个硕士班研究生里头，只有你一个是外校的，有朋自远方来，大家等着认识您。您还没有来，我们都老朋友似的急着要找您讨教呢。”说完，撇着嘴学他刚才的话：“赵同学……”

赵圣宇不好意思地笑出来，心里一脉温暖汩汩而流。

“其实，跟您这个榜首比起来，我还得多讨教。报考的时候，一个朋友说：‘你不用考了，中研所只开出十个名额，他们系有个叫梅运的，连拿四年书卷奖，左手考都会第一名！’所以，对您才是久仰了！”

梅运竖着书，羞得半遮脸：“听起来像坏事传千里。我是拜专书之赐才上的，据说文字、声韵您考得最好。”

“当兵时闲着没事，抱着韵书啃，没才情只能靠苦功夫。”

“这功夫才不得了呢。”梅运很认真地点头称赞，心里对有人肯下这苦功而赏识不已。半晌，突然又想起什么似的抬头问他：“您服过役？”

“是。”赵圣宇扶了扶眼镜，腆然，“虚长几岁，马齿徒长，一事无成。”

梅运一笑，半闹着玩儿说：“那我们得保持距离，有代沟呢！”说完自觉造次，初次见面闹人家的年龄不成体统，这不是她的作风，奇怪的是，怎么跟这个人一见如故全无生分？

“我本将……”赵圣宇霎时住口，改回一句，“放心，我会设法把那个沟填平。”说完，也自觉这话是否轻佻了，有点懊恼，随梅运往前直走。窗外的榄仁树一路走一路更残艳，雨打在面包叶盘上，有意无意似琴弦。赵圣宇夙闻这儿杜鹃花好，不免留意看，季节不对，一丛丛杜鹃敛于雨中，只剩老旧的枯枝空叶，看不出美。

梅运点头一笑，转身正待提步离开，回头轻笑：“还有，我们别再‘您’来‘您’去，明明近在眼前，感觉远在天边。”接着，眼光从他脸上一移，水漾漾地把窗外的美景都摄入，脸庞清朗明亮，往外一指，对他说：“那就是杜鹃，花期短，开的时候酣畅得不像样。”

赵圣宇看着她那瘦姿清影，眼睛没移开。

“那边那棵，看到没？那是流苏树，开的花像雪。”

“像血？”赵圣宇吓一跳，寻她所指，乃瘦树一棵。

“嗯，像雪花。”梅运兀自赏着，“风一吹就谢了。”

赵圣宇一下子有些昏头，从杜鹃花到流苏树，从血到雪，跟不上她的语词指向的幽林秘境，但听到风吹花谢，不禁涌现李商隐的诗境："帘外辛夷定已开，开时莫放艳阳回。年华若到经风雨，便是胡僧话劫灰。"当下心情为之怃然。

"到了。"梅运在系办门口停下，"你找助教，他会帮你忙。"

她叮咛："明天有高级英文课，虽然不计学分，但是必修，希望你来和大家见个面。再见！"

"谢谢您……你，梅运。"赵圣宇诚意说。

梅运踩着空空的跫音往楼梯行去，临回身，却停住，回头，隔一箭之遥，看见赵圣宇也还站在原地目送。这样远远互望，仿佛心事未了，却又似梦醒，举手向对方挥别。

"我本将心向明月，奈何明月照沟渠。"她心中转着他刚刚说出口立刻刹住的话，不禁抿嘴偷笑。她当然知道浸淫在古典世界久了，诗词歌赋早已化成血液在体内奔流，常常因一字一事触发而脱口引出，有时适切收一针见血之妙，有时反之，旁生歧义引人误解。他刚刚猛然收口，一定是警觉对初次见面的人说这话太轻浮，由此看，应是个磐石心性之人。

"亏他收口，他要是不知轻重说出，看我怎么收拾他。"梅运才动完这念头，察觉自己在乐着，又自问："若他真这么说，我怎么回？"脚步轻快，就这么自顾自遐想，忽地停住，发觉自己跟他挥别了却在心里延续对话，不像这季节该有的现象。

她走了好一会儿，赵圣宇犹靠在窗边远眺铁灰天色发呆，摘下眼镜，揉眉沉吟："梅运，梅……运……"嘴角浮起微笑。

这寻常午后相遇，不及一盏茶工夫，却给他的人生犁开一道土堤，河水奔流而来。

2

研究所的课不似大学部紧锣密鼓，除了必修"高级英文"，必选"中国文学批评史""中国经学史""中国语文史"只要三选一，其余是专书。研究生各自选修自己感兴趣的课，路径各异，虽同在文学院上课，各自出没的时间不定，碰面的机会反倒少。

赵圣宇有志于批评，梅运素爱文学，两人选的课便甚少相干。赵圣宇连脱了两次"高级英文"，梅运再碰到他已是两个星期后。

这天，五点钟下课，教授走出后，同学们也陆续离去。只见赵圣宇站起来，拢了拢桌上书籍、笔记，走上讲台拾起板擦，把黑板上满满的字迹一一抹净。梅运坐在下面，瞧他举止从容，丝毫没有时下青年的浮华，心里先给他一评：“这人，倒还知书达礼。”

赵圣宇擦完黑板，洗过手，回身正要抱书走，发现梅运坐着不动，有点喜出望外，便问：“你还没走？”

梅运心神正千般忖度着他，被猛地一点，有些心虚，随口掩饰：“把……把笔记整理一下。”

“那正好。”赵圣宇离开书，走向她，“有几个问题请教梅同学。”许久未见她，他的话头起得拘谨。

梅运听他这么称呼，太拒人于千里的口气，便低头沙沙写字，道：“梅同学走了！”

赵圣宇一愣，随即赧然会意：“梅运在吗？”

梅运还他一笑。

正说着，窗外传来当当的钟响，梅运语重心长地看他：

“文学院面对着傅钟，真让人觉得念中文系是任重道远的事……”

赵圣宇知道她在问脱课之事，沉默半晌，阖书招来：

“我回南部两趟，一趟搬家安顿自己，一趟安抚别人，主要是……”眼睛里净是匆匆行路风尘，漫漫一片。

梅运心想：“倒错怪他了。”听他迟迟不将话说明，便搁上一句：“说得出的或说不出的？”

赵圣宇一惊，定定看她面目，只是一脸体贴意，遂心凝神重道："说不出。"两眼瞪着廊下黑黑的天色看。

梅运默默点头，表示尊重他，就此打住。一时提不出话头，随口扯了一问："南部天气好吧？"

赵圣宇回过神，答："今年怪，比台北冷。"说完，两只手掌奋力搓一搓，要搓掉什么似的，抽出夹在左胁的厚书，打开，找了几页，指给她看："这一段怎么解法？"

梅运转述诸注家说法，与他论了一回，两人唇枪舌剑一番，谈完学问话就越扯越远。梅运一向是教授们公认的得意门生，对系上里里外外的风土人情知之甚详，赵圣宇初来乍到恍如隔雾看花，梅运不免仔仔细细地为他提纲挈领。

"总之呢，方老师的戏唱得虽不怎么很好，"梅运也为自己这串咬文嚼字逗笑，"但他十分爱护好学之徒，你只要带瓶好酒去孝敬，他就'不惜歌者苦，但言知音稀'，来一段儿给你听啦！"说着，比了一个莲花指，略略有些身段味儿，眉目传神。

"听起来很是'大人者，不失赤子之心'！"赵圣宇听得畅然，看得酣然。

"而且而且……"梅运自己硬撑住笑，"他老人家最爱票'红娘'，那扮相……"梅运撑不住，干脆趴在桌上自个儿笑个痛快。赵圣宇随她笑着，见她两肩圆滚圆滚簌簌然动，竟有些“言在耳目之内，意在八荒之外”了。

“至于王老师……”梅运吸一吸鼻子，慎重起来，“他是系上的瑰宝，学识渊博，自然没话说。”梅运缕述他的生平逸事，最后，很认真地点点头：“老师那份旷达超然的心胸，我们学得了一二，也就终生受用了。”

赵圣宇目不转睛地看着她黑亮的眸子流漾流漾的，那里面有许多慧黠、聪颖，还有诚心诚意赞叹世间美善的温婉光辉。他心里不禁一动：是怎样的一个女子？

“你看，”梅运歉意一笑，“我说着说着就自我陶醉了，怎么扯这么远呢？”

赵圣宇把书一阖，说：“走，我请你吃晚饭，继续扯。”

梅运看一看四周，乍然一惊：“啊，这么快天黑了。”

窗外都阒暗得深，只剩文研教室两盏微亮的灯。屋外，秋雨沛然且寒气波涌。文研虽小，于此夜晚却静得安稳。梅运被这一霎时的宁谧吸引，忘我地重新看了看这秋天、这课堂、这夜晚，心里有一种“相逢”的感觉。仿佛千万年可以浑浑噩噩过，唯这一刻须清清明明认取。

赵圣宇见她沉思不语，以为自己的邀请过于冒昧，便说：“如果需……”

“如果需回家晚餐？”梅运不假思索地接上他的话，一面伸手将长发掠到耳后。

赵圣宇一惊，心忖：“她怎么知道我要说这话？”

“我家在台中，自己一个人住台北的房子。”

两人相视一笑，她便随他走出文研教室。

雨中，他为她掌伞，竟有不知如何调适距离的苦恼，若即不是，若离也不是。梅运看他掌得这么辛苦，说：“来，我帮你抱书，湿了不好。”

赵圣宇两手空了，便专心打伞，谁知那把黑伞竟有一世风雨那般重，他空落落的左手更不知如何安措。才走几步远，梅运便站住，左手拨正他拿伞的右手，说：“别尽往我这儿偏，你看你淋的！”

赵圣宇挨这一骂，挨得心里暖烘烘，顿然心头怦怦动，脸色也燥热及耳，这女子连他小小的呵护之心都知道。

“请放心，我姓梅，又是腊月生的，从小不怕冷。”

“对了，你不提我倒忘了，早就想请教，‘梅运’这名字怎么来的？有没有什么典故之类？”赵圣宇追问，有点想知道她的一切。

“‘天其运乎？地其处乎？’家父说，我出生时他正好圈点到《庄子 · 天运篇》，不问吉凶，就给我取个‘运’字，作为他读书的纪念碑。我上头的哥哥，是《尚书》的‘尚’，害他考运不佳，梅尚，没上嘛。我从小被叫霉运，好不到哪儿去。”

“伯父学问大，梅这姓不好取名。”

“好险，要是他念到《诗经·维天之命》，我岂不叫‘梅命’？”

“哈哈，那我就得尊称你‘小命’小姐！”赵圣宇心直口快，还横来左手抱拳以为敬。伞一偏，雨正好淋了两人。梅运笑弯腰，不假思索说：“你叫我‘小命’，我岂不是要‘死生相许’了！”

这无心的话一出，两人登时心头轰然一震，依稀仿佛这话搁在心里几生几世了，怎到今日才说得听得?

“该死，羞死人，怎么搞的今天！”梅运心里嘀咕。

走着，尴尬的沉默。赵圣宇斜斜地往她偷觑，见她两手紧抱着书，头压得猛低，几绺长发落在脸颊边晃呀晃的，两只鞋越划越快，早溜出伞沿，雨水打湿她一头秀发。赵圣宇跟着半跑随上，一辆脚踏车疾驶而来喷起积水，赵圣宇拉住她袖子喊：“小心水！”两人便站住。

梅运也不搭腔，只牵着袖子擦怀中书皮上的水，一遍又一遍。赵圣宇等她擦完书，其实是得了势好好欣赏她。她这晚穿的仍是过膝长裙，深蓝色越衬出她的脚白，雨天里大概为了涉水没穿丝袜，脚指头圆细粉白乖乖躺在露趾鞋子里，唯独那两只拇指，一个劲儿划上划下，和她一尊肃然模样大不相同。赵圣宇见她羞成这样子，打心底怜惜起来。雨越下越大，要打破伞似的，赵圣宇双手掌稳风雨，挨她近些，说："我们……找个地方坐，好不？"

梅运随他走。赵圣宇存心要解她的窘，自告奋勇高声说："至于我的名字，嘿嘿，那来历可大！"

梅运兀自浅笑着，撩起长发，抬头，破窘而嫣然：

"就是嘛，'圣宇'这两个字颇具百官之首、宗庙之美，好像孔夫子住的万仞宫墙。"梅运存心调侃他，话一转，咯咯笑说，"好——大的圣人房子啊！"

"别挖苦我了。我家是大家族，当年老家大厝新居落成，席开三十桌，家母饭吃到一半羊水破了，上医院，我当天晚上出娘胎赶来共襄盛举。我是长男，老爷爷一高兴就用这事为我命名。不过，名字取得太气派往往事与愿违，我这一生恐怕是茅茨土屋的命。"

"茅茨土屋也有茅茨土屋的安稳日子。陶渊明诗：'方宅十余亩，草屋八九间。榆柳荫后檐，桃李罗堂前。'这种生活也让人向往。"梅运说。

赵圣宇若有所思，看看她云鬓肤白的侧影，深深吸一口冬雨的寒，却管不住心头蹿出的热，便说：“堂前应该种梅花，平时一样窗前月，才有梅花便不同。”

梅运怎听不出他话中有话，心内嗔也不是，怒也不是，转着眼珠子瞪他一眼，却连反驳的招式都无，只在嘴里嘀嘀咕咕：“越说越离谱啦。”

那晚回去，赵圣宇一夜难眠，才体会《诗经 · 关雎》“优哉游哉，辗转反侧”的滋味乃如此这般。夜雨敲窗，他躺在床上，两颗眼珠子滴溜溜如夜明珠，遂奋然跃起，找出《庄子》翻读《天运篇》。天运者，天象运行不止，喻天地日月万事万物皆在变化之中，人不应墨守成规，应因时而变、顺物而化。赵圣宇见此文意仿佛得到天启，不免心思放荡，喜不自胜。他平日以练字修心养性兼自娱，此时情急，裁纸、开笔、研墨，三更半夜濡墨畅书，写得一会儿喜、一会儿犹豫，又一会儿苦甘皆具。写罢，把灯扭到最亮，烘干墨汁，又嫌太慢，双手支住桌沿，提口气呼呼地吹。

也不顾更深夜寒，撑把伞摸黑出门，要把字寄给她，却站在邮筒前犹豫不决。绿色邮筒上有两个口，“本地”与“外埠”，两个都开着大大的口。赵圣宇就着路灯把信送进“本地”那个口，连手掌都进去半截了，还在犹疑要不要放下：放，自己心内一局棋要翻了；不放，却有说不清的依恋，仿佛错过最好的时光。眼睛歉然地瞪着“外埠”看，直到雨打湿他的长裤，冷得背脊都锁紧，才不顾一切地放手，听到信落筒内“空”的一声，连忙哈口气暖一暖手，自言自语：“好冷！”

隔天，梅运收到，待要展开，发觉有一角紧紧咬住，她又想快看是谁又想存个完肤，伸来一指濡些舌上唾沫，轻轻去解墨，张开一览，见一手行云流水的好字，便心撞如羚鹿：

“竟日寻春不见春，芒鞋踏破岭头云。归来偶把梅花嗅，春在枝头已十分。”

上款落款皆无。梅运竟动容了，她懂，这是你知我知的意思。

3

流年易过，乾坤正长。农历年过后，便是研一下学期了。赵圣宇与梅运平日见面的机会少，又各自忙于专题研究，不是上文图、总图、研图找资料钻研，要不就跑国家图书馆与书为伍，两人难得有并肩闲步的心情，就算有，一盏茶一顿饭之间所谈，也是义理多儿女少，谈兴大开之际也免不了燃起争论的火花。然则，灵犀往来，本不限于时间；恩义情缘，也不由空间做主。何况书信深交，更胜于言诠。两人偶有鱼雁往返，梅运越赏爱他稳若泰山、以学术为终生志业的怀抱。赵圣宇则敬佩她笔头千字胸中万卷，如师亦友了。

元宵节将至，梅运特地约了几位硕班同学一起到家里喝下午茶、吃汤圆，自然也包含赵圣宇。虽说君子之交淡如水，但他们不约而同以淡然护着浓郁，每一步都在人群中，却又于人群中目遇成情、灵犀互通。论交以来，梅运第一次请他上家里，个中意义自是深厚。

那日下午，梅运早已齐备待客的吃食，水果、甜点摆了满桌。汤圆更不用说了，芝麻、花生、豆沙馅儿都有。诸事俱备，只等东风吹来。

门铃响起。

梅运应门，一开，没人影，却人身也似的站着两盆盛开的梅花，枝丫扶疏宛若舞袖，一红一白，一绮丽一澡雪，都开得喜滋滋的。

梅运惊叫一声，问：

“谁呀？简直——”

无人回应。

“谁嘛？”梅运急得跺脚，又气不见人，又感动至极。

“我。”

是赵圣宇。

“你，来就来，这是做什么？”过年后梅运第一次见到他，心里亦嗔亦娇，骂起他来，别存一番秀媚。

赵圣宇亦深情望她，隔着花，说：“送你。”

“你怎么扛来的？好大盆呀。”

“学校对面夜市巷口有个卖花的老先生，”赵圣宇说，“我跟他订的。这老先生有趣，算熟了，今年我还给他写春联呢，刚刚他帮我用车拉过来。”

“你给他写什么？”

“家门口贴的一般，放花的地方是他的工作室，有个门。欧阳修写西湖的那十阕《采桑子》，有一句‘人在舟中便是仙’，我把舟改成花，‘人在花中便是仙’。他很乐。”

“你怎么知道我家放得下？”梅运狐疑。

“先探过了。看到前院这个小鱼池荒废了，积水招蚊虫不好，正好可以种树。”赵圣宇说实话。

梅运看花，有说不出的爱；看他，有说不出的嗔怪；听他字句，又是说不出的惜。千万言语在嘴边都成多余，就心领不说了。见他穿戴整齐，头发梳得妥帖，胡子也刮得干净，越显得一表人才，只是外套上沾了一块灰白，大约是刚才抱梅花盆沾上的。梅运瞧见，伸手替他拍去，顺便调侃他：“招女婿去呀？穿这么漂亮！”

赵圣宇听这话，眼眸子一瞬间刷暗，随即柳暗花明，清澈澈映出她那一身倩影，回说：“就差进门而已！”

梅运听他这么一语双关，鼓着嘴歪了几歪，瞪他一下，说：“你这人真是，还不进来！”

老公寓一楼有前庭后院，是个闹中取静的好居处。赵圣宇搬了两趟，将花送进来，进屋，舒口气打量着，说：“一看就知道是梅运住的。”

三十坪见方，客厅即是书房，三壁环书，分经史子集、西洋、现代入柜，书桌靠着窗边，桌上堆了几摞书稿、一筒各色用笔。见得出独居息游，客厅的功能不彰，只有一条花梨木长椅配着小木儿，可堪稍坐。又自天花板悬下一盏纸糊方灯，上书“清风明月”，显然是亲自铺设的。另一面墙挂一幅字，录苏东坡《念奴娇 · 赤壁怀古》，落款处一枚篆印，正是“梅运”二字。

赵圣宇是写字的人，一面赏一面举起右手运着虚笔临摹，叹：“不好写。东坡这词，字字是奇景奇情，饱含苍茫与力道。你的字柔中传神，写出千古兴亡那份悲壮。”

“乱写罢了，别理它。”梅运递来一杯乌龙茶。

“‘清风明月’，在哪里看过……”赵圣宇思索道。

“《南史 · 谢谌传》。”梅运提醒他。

赵圣宇恍然击掌，笑道：“入吾室者，但有清风；对吾饮者，惟当明月。”

梅运频频颔首而笑，脉脉看他，引为知己。

待两人坐下，梅运看钟：

“奇怪，他们是不是迷路了，怎么还没来？”

赵圣宇拿起一块凤梨酥正要吃，听她一问，搁着，局局促促说：“忘了说，他们都……都被我骗走了！”

梅运不解，凝住一潭秋水如镜，照得赵圣宇更是不安：“我跟他们说，你临时回台中……取消。”

“你……”梅运气得脸都红，“我的事要你做主？你做得了主？”走到电话旁，找出同学的电话要打去。

赵圣宇自知理亏，眼盯着满桌子肴果发直，不敢看她：“只是想单独和你过节，就不计后果，你骂吧。”

梅运拨到一半，放下电话。

“其实，”赵圣宇语重心长一叹，声音放低，“做得了主的就是做不了主。”两眼茫茫不知所以，许多无奈。

梅运听他语意凄恻，看他一脸痴迷惝恍，好像无限委屈，气他的心登时软了，念他也是一片真诚，就饶他这次“情有可原”，自顾自去把各种肴果收拾。一人有一人的招待法，不须铺张。

赵圣宇见她走来走去不发一语，更觉如坐针毡，干脆走到院子赏梅，见不远处有建案正在兴土建屋，旁边的接待处貌似待拆，绿茵花台都将作废，突然福至心灵，匆匆出去了。

梅运听到带门声，出来一看，鞋子果然不见了，打开门看，也没，以为自己闷走他，又悔又恼，在屋子里踱过来想过去，觉得空洞得快塌下来。

不一会儿，门铃响，开门，见赵圣宇抱着两大袋沙土进来。

“你，又……干什么嘛你这人！”

“先别问，快来帮忙。”

赵圣宇脱下外套，好自然地交给梅运。卷起两袖，蹲下察看那口废池，见排水良好，抓除残枝落叶后，砌砖圈堤，将梅花脱了盆依着距离姿态调好，倒土掩上，两手推推捧捧堆成一个小丘，两株梅树像土里长出的，更添天韵。赵圣宇退后端详，很是满意。突然又噼啪出门去，这次铲了茉莉花与草皮来，又抄起院落一只水桶往返几趟去装土，一一铺成。顿时，小小院子异趣横生，不似人间。

“如何？”赵圣宇摘下眼镜往衣服上一擦再戴上，看花的眼神流露着恋意。

“你，衣服都脏了……”梅运疼惜地说，看他手上、指缝、鞋沿全是土，很为他这一砖一瓦的苦心感动。

"不管它，如何？"赵圣宇忘情地看她。

"没想到你通园艺。"

"我家花园有人打理，看久了，略懂皮毛。"

梅运点头一笑，挨着他而立，一起看花赏花疼花，心里有一份暖暖的平安。屋子里晕黄的灯光从窗口透来，点亮这将暗的冬日黄昏。梅运想到《诗经》"之子于归，宜其家室"句，大约就是"一灯如豆"的室家幸福了。想着想着，眼润鼻塞，恨不能拿住乾坤换此一刻永远停留。

"养梅的学问我一点也不懂，你送我这么漂亮的梅，叫我怎么照顾？"

"剪枝施肥，都还是形而下的……"赵圣宇深情地说。

梅运怎不会意，瞪他一眼，说："你这人，怎有那么多说法？"却同意这话，提水来，曲掌如瓢，轻轻泼洒。梅干带露、梅蕊含羞，水珠纷纷落下，被土吮入。梅运听这珠落土含款款之声，料想天地亦应为之语塞吧。

赵圣宇蹲下，就着桶内洗手一边想道："这……梅丘已经被张大千用走了，梅岭……"

"不好，太粗气，还不如'振衣千仞冈'的'冈'字。"

"你记不记得东坡有一句'半壕春水一城花，烟雨暗千家'。"

梅运打开书橱抽出《东坡乐府笺》一翻，说：“《望江南》。”便轻轻盈盈吟给他听：“春未老，风细柳斜斜，试上超然台上看，半壕春水一城花，烟雨暗千家……”

赵圣宇接过书，看了下半阕，心头有些冷凛，随即开颜，大声念出：“……且将新火试新茶，诗酒趁年华。”正是《望江南》最后两句。

梅运知他心意，微笑地引了李后主的一句词算是回答：“天教长少年。”愿这年华天长地久。

“所以，我们就叫‘梅壕’。”赵圣宇别有含意地说着，“对苏东坡的‘松冈’。”

《江城子》“料得年年肠断处，明月夜，短松冈”，是东坡怀念爱妻王弗之作。赵圣宇拿“梅壕”来配它，隐含夫妻之意且是死生相许了。梅运一羞，抱着半拳向他捶去，可是，心里头却另有一股莫名的暗郁：“松冈”是亡妻墓茔，“梅壕”有“落花流水”之伤。当下心头埋了一个疙瘩，但没说。

花事毕，已近晚餐时刻。梅运还在意赵圣宇支开同学一事，赵圣宇既得了数小时与她共处，又能为她栽花，已是心满意足，便提议这缺口由他来补，选日不如撞日，请梅运致电那几位同学，改到餐厅聚餐，由他做东。当晚大家欢聚，没人看得出他二人已偷天换日过了。

那晚，赵圣宇一路踩着脚踏车回住处，歌声口哨不断，到了门口锁好车，得意忘形地双手一比，学那京剧身段阔步一圈，顿住，头往后乍时一偏，做一个惊喜神色，唱：“蓦——然回首，那——人，却在灯——火——阑珊处，呀啊哈——哈——哈！”

可不是，灯火虽然阑珊，那女子却千真万确来到眼前。

4

四月正是春深，阳气萌萌然动，杜鹃闹得正热，流苏也绽放积雪。这日周六，赵圣宇与梅运依然上图书馆，不期然相遇，便对坐而读。清晨雾茫茫，空气芳香。赵圣宇望向窗外：“难得的好天气。”

“是啊。”梅运深深吸一口花香说，“花开得真好！”

“可惜，梅雨一来就完了。”赵圣宇随意脱口而出。

“化作春泥更护花不好吗？”梅运忽有兴致，“喂，我们看海去好不好？难得这天气。”

赵圣宇灿笑：“当然好。”

海边人少浪却高，天蓝得很薄，海风有些厚。大海镶着一圈白花花的浪，看来有些飘飘然。

“多美的浪，刚出嫁的一匹纱。”梅运指着说。

“你这念古典中文的，倒作起现代诗。”赵圣宇笑她。

“神来之笔嘛。”梅运不好意思道。

两人挨着沙岸坐。赵圣宇摘下眼镜，用手揉一揉刺着的眼，说：“近来念了点渊明的东西，有些感触……”

“哦，说说看心得。”梅运颇感兴趣，她一向爱渊明。

“至少……”赵圣宇戴上眼镜，看着遥远的海，“至少，‘结庐在人境，而无车马喧’……很难，尤其‘心远地自偏’，怎么个‘远’法？”

“我想，”梅运用一指在沙上写着“远”，说，“既不是‘对待远’，亦不是‘灭绝远’。”她沉思一会儿，若有所悟：“应是‘超越远’！”

赵圣宇吃惊看她：“是这么解？”

梅运想了想，说：“要不，怎么能‘采菊东篱下，悠然见南山’？”

赵圣宇吟哦着：“采菊东篱下，悠然见南山。”

“其实，”梅运又层层剥落，“这两句诗仍有高下的，‘采菊东篱下’虽是怡然自得，毕竟还是着了相。”

“悠然见南山，”赵圣宇痴痴地念了一会儿，摇摇头，“很难，很难。”

梅运听他这样语重心长、神色黯淡，猜想他必有难解之事，绝不是拉她谈学问、做注解，便试探：“家里一向好吗？”

赵圣宇长长一顿，答：“都还好，就是爷爷奶奶年事高，身体大不如前，尤其老爷爷一年来进出医院多次，最近又住院了。我属大房，又是长子独孙，难免挂心。”

“你还有弟妹吗？”

“有个妹妹，”赵圣宇心思远扬，好一会儿才涩着脸面对梅运，“订过婚了，她未婚夫在美国留学，近来不大回她的信了，怕是有变。我认为他们的婚约过于仓促，需要再考虑……你对这种问题看法如何？就男方来讲。”

梅运想了又想，说：“订婚就是承诺，既是承诺就该履行。”

赵圣宇没想到她会这么说，呆了一晌，很努力地辩：“可是，于法无据。”两只手掌摊得开开的，眉目都锁。

“君子重然诺。”梅运认真说，“就算‘情有可原’，也应该‘义无反顾’，是不是？”

“难道无解？”

“解也是有的，解铃还须系铃人，除非两人都有意解除。”

赵圣宇浑身无力，轰然欲晕，躺在沙滩上闭目不语。梅运不敢躺下，自然看不到他的神情，只得欣赏眼前海天一色，哼她的歌，哼了一曲又一曲，看他犹卧着，再也忍不住，拉他手说：“别偷懒，散散步吧。”

梅运一面走，一面侧着头编了一条长辫子搁在肩上。赵圣宇走在后头，看她那浪中裙裾之影，越走脚步越重，就着浅滩卷裤管，自个儿叹道：

“沧浪之水浊兮！”

梅运听到了，回头招呼他：“谁说浊？清得很呢。”

赵圣宇赶上她，往浪深处探去。梅运果然合掌掬了一捧水给他看，说：

“是不是很清？”

赵圣宇点头。梅运乐得什么似的，说：“还可以喝呢。”

说着，果真喝了一口，赵圣宇要阻止，她早饮了，还咂咂嘴说：“嗯，这玉液琼浆……好咸。”

赵圣宇的眉头都替她咸起来了。梅运大笑，又捧了水递上，说：“你喝！”赵圣宇作了一个逃势说：“决不上当！”闪了几闪，梅运追他不着，双手插入浪里，往他一泼，落得他满身衣湿，梅运捧腹大笑：“算你喝过了。”

水泼上脸面，进了唇舌，果然死咸。

到傍晚，两人走累了，随意找一家小店吃面。梅运先吃完，看老板娘背着小娃一个人忙，便去帮她端面给客人。赵圣宇一边看报纸一边吃大碗红烧牛肉面，辣得渗汗。小孩醒了，啼哭，梅运要老板娘解下背巾，她抱着，边踱边摇。小孩被摇得舒服了便不哭，水灵灵的眼睛友善地看她，她一乐，香了小孩的嫩脸蛋儿，要抱给赵圣宇看。赵圣宇吃得呼噜呼噜正满头大汗，梅运走到他背后，突然起了一个促狭念头，悄悄将婴儿抱向他，挪开两只小腿往他脖子肩头一坐，低声说："喏，你儿子！"

小孩骨软，一身肥嘟嘟都压在他肩头，赵圣宇突如其来一惊，又听得这句话，一口面吞岔了，辣汁渗入气管，一时呛住，咳到泪流。梅运赶忙拍他背说："不咳，不咳！"向老板娘讨杯水给他喝，赵圣宇一咕噜喝下，面吃不下了，付钱出来。

走到外头，梅运问："还难受吗？"

"喝了水，好多了。"赵圣宇犹抹鼻涕擦眼泪，自我解嘲，"差点死在面碗里，这太壮烈了！"

梅运站住，歉然道："对不起，对不起。"

这一说，赵圣宇辛泪又出，忍不住一把搂得她紧紧的，断断续续说：

"……是我对不起……"他一脸纠缠，许多话说不出般，千辛万苦开口，"天，叫我早认识你多……多好！"咬住唇说不下去。

梅运在他怀里偎得厚实，心如温酒，泪似清茶，许多温柔心思都丝丝缕缕牵动，自顾自想的是：“今夕何夕，见此良人！”叹的是：“子兮子兮，如此良人何！”心里更加绸缪。又想到《诗经》里这诗乃是“新婚夜”，不免一羞，长发一甩，拉他的手说：“我们坐渡船去。”

赵圣宇看表，说：“晚了，早收了。”

晚上送梅运回家，赵圣宇扛着心事回住处，顾不得梳洗，坐下来想写信给她，正思索间，电话大响，妹妹哭着要他速回，爷爷怕是过不了今晚。

赵圣宇顿觉天拆地裂，如遭雷殛，火速整装搭夜车南下。窗外，白日的鲜翠春景已融成一脉黑汪汪的恶水，他是行吟泽畔的人，仿佛一滑，将跌入万丈深渊。

第二日起，绵绵春雨下了数日，姹紫嫣红都在水里凋落。

5

直到六月，梅运一直未见到赵圣宇。打了两次电话没人接，写了短信没回。甫伸枝展叶的情愫速速回缩，缩到只剩一截布着芽点的枝干，在流转的季节中静默。她猜想他要不是回家闭关写报告，就是有意冷却彼此刚烧起来的热流，因此细想认识以来两人之间的话语，自觉是自己先涉水撩动天光云影的，如今岸边人无意，转身而去，一场镜花水月戛然而止，她也该上岸，整顿这一团既羞惭又失落的情绪。她本不是一个会缠人的人，对事对人常抱着来自来、去自去的态度，有老庄之风，加上课业繁重需订定学术方向，更无闲暇于儿女之情，专心赶自己的报告要紧。

只是，每日到学校，行走间还是有所期待，花径上、回廊前、楼梯间、课室里，盼着一点点风吹草动，那人影飘来眼前。

终究不见人影。

等她缴上这学期最后一篇报告，研一算是结束了。这天，梅运照例参加系上的学术研讨会。会后，大伙儿谈兴仍浓、论战方酣，便说好一起吃饭，餐桌上续战。走过布告栏，几个人凑着看消息，一位同学指着一张“学术研讨例会研究生缺席名单”说：

“赵兄怎么搞的？好几次没参加例会。”

“他呀，”另一位说，“小登科都来不及了，哪里有空。”

梅运一惊，不信，阴惨惨地问：“你说他怎么了？”

“结婚啊。我隔壁寝室有个人跟他是同校还是邻居，消息自然不假。听说，他爷爷过世，依照‘乘孝娶’习俗须在百日内完婚，否则就得等一年后。”

梅运脑子里轰然都是霹雳声。

“梅运，”这人拍拍她肩，“你平日跟赵兄挺熟的，没听他说要结婚啊？”话中颇有试探意。

梅运深吸一口气，硬是挤出一声轻笑：“还没熟到问终身大事。”话出口，自觉有双关意，赶紧支开：“是何方佳人？”

“是他的高中同学，也算青梅竹马了。女方在中学教书。”

她想起“梅壕”，死死瞪着“赵圣宇”三个字看。

“听说去年考上研究所后暑假订的婚，为了冲他爷爷八九大劫，今年老人家往生，顺理成章就结了。”

“我不懂，这有什么关联？”有位同学不以为然。

“你懂什么！他们家是望族，大家族繁文缛节，处处都是规矩，他们很在乎丧礼上有没有子孙满堂，快快完婚，有孙媳妇为他戴孝跪拜就是不同，告慰老爷爷。”

“封建，封建！”这同学直摇头，颇不服。

“你干吗这么激动，又不是要你娶。”

这顿饭吃得粒粒辛苦，撑了一晚上，进了家门，双眼一闭，泪溢满腮，心肉被一根一根地刺扎，痛得彻骨。见满壁经史子集都在，可是，哪一本能教她这人间的道理？她一颗心掉入五欲六尘的泥沼里不能自拔，人瘫坐椅上，凄凄地哭，把眼睛都哭浊、哭肿了，也还不肯相信那些话是真的。如果是真的，那她深藏的“芒鞋踏破岭头云”的知遇便是假，那“梅壕”的知音也是假，那“诗酒趁年华”的知情也是假，这天地间还有哪桩是真的？若连“一灯如豆”的下午那栽花男子也是假，这乾坤流年、圣贤诗书、学问道理岂不都骗她骗得好苦。

梅运哭到无力，才收拾涕泪，谁知，抬头看到墙上自己写的“……多情应笑我，早生华发。人生如梦，一樽还酹江月”，又触目惊心地哀恸起来，这一哭，年岁月日都断了线，纷然跌落，从此，日不日、月不月，分分秒秒如年了。

梅运不忍再待这屋子，看到梅干空余恨就觉得无所逃遁。理一理行装，回台中去。在家里待得抑郁，心中的苦结了痂，刮不掉也说不出，成天关在书房里借苦读度日，读得病恹恹的。

有一天，窗外两只鸽子停在花架上，梅运定睛看它们的剪影，看得心头不似以前的紧，自忖着：“也许，该去看看溪头的雪鸽飞的样子。”遂禀了家人一声，自个儿去住几天。谁知，第一处就不该择溪头，那儿不安不静不清不幽，暑假人多，十分嘈杂，鸽子都不来。好不容易，一天清晨，梅运等着鸽子都下地来了，一一将鸽米撒给它们吃，嘴里正嗞嗞哄它们快来啄，看那一地雪白亮丽的云朵在走动。她心里正兴致，突然一个声音喊住她：“小姐，麻烦你帮我们照张相。”

梅运抬头，一对男女手挽着手向她递来一台拍立得相机，是新婚蜜月的模样，脚步声把一地的鸽子惊得四处逃窜无影。

梅运从镜头里望出去，一对璧人依偎着。她的指头抖得凶，心重重地沉，按好久才捉住人家夫妻的笑。彩色照片出来了，梅运拿在手上，看普天下男子，凄凄然问："这就是你吗？这就是你！"对方拿过照片，谢了她，双双走了。

她看那俪影，才体会两千多年前唱"宴尔新婚，如兄如弟"那位妇人心中灭绝之苦。她捂着脸不愿看那些蜜月人群，一个人越跑越远，像谷里一阵习习的阴风苦雨，登天难，行路更难。

下山车上，她看着车窗外蓊郁山色化成层层绿波，想着与他论交同游的日子里，日日良辰、处处美景，微小事物也有不可思议的欢美，只是短暂。她自省，是否因为太贪心了，要求"天教长少年"，才叫不可测的苍天收回这一切？

下山来，情意理智渐次恢复齐全，以《锁麟囊》中薛湘灵所唱"休恋逝水，苦海回身，早悟兰因"自励，借笔墨敷情伤，苦读之后写完一篇论文。秋意渐浓时节，提早北返准备开学。积了两个月的信件堆里有一封寄自南部的厚信，字迹分外眼熟，看邮戳，已寄来一个多月了。

是他，拆还是不拆？

她没拆，不想听任何解释。把信装入大信封，临封口，在白纸上引了苏东坡的两句诗放入，写上原址，寄还。

"世事一场大梦，人生几度新凉。"

她想，他会懂的。

6

云，怎可能永远避开湖泊而不落雨。新学期开始，终究要见面。

两人不约而同调整到同窗情谊刻度，不淡不浓，不冷不热，不远不近。学文学的，大多是心思缜密、观察敏锐、直觉警醒之人，或有怀疑他们曾过从甚密的人欲捕捉蛛丝马迹，亦找不到破绽。他们落落大方地在研讨会谈论学问，筵席时曾被不知是无意还是蓄意地排在邻座，彼此也亲切地劝菜、敬酒、说谢谢，就算师长于酒酣耳热之际拿他的早婚开玩笑，要他传授同学成家立业之道以提高本系的结婚率，她也掩口而笑，站在等着看他发窘的这一方毫不出手救援。大家放心了，那些八卦看来是穷极无聊之人编的。只有赵圣宇知道，梅运对他竖起一道隐形的屏障，即使坐她旁边，他也别想越过屏障递给她一碗汤。有一回系上宴客，餐厅经理特来说明这汤如此这般熬了一日夜，请大家趁热享用。他起身为她盛一碗，放她面前，她点头说谢谢，却从头到尾不动那碗汤。他懂了，这女子分是分、寸是寸，尽在不言中。

硕班毕业之后，梅运与赵圣宇双双以优异成绩攻上博班，毕业后皆获留系任教，彼此井水不犯河水。除了隐隐约约听说赵先生有弄璋弄瓦之喜，遥遥远远看见梅先生走过杜鹃花丛的倩影之外，身在黉宫，皓首穷经，彼此的日子各有彼此的晴雨，参商不见。却不巧，后来系上重新规划使用空间，他俩被安排在二楼邻近的研究室，相隔一间，说远不远，听得到脚步声及年久失修的木门呻吟声，要说近嘛也听不到彼此的叹息。梅运自此几乎不去研究室，赵圣宇也知道她不会来。

虽则如此，两人灵犀互通的地方却是有的。海报街上贴出通报："赵圣宇教授主讲：谈两首安身立命的诗。某室某月某日晚上七时。"梅运特地叫学生去听听赵教授如何个安身立命法。自己正好路过，随兴听那浑厚磁性的声音诵着："结庐在人境，而无车马喧。问君何能尔，心远地自偏。采菊东篱下，悠然见南山。山气日夕佳，飞鸟相与还。此中有真意，欲辨已忘言。"梅运听得频频点头，想起他说过自己是茅茨土屋，想必对圣途、俗世已有体悟与安顿，立时升起礼敬。

公布栏又写道："梅运教授主讲：杜诗三吏三别赏析。某室某月某日晚上七时。"赵圣宇看到，也叫他的学生通通去听，自己故意路过，站在旁边赏听那珠圆玉润的声音朗诵史诗，赞叹她识见之深、胸怀之远，暗地击掌相应，无比敬爱，却又不免动念：三吏三别，还要加上你对我这种“近在眼前，远在天边”的冷漠别。

这天，是个春暖花开、柳密藏雀的周六，梅运因约了一位有情绪问题的导生谈话，顾及隐私，不得不进研究室密谈。学生走后，她关窗锁门正要走，才转身，却看见赵圣宇带着一儿一女朝这儿走来。

躲也躲不掉。

“梅先生，好久不见！”他全是惊喜，一脸的笑。

“好久不见，赵先生。”梅运亦笑着看他。见他发色微霜，便知这些年该是日夜拼搏，不得喘息。黉宫似海里行舟，岂无风浪？学也无涯，更是案头呕心沥血的事业。梅运对人际较为疏淡，赵圣宇相反，出身大家族的他一向人情练达、不辞其烦冗，对系务参与较深，颇获倚重，更添疲累。她自忖，年华似水流，看过彼此年轻的样子，接着要看老去的面貌了。

“快叫梅阿姨！”赵圣宇吩咐道，又对她说，“双胞胎，四岁。”

四岁小孩正当聪颖可爱，齐声叫：“梅阿姨好。”她被叫得心喜，摸摸孩子的脸蛋，握握他们胖嘟嘟的小手，越看越爱。她本就喜欢小孩，脸上原本的肃颜退去，笑逐颜开，有如赤子。

赵圣宇定睛看她，这是那年元宵节赵圣宇记得的样子。

“恭喜梅先生高升了。”赵圣宇知道她顺利升等，是他们这一辈中最快升等的。

“也恭喜您，学报收到您的论文了，好精彩。”梅运今年接任学报的编务。

“我担心又会被梅先生退稿。”这是玩笑话，论文审查自有程序，不是个人能做主。赵圣宇说完就发现这话说快了，“又”字太敏感，此话一被说出即自行跑马，指向当年她退信一事，气氛为之尴尬，仿佛天外砸来石块，正在半空中，两人即将受伤。既然，跑马跑到往事上，赵圣宇壮了胆，叹口气，浑厚低磁的声音软了下来：

“梅运，我欠你一个解释，这些年一直放在心里，很苦。”

梅运没料到他这是哪壶不开提哪壶，一时语塞，眼睛往窗外飘了一圈又回来，想要四两拨千斤，可又不知那四两在哪里。她完全没想到有一天会面对面谈往事，又有两个稚子在侧，笑脸也不是，苦脸也不是，不知怎么办，硬生生转了话题：

“要谢谢你，那两棵梅树与茉莉长得好呢，后来我找人把池子敲掉，铺上一车土老老实实种好，现在每年都开花，真的如你说，人在花中便是仙。”

说完，蹲下来拉拉两小儿的手，对赵圣宇说：

“多可爱的孩子呀，这就是最好的解释。”

又问孩子："告诉阿姨，叫什么名字呀？"

女孩说："我叫赵思梅。"

男孩说："我叫赵思运。"

她轰然欲晕，几乎承受不住，眼里有泪光，抬头悠然望他。

悠然见南山。

他搀扶她起来，两人都望进对方深邃的灵魂深渊去，那里面不须言、不须语，苦也无、甜也无，喜也无、怨也无，有的，只是"明月松间照，清泉石上流"。

梅运别过头，窗外，天蓝着，榄仁树舒开翠绿新叶，杜鹃闹着，流苏初积嫩雪，雀鸟轻啼。年年都看的风景，怎么今日如此不同？

梅运看他，两人相视一笑，春天真美啊！

"谢灵运说，天下良辰、美景、赏心、乐事，四者难并。今天，你让我四者皆并了。谢谢你，圣宇啊，保重，再见。"

"梅运，你也保重，再见。"

她听到自己的跫音"空空空"响着，也听到弱水三千浩浩汤汤地流着。年华青春走过了，恩情悲喜尝过了，漾漾三千弱水也一瓢饮过了，所有的滋味留下来，都那么美那么好。她的心在这一刻顶礼天地，合掌万事万物世间有情。她不禁喜悦，停住，回首，见赵圣宇与一儿一女仍在目送。

她自心深处绽出一朵灿笑，举手，向他们挥别。

依稀仿佛，在她挥别的手势里，一世姻缘已过。

她脸上漾着温婉的光辉及一个深情女子无憾的笑容，轻快地走入等着她的春天的花丛里。

花

他早就习惯人来人往、潮起潮落的日子，

任凭岁月在他眼前把冬天带走、春天送来。

闭着眼，看开也原谅，

恶作剧的岁月曾经像一只野猫扑向他，

留下花一般的泥巴印。

1

夜市巷口一把矮凳上，沈昌明坐着，不动。

这几天碰上寒流，比入冬来的任何一天冷。人都不出门，街道上原本川流的车辆在冷寒中也缩头缩尾起来，偶尔一两辆车疾驰而过，把街心的破报纸、塑料袋吹得漫天翻滚，更见冷清。只有机车划过时才显得活络些，不过，那呼啸的尖鸣声，在冷得半死的冬天听起来像阎王殿奔出来的厉鬼。

对南区这个历史悠久的夜市来说，情况好些，不只见得到人，而且还挤得很。才下午四点多，红砖人行道上已有两排大大小小的塑料布铺着，都是占位置等着开卖的。有一两条塑料布被吹到马路上，立刻有人跑去捡回，不知哪来的砖块就这样镇下去，接着小货车运来一大捆衣物，往上面摆开，不用拉铁门放音乐，一喊，路人靠过来，挑好、包起来，一手交钱一手交货，走了一个又来一双，人潮越来越多。年关近了，否则这么冷的天，实在不适合抛头露面。又有人从小发财车拖出一包鼓鼓的货物到路旁来，才转眼，卖鞋、包包、衣服、饰物的把路都占满，只留中间一条缝，叫行人排队前进，顺便赶一场夜市博览会。管它刮风下雨，就算飘雪下刀子，生意还是要做，年关近了，现金才是王道。

人行道边岔进去是一条窄巷，原本散着乱七八糟的违建户，后来被建商收拾干净，巷子变宽，接着搭起工寮，圈起一道围篱竖起广告牌，轰轰烈烈大兴土木，打出广告要盖惊天动地的顶级大厦。可不知怎的，挖土机、大卡车、工人进进出出大半年，突然间安静下来，都睡着似的，迟迟不见大厦冒出来。消息灵通人士解释，建商财务出问题，公司高层这个掏空、那个讹诈，这个失联、那个出国，买预售屋的人去闹，永远只有工读生出来接待，只好组自救会聘律师寻法律途径解决。大楼没冒笋，工地成了野鸟戏水的生态池。既然售屋、买屋两造都忙管不到这儿来，于是就有人加以利用：沿着围篱摆上各色鲜活花卉、盆栽，齐齐整整的，菊花一排，马拉巴栗树摆在一块儿，万年青一截一截地养在水桶内，仙客来、海棠开得奇艳，靠近巷口人行道的是梅花、水仙，摆在青瓷浅盘里的水仙茎上扎了圈红纸，年的感觉就这样张扬起来。这一队花树活泼地从巷子往路口延伸，小花园似的，路过的人总要停下脚步欣赏一番。想买花的，左看右看没见着人，扯喉咙叫：“老板，老板？”

沈昌明跷着腿，凳子矮，跷腿的姿势有些下陷，双手交握搁在膝头，棕色鸭舌帽压得极低，像在沉思又像在盘算什么，那模样让人想到间谍片电影，下一秒应该交换情报而不是把你要的花包起来。听到有人叫，他慢悠悠地站起来，藏青色雨衣上布了泥印，干了就像猫爪花纹，好像岁月是一只有攻击性的野猫，在他身上抓了又抓。宽大领子被风吹得翻动，像两把荷叶扇，把风扇进颈子里去。他朝喊叫的人走去，步履缓慢，好像刚走了十里路那么累。

“老板，这水仙怎么卖？”很花哨的一位胖妇人蹲下来看，浅盆里养着二十多株水仙，每一株都被她拉起来数过花苞了。

他伸出三根指头。

“这么贵？那边才二十。”

“我的花好。”低哑的声音，慢条斯理的，带着习惯性的冷静。

那女人托着蒜头似的花端详，用手指捏了捏又拉了拉，一副买菜的架势。沈昌明看在眼里，冒了火苗，但他今天不想吵架，便忍住。胖妇挑了许久，每个花苞都被她的手指蹂躏过了，末了，弹了弹指缝间的泥屑，很委屈地说：

"好不到哪儿嘛。"哼一声，走了。

他把水仙花重新理好，手势温柔像安慰受委屈的人。回到老位子撩起裤管，取出一块酸痛贴布贴在左膝头，两手在胸前交叉，又不动了。

沈昌明原本摆摊的地方在另一条窄巷，人流稀疏，移到这里开阔些，但吵闹。在他前面人行道上有两个摊，一摊卖睡衣，另一摊卖大衣——一根铁条上挂满大衣，生怕别人不识货，挂了一件全白的雨衣在树上，朱红的字："海关充公，外销日本大衣，亡命大甩卖！！"那两个惊叹号尤其惊人，风飕飕的，白衣一晃，像吊死鬼长长的舌头。一到黄昏，挤满各式各样的女人，倒不是白衣血字的效果，而是禁不起两个大男人手持一截竹竿敲打硬纸板，命案似的嘶喊："先生小姐小弟小妹，尽量看、仔细看，破产大甩卖，通通九百块，买到像捡到——好，包起来！"腰带上系了一包塑料袋，怀个怪胎似的鼓在腿侧，像要临盆。钞票当然塞在另一侧，也像个瘤。

睡衣的生意也不差，跟大衣打擂台。那边的女人买了大衣，自然要过来瞧瞧睡衣。"纯棉的啦，一律两百八。"没有人规定穿了大衣可以免穿睡衣，白天穿大衣出去风风光光，到晚上脱光光，总得找件睡衣穿。有些女人身上的衣服裹得太厚拿不准尺寸，便一件一件地脱，脱到适可而止，抓一件睡衣往头上套下来。

“哎呀老板，太薄了，你看你看。”

“不会啦不会啦，家里穿的，薄才好哇。”

有些话一语双关，当街更衣的女人自然懂。

那两摊抢去不少风头，相对的，他的花就冷落了。

沈昌明一向做整天生意，除了补货到下午才卖之外，刮小风下毛毛雨都准时坐在那把凳子上。白天，地摊没出来，自然他的花最受人注目，所以，他也习惯七八点钟就收摊。不过快过年了，晚上人特别多，他也想趁年节多做些生意，总要熬到十点多才肯收。偏偏最近一连几天寒流——太冷太热都不是买花天，热得要死，拿着花累赘；冷得半死，手躲入口袋取暖也不宜拿花——生意清淡，看看没什么人，干脆早点收摊。

他从巷底拉出车，这车是向做回收的邻居顶的——病了做不动，半卖半送给他——虽然旧，载花倒很方便。他一盆一盆地把花搬上车，长花园突然变成方块，总有些不习惯，尤其今天卖得不多就显挤了。他把挂在废弃工寮墙上的花肥连墙角的塑料花盆一并收上去，最后把凳子也收了。家离这儿不远，来回需运两趟，路人都规矩，没人偷花。

他踩着车，一上一下地颇吃重。夜市的喧嚣在他后面沸腾着，不断地干扰他却又与他无关的样子。他的世界都在小车上，花卉像他的亲族，每一盆都经过他亲手整理，只差没帮它们取名字报户口。这当中有不少是他私心喜爱的，当然留不住也不能留，要是卖花人舍不得花，还做什么生意？这种两难情境他习惯了。起初，他过不了这个槛，花费心力把盆栽整理得千姿百态，明明知道第二天最有机会卖出的就是这盆，基于赏爱多留它在身边一天，但多一天又能怎样？后来，他变成看人卖花，他赏爱的盆景价格因人而定，若是举止温文、言谈有味，他自动降价还附送花肥，要是看不顺眼，就说这盆已经被订了。卖花兼看人，好像在市侩江湖里寻觅知音，美则美矣，然而有人这样做生意吗？明摆着跟钱过不去，果然，赚得温饱没问题，要想致富，门儿都没有。

家离这里不远，老旧小区靠小山丘边有一块闲置空地，被没公德心的人堆满废弃物。沈昌明花钱整顿成花房，放置花卉盆栽，也成了忘忧解闷的处所——一般男人在外拼搏，本就应该有个小基地喘息，更何况是他——开了门，把花卉盆景一一搬置妥当，锁上花房的门，门上贴着春联“人在花中便是仙”，他每见一回就伸手抚平一回。那是前年一个向他买盆景的中文系研究所男学生写给他的，这七个字写进他的心坎弯弯曲曲处，给他无比的滋润。总想着最近要是能再碰到，央他再写张新的，这张贴久了被雨打糊。

锁好车，把雨衣、帽子搁在车把上，家就在拐弯处一楼。推门进去，室内漆黑，他开灯，客厅灯管一闪一闪地刺眼，关了，改开餐桌上头的灯。

餐桌上盖着绿色纱罩，底下有饭锅和两盘菜。两把椅子像吵过架，东一把西一把，另两把在沙发旁，刚好补了缺。三人座咖啡色塑料皮沙发，最右边破了洞，弹簧露一半在外边。沙发上一堆未叠的衣服，衣架上夹子都还咬着。茶几底下堆着报纸和水电费收据之类的纸张，茶几上散着电视遥控器、没吃完的零食、玩具及一瓶装着奶的奶瓶。大大小小的拖鞋像街上结集的黑帮人，这里一群，那里一堆。

沈昌明喜欢整齐干净，每次踏进家门，第一眼看到客厅餐厅的景象总要叹一口气。厨房也尽量不进，一整天的锅碗瓢盆都积到睡前才洗。但看久了也习惯，对改变不了的事，除了改变自己没别的选择。

他掀纱罩坐下来，嚼着冷饭菜。真的太冷了，是吃滚烫麻辣火锅的天气。去厨房探，奢望看到炉台上有一锅汤，不敢奢想香菇鸡汤，青菜豆腐汤就满足。当然没有。灯下，早秃的头颅显得油亮，前庭饱满，却也刻上几刀颇深的皱纹。他的外貌跑得比年龄还快，才中年就有一张老脸。鹅蛋脸型，因为黑瘦，颧骨突出，像个有山有谷的人。嘴动着，下巴的花白须茬也跟着动，疏疏的，像一根一根小针刺进针包。

扒完饭，揿了一碗热开水正要喝，太太拖着三岁女儿一进门直往浴室冲，纱门“啪嗒啪嗒”地打了来回。

“等一下，裤子还没脱，哎呀——”那声音好似破喇叭般响着。

他听到铝盆“哐啷”掉地、水龙头被扭松“哗啦啦”泻下的水声。他慢慢嘘温那碗开水，一口一口喝，看着浮在水面上的油花，觑眼，也可以想成好天气时一个旅人往山里湖泊垂钓时看到的天光云影。他这样想，更加刻意地慢喝，一小口一小口，好像舍不得把好日子喝完。浴室传来响脆的拍打声，使他不得不仰面喝最后一大口，因为小孩光着屁股尖哭，跑到他面前叫：“爸爸，爸爸！”太太跟着跑出来，从腋下架起小孩：“进来洗，笨死了，还不进来！”

沈昌明坐在沙发上核账，戴上老花眼镜。太太拖着女儿也来坐着，从那堆衣服中找女儿的裤子，像菜里挑虫似的怎么也没找到，后来发现被他坐着，欠身过来拖。他移一下，头抬也没抬。

“吃过了？”太太偏着头问，小指头勾着鼻孔挖鼻屎，挖了又挖，挖出来看一眼往身上抹。

“灯管呢？你没买？”早上出门时，他要太太买灯管与发电机，型号、瓦数都写在纸片上，显然没买。

“哦，你有叫我买啊？”

沈昌明没吭声。

她去收桌上的碗盘，发福的身材让背影像水鸭左右晃动。

“没吃完哪。”她面对他，肚子搁在桌沿。

“菜没烂。”他低头记账，声音低沉。已经懒得再说一遍，苦瓜不能大火快炒，要小火焖才会烂。人生的苦也是如此，烂在肚子里久了，慢慢就淡了。

“我吃的时候是烂的咧。”她不相信，拾起他用过的筷子，桌上顿一下，夹了一口尝。

“有烂啊，有烂啊。”她面向他，嚼着说。他没搭腔，她以为自己没尝准，又夹一口，大嚼着，把话说了三遍。他仍是不理。她便干脆坐下来，把那盘小鱼干炒苦瓜吃完，嚼得咔滋咔滋的。

“明天起，中午、晚上不回来吃。”

“喔，不回来吃，那你吃什么？”她转着嘴，好让声音有个缝出来。

“你不会提来给我吃？”

沈昌明一拐一拐地进房去。干园艺这行，搬泥土运盆栽，腰椎滑脱、膝关节半月板磨损，带的伤只会越来越重。每到冬天就发痛的左脚，习惯了，也觉得像个没忘记他的老朋友准时来看他。

2

活到快五十，沈昌明没后悔过什么事。

应该说，像他们这种出身的人没权利谈昂贵的后不后悔。他父亲是老兵，当年离开穷得活不下去的家乡跟着国民党军队跑，跑到孤岛上来，一撒，就像油麻菜籽。再怎么孤零零的岛都有肥沃的跟贫瘠的部分，有办法会钻能蹭的人走到哪里都能吃上好肉。他父亲不识几个大字，口不善言、个性比石头还硬，干的都是山区开路垦荒、菜园掘地、果园喷药的粗活。唯一幸运是娶了部落姑娘，生下他。但老天给穷人家的好日子一向不长，母亲怀第二胎，却在临盆时母子死在产台上。他父亲继续干粗活把他带大到中学毕业，好像仗终于打完，可以解散，失踪数日，后来在山区产业道路被发现，是不是失足落崖只有天知道。父亲与母亲及弟弟葬在一起，他们算一家团圆了。

父亲没了，沈昌明十五岁当了孤汉，之后一路往北部流浪，干的也是体力活，直到十多年前走入景观园艺业，后来得了机会摆花摊自己做生意，总算有个定局。孤汉的路上哪有什么后不后悔的，唯独娶阿娇这一件事让他后悔好久。

他和阿娇是一个向他买盆栽的妇人撮合的。他后来一直怪自己，相亲的时候怎没瞧清楚。其实瞧清楚又怎样？好端端一个白净圆脸女人穿得整整齐齐坐在他面前笑容满面，旁边围着她的兄弟也是有说有笑，年龄虽然稍大，但哪里瞧得出来脑子不灵光？

婚后不到一个月，他路上遇见那妇人，当街和她争执，没想到反而被挖苦，而且挖得够深够彻底：

“笑话，你有什么不满意？不照照镜子自己是个什么人才？人家一栋房子一批嫁妆给你还不满意啊，娶了别人，你还找不到地方圆房咧，笑话！”

他着实把家具捣得一塌糊涂，出去逛三天两夜才回来——没错，他回东部他母亲的家乡转了一圈，而且有一夜是抱着欢场女人睡的——回来一进门，她娘家两个哥哥一个姐姐虎着脸等他，说的话有硬有软，硬的是：“睡也睡过了，不然要怎样？我们家人面阔，流氓也认识几尾，有什么事，大哥家离这里骑摩托车只要五分钟。”软的话是最后进门在杂志社做记者的弟弟辉信说的：“姐夫，辛苦您了，我姐憨憨的，您就多包涵。”胳臂一勾，把他拉去路边摊吃热炒喝酒。三杯下肚，他掏心掏肺连那夜跑去抱女人花多少钱都说。小舅子拍拍他的肩，意有所指："姐夫，以后这种男人的事不必说。"

婚后，都是沈昌明烧饭、洗衣，她啥事也不会做，连下雨也不晓得收衣服。他一个大男人蹲在地上洗女人衣裤，简直窝囊到家，更别说提锅挥铲。后来他像开家事训练班，一步步教她下厨做家务，从盐巴、白糖怎么分，到酱油、黑醋怎么放，三遍不会第四遍总该会了吧。

日子就这么往下过，他也看开，连肝火都懒得动，免得她一把鼻涕一把眼泪奔回家告状。娘家什么都没教她，单单这一点教得异常成功。好在出外摆摊的时间长，回家还有花房让他透透气，关起门放邓丽君、蔡琴、费玉清的老歌，享受一人份的孤独。最爱听文章的《三百六十五里路》，对歌词特别有感，坐在矮凳上闭目时，脑海里盘旋："多年飘泊日夜餐风露宿，为了理想我宁愿忍受寂寞，饮尽那份孤独。"

日子不顺人的意，躲远一点总可以吧。他想。

后来，她怀了孩子，他有些惊喜，巴望有个儿子传香火，对她倍加体贴和耐心，谁知生了女儿，他的心凉去半截。日子就这么过，渐渐不痛不痒。他也到哀乐中年，再不敢巴望什么，也晓得什么都巴望不来的。每天搬上搬下地卖花，日子也是能过的。

当了妈，她倒清明许多，在家带小孩，也会四处走动。大概娘家嫂嫂教她一些诀窍，孩子倒还听她话。她也懂得生气和打骂，骂女儿：“笨死了，笨死了。”他听得刺耳，后来想，一定是从小被这样骂才只会这一句，心里也会替她酸一下。有时当着他的面，持拖鞋猛抽小孩屁股，蓬散的头发一扇一扇的，产后臃肿的身躯扭来扭去。他猛一抬头，又霎时不认识这个人是谁。

还好女儿一切正常，会说会笑，会吵会闹，他渐渐疼起这个女儿，心想：他与女儿这辈子注定要与她绑在一起，对女儿的同情更深一些。有时被太太激怒，气极闷在心里不说话，想：女儿有这样的妈，跟他从小没了妈，哪个惨？但沈昌明很快斥责自己这样想不是个男人，不管怎么说，每个人都需要一个“家”，她把小孩顾得紧紧的，也算对这个家有功。

他宽慰自己，花，带来一个家，像他这样比孤魂野鬼好不了多少的人，还有什么不满意？

3

第二天竟然出太阳，难得的意外。巷子人家纷纷把棉被扛出来打晒，连他的花都照得分外娇美。他只穿一件白色卫生衣，帽子也摘下，挨着花坐着，脸色却不是很和悦，眼睛尽往前面瞪。

他的正前方人行道上新来一摊“糖炒栗子”，正好堵在巷口。

这里本是流动地盘，谁也管不了谁，因此，他心里有些不痛快。更糟的是，那炒锅拼命冒臭烟，把他的花香都吞了。那推车又特别宽，要不注意，谁也不晓得车后面还有花摊。当然，坐在矮凳上的他也被挡了。整个上午，沈昌明的心情没好过。

中午，阿娇背着小孩提饭盒来，看到他换到巷内工寮墙边坐着，离巷口七八步距离。

“吃饭了。”

沈昌明没搭理，站起来把靠里边的菊花一盆盆搬到人行道来，就放在糖炒栗子那辆推车的左边，整整齐齐的一半大黄、一半大紫，妩媚鲜活极了。那炒着栗子的女人看了一眼，低下头，明白他为何这么做。得空时，把推车移开一点，但也只能一步而已。

“吃饭啦。”阿娇又叫他，不明白他搬那些花干吗。

女儿在背后扯阿娇的头发，她气得嘴里咕噜骂，一面反手去掰她的手。女儿越扯越紧，她简直全身都气动了，用力摇背上的女儿，两坨大奶也左摇右晃起来。女儿手是放了，却“哇”地哭出来。她骂“笨死了，笨死了”，在巷子里走来走去反掌拍着女儿屁股，她还是哭。没办法，从口袋掏钱，走到那女人面前买一包栗子塞给女儿，小孩才不哭。

沈昌明一面吃饭，眼睛瞪得像牛眼。

“那个女的好咧，给阿妹吃，不用钱。”她一面剥栗子壳，一面笑嘻嘻。

“呸！”他把嘴里的一口饭喷到地上，放下筷子，“收回去！”

“不吃了？没吃完哪。”尚有半盒饭菜。

“谁叫你蚵仔炒甜的？”

“甜啊？”她拾起筷子，尝了又尝，“不甜啊，不甜啊，我只有放一点点糖而已。”

她没再说什么，很疑惑地嘟着嘴，收了收要回家。到路口，跟那女人打招呼，重新掏出钞票，这次真的买了。饭盒用袋子装着挂在手上，两母女一面剥栗子壳一面吃。

那天晚上回去，沈昌明的衣服全是油烟味，连花也是。

夜市越来越喧嚣，警察也巡得越紧。附近居民对大量流动摊贩霸占骑楼、人行道造成出入不便已经忍无可忍，给民意代表压力，民意代表当然给警方压力，巡逻、取缔、开罚玩真的。沈昌明不用怕，他的花在巷子里不碍路。那两摊卖衣服的躲得才凶，一有风吹草动，从顾客手上把衣服抢回，背起布包就跑，那衣架推来推去，“轧轧”地响，如在战场。吊在树上的白雨衣没来得及收，成了标准的吊尸。等警察走远，老鼠们又出来了，衣架推回、灯泡一亮，惊天动地重新喊价，人潮又围上来，啥也没发生似的。

沈昌明看“糖炒栗子”那女人应该是个生手，慌慌张张地不知该把车子推到哪边才好，也不及把灯泡捻熄，当场就是个现行犯，被带走。

沈昌明看着空出来的巷口，只牵动一下喉头。没了臭烟味，空气清新许多，把凳子移回老位置，坐佛似的继续看眼前这猫追老鼠的浮生。

三天没看见她。

第四天，那辆车出现了，只是挥动铲子的是个壮得接近胖的大汉。

沈昌明也只能牵动一下喉头，还能怎样？都是讨生活的人。他坐的位置不免会看见那男人的脸，满嘴粗话，嚼着槟榔，槟榔汁在唇角蓄动，“呸”一声连汁带痰射在地上，还穿着夹脚拖鞋去压涂；肚子圆浑，皮带只能圈在肚脐下，一动一动的，让人担心裤子会掉落。嚼完槟榔掏出烟来抽，喷得到处是烟雾。沈昌明叹口气，又把凳子搬回巷内墙角，眼不见为净，但远远地听到男人骂：

“干伊娘，不买算了，你嫌东嫌西嫌个屁！”抢回老太太手里那包栗子，把钱往地上丢。

老太太拾起钱：“你这个人怎么这样凶，做什么生意，我跟你讲，嚣俳（傲慢）没落魄久！”

吵得很凶。落魄，这两个字在这里是忌讳，每个人都有一本活该或不应该的落魄史。他静静坐着，偶尔起身巡一巡花树盆景，招呼客人。江湖里到处都是风波，拿刀子出来比画的场面都见过了，这种嚷嚷不足为奇。大家生意照做，一声高过一声叫卖：

“一百五，一百五，通通一百五！”

“小姐看看，毛衣、外套、飞行服，最新款式。”

“三百卖一百，三百卖一百，明天就没有了，啊——看看哪——”

“玩具狗熊大减价，四百卖三百，好啦，算你两百五，百货公司卖七百呢，谢谢，再来啊！”

小嚷嚷不晓得什么时候停的。沈昌明听见那男人扯喉叫卖：“糖炒栗子，现炒、烧的啦——”被他一喊，几个人围过来，见有人围着，后来的人也停下脚步观望。群众都会不自觉地盲从，所以有些摊会雇人冒充群众挑货诱引路人围过来。他一面包栗子一面继续高声叫喊，生意滚烫起来。摆摊的都有个小心思，如果碰到“奥客”触霉头，立刻要设法做成生意把霉运去掉，那男人大概基于此才格外卖力叫喊吧。

一个粗壮的人，声音洪亮，吵得能把人推到悬崖边。

沈昌明踱来踱去，干脆去超商买烟——他从不在花摊抽烟，免得污染了花——今天竟破例，抽了一根又抽一根。搞不懂自己干吗心浮气躁起来，样样不顺眼，这是从来没有过的事。不到七点干脆收摊，腿疼又犯了，最主要是不想跟那个男人同一处，听他大声吆喝，奇怪，他喊整天怎么不累呢?

然而，只因那粗鲁的男人吗? 像是又像不是，沈昌明的心情从悬崖边往下坠，掉到谷底。

4

意外的，几天后，那女人又出现。

那天下着微雨，白天人少。她在车上撑起一把大伞，站在伞下炒栗子。她的侧影瘦瘦的，烫过的头发夹在一边，脸面收拾得干干净净，穿着浅色毛衣，配暗红色七分裤，身上围着围裙，一抬手提铲子，毛衣一上一下动，有时会滑出白皙的肩头，露出米色的内衣肩带。栗子和砂炒动的声音一波波像海浪拍岸。她专心炒着，不时挥汗。他有时起来走动，在她的斜后方看着，倒像她的伞里伞外都在飘雨般。

她的生意还过得去。一个白天炒了三锅，那只膀子恐怕要塌了。难得她还撑到晚上，换了左手继续炒。偶尔和顾客说几句话，除此之外并不和人闲言闲语。他听过她的声音，细细的，带一点柔。

他又搬回巷口老地方，招呼生意方便，离她也近了些。

那晚，他到十点才收。路上都冷清了，满地的纸袋、垃圾。他习惯性地拿枝竹扫帚把人行道、巷口扫一扫，顺便把垃圾运走——正是因为不计较，摊贩们对他都客气——她忙不迭地把车子推开让他扫，直说“对不起”“谢谢”之类的话。他这才正眼看了她，秀气的脸堆着笑容，眼窝很深，一脸和气，大约四十靠边了。他扫到路口，她帮忙把大塑料袋撑开，让他倒垃圾进来。沈昌明左腿抽了一下筋，强忍着把车子拉出来，搬妥花卉，一跨上去，腿竟踩不下去，卡着不动。她连忙过来，帮他推车，直推到大马路上。

他说了谢，问她怎么还不收。她说：“等我先生。”

他问她贵姓，她说先生姓蔡、她姓李，他想了两秒钟叫她“李小姐”，礼貌性地掏出一张名片给她，上面写：“人在花中便是仙。专营园艺景观设计施作。花篮、花材、盆景。沈昌明，联络电话……”这也是那个研究生帮他设计的，他很喜欢这名片，像是随身携带的小屋给他踏实感。她拿着名片一直看，好像里面有座花园，沿径赏花。

他简单交代自己的花摊，她也简单说明炒栗子实在不是她擅长的。本来在杂粮批发行做事，店收了，失业，一个常叫货、卖糖炒栗子的熟客介绍她这个能很快上手的小本生意，其他还好就是吃力气。沈昌明趁机告诉她这一带的生态以及跑警察技巧，指点她可以把车推到巷子内，他会清一个地方给她。沈昌明本不是多话的人，不知怎的，随口问："之前有个男的，是你先生吗？"也不知怎的，她避开："我再帮你推一下，你比较好踩。"没回答他的问题。

这是他第一次和她说话。那晚，沈昌明无法成眠，起来坐在沙发上揉膝盖，一面漫不经心地抽烟。

第二天，他起得特别早，在花房准备一对花篮；当记者的小舅子常有需送花的婚丧喜庆，都交代他办。他骑摩托车把花篮送到殡仪馆，回来才出门摆摊。

她见了他，点头道："沈大哥今天来晚了。"还露出微笑。他从没被唤过大哥，有些心跳。发现她的牙齿很白，鼻子也挺，说不定跟他母亲一样是原住民。

一连几天，彼此都客客气气地招呼，若需去附近菜市场上厕所，也会帮忙看顾一下。没客人时，她过来欣赏花摊，一盆盆看、问花名，甚至蹲下来闻花香。她显然是喜欢花的人，说了不止一次曾在阳台养一株九重葛，花开得看不见叶子，可惜搬家，不知现在怎样了。

他注意到她用“养”不用“种”，这个字让他对她的好感度迅速提升，他才发觉自己对待花也是用“养”的。喜欢植物跟喜欢动物是很不同的两类人。闲谈间，他随口问她先生做哪一行。她淡淡地答：“跟朋友合作。”话说得像断枝残叶，他知道分寸在这里，不可再往前踏一步。

有一天，她来晚，后面跟一个十岁左右的男孩，帮她推车。

“叫伯伯。”她对儿子说。

男孩羞涩地叫了一声。他笑开，称赞孩子有礼貌，教得好。午餐时间，她叫男孩去买包子，也给沈昌明带上两个菜肉包。他掏钱要付，她说什么也不拿，两人四只手推来推去。吃过后，男孩要回家，沈昌明装了三株花苞颇多的水仙送他：

“养在水里就会开花。”

“怎么好意思呢，这样，算我买吧！”她赶忙掏钱。

“别别别，我送小孩，你看他这么乖，过年嘛，讨个吉利。”

“沈大哥这么好，做你的家人很幸福啊。”她摸儿子的头，要他道谢。

“谢谢沈伯伯，伯伯再见。”

孩子提着花走了。下午生意好起来，她没再和他面对面。他倒是从来没有过地愉快着，有时会不经意地瞧她几眼，不相信四十岁的女人还能这样礼貌、细致。心情好，生意顺遂许多，竟例外地和顾客谈起养花诀窍，说要把花当作人，跟它说话，放着声音夹了笑语，还破天荒地打了折。

收摊时刻，她包一袋栗子递给他，也说给小孩。他接过来，热热的，似乎她捧过的地方特别热。这当然是他的想法，因而有一霎的暖流蹿进心头。他从背包拿出一长片贴布，告诉她这款“一条根贴布”治酸痛效果不错，皮肤不会过敏发痒。她收下，脸上掠过感激的神色。

回到家，阿娇正在哄小孩睡。他把那包栗子给她，自去盥洗。待他进房，见她将纸袋撕开垫着栗子，摊在床上正在剥咬。灯下，栗子看来油亮小巧，他瞧着栗子在床上颤动，不由得想起栗子的主人及她瘦瘦的侧影，心里竟有一股温情荡出来，只是没一会儿，栗子全被咬烂了。

他关灯躺下，也不知是怎样的心情点燃了小火苗，转身去剥阿娇的衣服，自己的也褪了，跨过来压在她身上抽送起来。火苗烧旺了，比往常都激烈。她一向都依他，而他的心绪今晚却起了涟漪，飘忽飘忽的，荡到他从未去过的地方，领受从未享过的舒畅。

半夜醒来，其实是被阿娇的鼾声吵醒。坐在床头，看身边这女人睡得天宽地阔无忧无虑，摊着肢体，每呼一声，肚子便随之起伏。

“阿娇。”他叫她，“阿娇。”

据说叫打鼾的人名字会止住鼾声，这招管用。

鼾声止了，他却睡不着。到客厅抽烟，黑暗中，很疲惫却又清醒。他干脆抱枕头棉被睡沙发上，用椅垫遮住那个爆开的弹簧，把自己裹得紧紧的。一人份的孤独里也天宽地阔，只是脑子里转啊转，有个模模糊糊的影像，想理又理不出来，最后只回音一般跑出一句：“做你的家人很幸福啊。”

5

隔天，她没来。

到中午，仍旧没出现。

他已经习惯那辆车的存在，突然空出一大块位置，令他很不习惯。

他看着自己穿上当年为相亲而买的酒红色套头毛衣，还穿了皮鞋，今早临时换上，袜子也很新。他想想很可笑，为一个不相干的人打点这些，后来又推翻这个想法，今天下午必须送花篮去五星级饭店的会议厅，不能太邋遢，还有，天气太冷的缘故才穿的，左腿不能再冻了。

偏偏中午阿娇送饭来，哪壶不开提哪壶。

“她没来卖啊，我想买咧，阿妹要吃。”

他没说话。

“啊，可惜哩，她真的不会来？”

他“啪”地盖上饭盒。

“吃饱了？”她问，觉得吃得太快了。

他去整理花土，不搭腔。

“她晚上会来吧？”偏偏她又问这一句。

“晚上不必送饭来。”

“啊？”她疑惑极了。

他自顾自去栽花。她呆站着，等他说话。他一抬头，发现她还在，莫名地动了肝火：

“还不回去啊！”

他一整天都有莫名的脾气，熬到晚上十点多，不得不收了。持竹扫帚一拐一拐地扫那风中的纸屑，他突然感觉到自己的老态与不中用。风把他的鸭舌帽吹掉，他拄着扫把，弯腰去拾，头皮马上吃了一片凉，举起手习惯地往头上一划，才醒觉自己早就秃了，紧紧地扣上帽，那两只沾着干泥的手竟停在空中不知举措。他早就秃了，只是从来不像今晚这样令他难受，他的岁月哪里去了？童年、少年还有漂泊的、寂寞的青春，都哪里去了？手上沾泥巴的人有资格问这些吗？路灯下，鞋面清清楚楚地罩了一层灰，他心底的悲凉就像地上的纸袋，扫了，总被风吹回一两个。

回到家，问阿娇："有没有人打电话找我？"

"没有啊，没有啊。"

还有几天就过年，夜市最热闹的时刻。扯破喉咙的叫卖声此起彼落，人潮更拥挤，甚至挤到马路上。

他的花色比以往更多，应景的花卉与吊着小饰物的发财树、万年青很受欢迎，每隔一天就得补货。除夕当天，他直到晚上七点才收摊，还是阿娇来喊他该回家围炉了。从来不曾在年节做到这么晚，从来不曾有过地赚了一大笔。

年假期间，阿娇带女儿回娘家住几天，他推说腿不舒服，一人在家修理门窗换灯具，还把沙发上那个不安分的弹簧塞回去，补牢破洞。更花了几天整顿花房，给自己清出可以放躺椅及泡茶的空间。门上，被雨打糊的"人在花中便是仙"撕下，人海浮浮沉沉，要碰到那个研究生不知何年何月，干脆买了毛笔墨汁红纸，依样写一张，大年初六开工拜拜那天贴上去。

直到元宵节后，沈昌明才恢复摆摊。还是戴那顶棕色鸭舌帽，穿那件藏青色雨衣。

什么都没改变，夜市的喧嚷，车辆的呼啸，讨价还价的流水客。围篱边，依旧一排花草盆景从巷子往路口延伸，花色做了调整，以各种平价花草为主。春天到了，人们喜欢在阳台种几盆花，万寿菊、非洲凤仙花、海棠……沾一点春天气息，虽然只有一季，总比什么都没有好。

糖炒栗子摊一直没来，很快的，那位置被卖麻糬的占去，像机器鸟每隔几分钟扯喉咙喊："三个十元，只有今天。"

只有今天。什么都只有今天，没有明天。

沈昌明把矮凳搬到墙角边去，不再挨着巷口坐。依旧跷着腿，双手交握搁在膝头上，一动也不动。客人叫，才起身招呼做生意，大多时候坐着，闭上眼睛什么也不看。

可不是吗？什么也留不住。

他早就习惯人来人往、潮起潮落的日子，任凭岁月在他眼前把冬天带走、春天送来。闭着眼，看开也原谅，恶作剧的岁月曾经像一只野猫扑向他，留下花一般的泥巴印。

回

他站在窗边，望着底下的车流，那是回家的灯河。

窗外是夜晚已然降临的台北天空，

自高楼远眺，月牙高挂，灯火已亮。

这是个适合把心打扫干净、乖乖等待的良夜，

适合用来推算御驾亲征的“女王陛下”大约何时回来。

1

米雪不肯说昨晚她去哪里。

今天也是个狗屎天，从进门开始就不顺。她从皮包掏出钥匙打开铁门，“啪”的一声，关门时钥匙掉落瓷砖上，把自己吓一跳，一抬头，看到陈辉信坐在沙发上，隔着纱门，也看见他背后墙上的陶艺大钟——三点四十五分。这应是他上班时间，当然，也应是米雪的上班时间。对上班族而言，下午三点四十五分，除了喝一杯提神咖啡击退倦怠感之外不具任何意义，钟面上的一个表情罢了。但从昨天下午六点三十分起，米雪算是撕掉“上班族”外膜了，这时刻显得前不着村后不着店，用来做什么都可以，不做什么也没罪。虽说如此，心是浮的。

米雪穿了双黑灰双色的新高跟鞋回来，旧的扔给皮鞋店。昨天搭出租车至餐厅赴约，下车地点正好是鞋店，还有五分钟空档，对一个心情荡到谷底急需被拯救的女人而言，五分钟不能挽回颓势，但拿来买一双鞋绰绰有余。试穿后才买，新鞋却咬脚，好像鞋也跟她作对不愿被她穿，脚后跟磨破皮，每走一步就痛，穿新鞋也要像驯野马一样吗？这让她厌烦。

米雪想起有一次被新鞋磨脚，抱怨“穿鞋是人类最愚蠢的发明”时，陈辉信看都不看，“嗯嗯”两声清清老烟枪喉咙，来一段隔岸观火的评论：“你大可不穿，人类社会只管你的‘头’不管你的‘脚’。又爱买又要抱怨。”他没这烦恼，一年四季大多靠一双勃肯罗马鞋打发，鞋底滑了换底，久穿不烂。

他说得没错，女人就爱逛鞋店，不买鞋不是个正常女人，鞋柜里都是米雪的鞋，四五十双。有一回他把湿答答的塑料雨靴塞进鞋柜，米雪气得跟他冷战三天。

“好好好，我的鞋不放鞋柜可以吧。”从此更没烦恼，鞋散放地上差不多是畜牧业风景——拖鞋、球鞋、凉鞋、雨鞋，总还要一双可以穿去正式场合的皮鞋吧，风吹草低见牛羊，一出门不小心会被他的猪狗牛羊绊倒。米雪爱买鞋不代表她不管鞋，最恨不把鞋子两脚并好的人。她有个怪癖，从散放的左右只鞋用一支虚拟的笔把主人的肢体状态勾出来，一地的陈辉信的鞋，在她看来就是立法院主席台前正在扭打的政客们的蠢样。

米雪坐在阳台长椅上脱鞋，裹着丝袜的脚板重新踏上瓷砖时，一股舒畅的凉意从脚底上升，脚后跟一片肿红。这个问题应该辩证地看，愚蠢的不是发明鞋子的人，是穿鞋的人。

屋子非常静，静得可以听到电风扇摆动的声音，或者应该反过来说，风扇太吵，吞噬了静巷该有的宁静。隔着纱门看他，事实上看不清楚，烟雾太弥漫——说了多少遍不要在室内抽烟，他有个该被铁锤敲死的坏习惯，边走边抽烟，三十坪房子能有多大，哪禁得起喷，立刻变成毒气室，连厕所都是烟味。她在家时，他克制些，跑到阳台抽；她不在家，可美了，以为自己躺在无人海滩般自由。他说过，众多手足中的老幺从小口欲期不满足需要自我补偿，你就不能忍一忍吗?

她听到他吐烟的鼻息，声音也有表情，比脸部表情还瞒不了人，那浓浊的鼻息裹藏叹气。新鞋的皮面湿了，照说应该塞些纸巾除湿，但她此刻没这心情。看天色这雨还不到收尾时候。这几日，梅雨季刚过，又有移动性锋面掠过北部海面，云系发展迅速，带来连续数日的阵雨与雷雨，空气中散布着潮湿，走到哪儿都拖泥带水，连他的叹气也湿漉漉的。忽然，楼下响起烦躁的摩托车声，不熄火的骚扰，邮差按门铃喊叫："吴雪子挂号！"无人回应，不耐烦地再撳一次："吴——雪——子挂号！"一蓬黑烟自排气管冒出，三楼高还闻得到臭味。

叫魂啊？这么凶！米雪猜测住二楼的房东雪子与她的老妈妈应该不在，朝下喊："你等一下，我帮她收。"套上拖鞋奔下去，立刻感受脱下磨脚跟的高跟鞋竟如此轻快。邮差认得她，抱怨这一家老是不在。米雪猜测她们可能上医院去了，没说，对一个烦躁的邮差不需要让他知道太多。每个人单调且平凡的日常事件对他人而言是风中残叶，告诉不耐烦的人只是玷污这事件仅有的一点苦恼人生的光泽而已。米雪告诉他，下次碰到这种情况按三楼门铃，若她在家可帮忙代收。进铁门，把挂号信放在鞋柜上，提醒自己记得晚上拿下去。米雪没把握会记得，头从昨天下午开始痛，脑内积存各种新鲜的、腐败的事项，像六级地震后超市货架倾倒、货品散落地上，不大可能二十秒后还记得那封信，更何况要持续到晚上。

手机响了，米雪拉开提包拉链，不是她的手机，是屋内的，她因此看到皮包里那张写了字的杯垫。昨晚那家餐厅叫“回”，杯垫上的回字做成外圆内方象征俗称孔方兄的古币造型，颇具设计感。“回”上下添了字，米雪又看一遍，笑着收好。陈辉信按熄烟起身去接，讲了一会儿，声音放软还挟着呵护式的轻笑。故意笑给她听的吗？听不出跟谁，不像公事，应该是个女的。米雪很早就发现陈辉信的声调会变，一只声音的变色龙，跟男性讲电话的调子像吹军乐曲法国号，跟女性是拉小提琴。杂志社女生都叫他“信哥”，说他是带来和平的“信鸽”，恶心一点的叫他“信葛葛”，还拖尾音。一个被叫葛葛的大男人怎么凶得起来？自然声音放软放松放傻，任人宰割。这是声音的厚黑学，她叫不出来，虽说他长她一岁，叫哥当然，她还是叫他“信”或“陈辉信”，公事公办的感觉。来电的一定是女生，米雪的音感很灵，判断十之八九正确，而且是个不寻常的女生，因为她听到他说：“好好，老地方见。”米雪问自己：“何必在乎谁来电。说好的，就算外面天塌下来，谁也不要管谁。”

米雪蹲下来把散放的拖鞋、皮鞋依大小一只只归队排好，好像家族聚餐。湿了的新鞋放在阳台铁架上吹风，架上好几盆盆栽都是他那卖花的姐夫送的，缺照顾，干的干，枯的枯，看不出原来是什么花，可见万事万物枯了就一个样。都说该找时间清一清，说完就了事，搁下去看能不能搁到残花旧盆自动粉碎那就省事了。

米雪推开纱门，进去。

“回来了。”他把双脚搁在那张樟木荷叶形矮凳上，左脚拇指的灰指甲看得特别清楚。

“嗯。”米雪看着他的脚，不发一语。那矮凳是平日她放杯子的小茶几，放吃喝的，不是放脚，奇怪，这两者很难分别吗？昨天下午，这矮凳在她的办公室生涯最后一小时扮演了关键角色，怎么，现在还要再扮一次吗？

“买新鞋了？”

“嗯。”

“说好我陪你去买鞋的。”

“有吗？”

她听到打火机“哗”响，烟丝着火的“嘶嘶”声。他不避了，当她的面在室内抽烟。“你就不能忍一忍吗？”想起他说过的，好，忍，忍一件跟忍两件没差别，径往卧室去，一床混乱，他盖的薄被像锅里煎坏的蛋皮，她的被子叠得方正却掉到地上。米雪此刻需要洗浴，她闻到衣服上沾染太多冤亲债主般的难闻气味，渴望站在瀑布下让水柱冲洗，顺道把脑内两条蛇一般蠕动的痛感冲掉。

米雪看到浴缸里有一大束捧花：十朵白色与十朵粉红玫瑰，用深绿浅绿双色纸包着，系以金色蕾丝带。看来像被他丢入浴缸，包装纸湿了，有几朵花萎了。

米雪先把整束花放入花瓶，打算洗过澡再整理。

“这谁的？”

“跟我姐夫拿的。”陈辉信答，眼睛看着体育频道，NBA总决赛。

“昨晚去哪里？”

米雪没搭腔。

“昨晚去哪里？”连续问两遍，这不寻常，意味着他非要

简熙 / 绘

到答案不可。

“没去哪里。”米雪不想说时就会给一个空信封般的答案，“我要洗澡。可不可以请你不要把脚放在凳子上？”

他反射式地把脚缩回来，还没缩全，又放回去，这下搁得更直，附送一句：“我出钱买的，需要你同意吗？”

“不需要。”米雪觉得好累，呼吸累，说话累，思考累，吵架更累。

其实，一个人若狠了心要做什么，哪需要谁同意？“老巫婆”要开铡就开铡，也没经过她同意。

2

昨天下午，企划部经理室的小秘书call她，经理找。一进门，经理示意她关门。米雪心中闪过不祥，动物的本能直觉告诉自己这个杀戮丛林里的母狮子今天会对她展开无情的攻击。

“我们需要彻底谈一谈，敞开心胸。”背后被叫老巫婆的经理直接开场。

敞开心胸！敞多开？米雪闪过大人物受邀在球季开打时开球，都要在兴奋的观众面前做做样子再丢球，这巫婆今天连样子都不做直接切入，未免太直接。不然要怎样？两秒内米雪在脑海绕一圈觉得老巫婆至少应该做做样子问她：二度中风的爸爸死了没？月经都正常吗？跟男朋友的性关系还满意吗？米雪总在山雨欲来的关键时刻露出只有自己知道的那颗尖牙，精神上嘲弄自己讽刺别人，伤不了人，非常没出息。

“坐。”巫婆说。

米雪穿一身黑色嫘萦洋装，系紫茄色藤编皮腰带，坐下前本能地调整腰带，这动作依照潜意识理论应是恨不得抽出腰带赏对方一鞭。好吧，来就来，无胸可敞，心不可能为你开。米雪准备好了。

“你自己有没有发现，今年以来你在工作上带给同事不少困扰，很多人跟我反映。我们一起来面对这个事。”

太直接了，你何不干脆从抽屉拿枪把我毙了，来一场动作片。米雪想。她的心跳加快，好像有个铅罩罩下来打到头，就是从那刻开始头痛的。巫婆拉开抽屉，取出档案夹，打开，开始诵念米雪的业务缺失——这算什么，清算斗争吗？到底是哪个王八蛋帮她汇整打印的？米雪脑中闪过一个名字，同部门另一组的大姐头，跟米雪领军的这一组在业务上既有密切合作又有残酷竞争的关系，此人视米雪为升迁途中的眼中钉尽人皆知。巫婆当然知道，但她不作声，放任她们俩去斗，这是她的领导统驭术，底下的人一旦对峙，前面立即岔开两条路：一途进入争宠模式，争宠需献出忠诚，忠诚则巩固她的统治威权；另一条路凶险，升高为对主管的挑战，这就要走上“篡位”路子了。

去年底高层放出消息，喜欢画组织架构图的大老板要在企划部经理下加设创意总监一职，将行政、预算之管理与创意、开发之拓展分开，以利推展业务，迈向“更有战斗性的未来”——大老板要是不知道说什么就搬出这台词，立刻打迷幻药似的充满力量。企划部各组的主任有能力角逐的只有米雪与大姐头。米雪心里有数，她不是大姐头的对手，跟能力无关，与忠诚度有关。米雪没办法献出下班时间去做巫婆的佞臣，更没办法让自己死鸭子嘴硬昧着良心甜言蜜语——一旦坐上高阶主管椅子，耳朵不知泡了哪种动物的尿，只想听软烂好话、甜香迷汤，禁不起一句质疑，好像会崩坏她的命。米雪不擅长软的路数，她无意去篡谁的位，但她一副公事公办、我行我素的死样子让人觉得她一定暗地里秣马厉兵等待起义，简单讲，谁叫她长得一副天生敌人的样子。

念到“上班时间不定”，这条米雪承认，中风的父亲是不定时炸弹，总有不可测的状况必须跑医院。但对她念这条难道不怕嘴肿，她确实没有准时上班过，可也从来没有准时下班过，甚至周六日也在工作。米雪心里有数，挖她的上班时间意味着她别想活着踏出这个门。

罪状最后一条："你在公私方面的分寸拿捏，尤其是钱，嗯，让我非常担心。"

"钱？"米雪一直都没吭声，听到钱，忍不住了。她的业务范围处处摸得到明的暗的钱，她要是手脚不干净，别说肥肉，腊肉都不知晒多少条了。她对这个有洁癖，同事、厂商都知道。

老巫婆用她那搽了酒红色指甲油的手指抽出一张出租车报账收据递给她，两个月前某场活动结束后与两个年轻同事坐出租车回公司报的车费，四百六十元。单据上写明申请人、时间、事由、起讫路名。申请人与主管签名栏都有米雪的签名，她是申请人也是主管。

"我特地从起点到终点——也就是我们公司——坐一趟出租车，我不想冤枉你，你跟我做事这么久你应该知道我是一个很公正的人，冤枉你我会很难受，你在我心中比我自己还重要。好，从这条路到公司，八个红绿灯，就算全碰到红灯，每个红灯平均停三十秒，我问过司机，也不超过三百元。你报了四百六十元，你能解释吗？"

不能解释。米雪看着那张收据，头胀痛，有人在她脑袋里吹气球，快逼近气炸边缘。她努力回想两个月前那一趟车程发生了什么事。她不擅长记忆小事，更何况是两个月前的事叫她怎么捞啊？或许是沉默时间过久，老巫婆的手指敲着桌面敲到不耐烦，给一个提示：

“你是不是弯到哪里去了？”

米雪想起来，那天下雨且已过下班时间，路上大塞车，她干脆要司机改道去一家古董家具行，之前她与陈辉信路过那店进去逛，订了一张荷叶形樟木矮凳，这天可取。米雪没多想，贪图这个方便，取了凳子让出租车顺道开到两个街口外的她家，下车时，拿五百元给要坐回公司的同事付车费。活动整个结案后，负责管账的同事把所有她代垫的钱清给她，她没细看那沓申请单，一笔顺溜全签了，其中包括这笔她原本要自付的车费。

对一个每年负责办二十多场大大小小活动、企划资历近十年、业绩年年创新高的高手而言，一张车费收据怎变成贪污舞弊的证据？被出卖了，她这个主任统管七个人，谁是内鬼？一张张脸掠过，但她失去那根敏锐的探针，无法判读是谁踩着她的头颅往上爬。

米雪脑内有挖土机在响，刨根挖坟。她用手机拍下收据，老巫婆没料到她这么做，愣了一下。

“什么时候发现的？”米雪想知道她们图谋多久了。

“一个月前。”

“怎么不立刻处理呢？”

“我在给你机会。”

机会？米雪一算，一个月前正是一件关系今年业绩能否达标的大案子进入提案阶段。案子过了，上周正式签约也吃过庆祝饭，现在没利用价值，可以宰了。宰掉米雪，业绩正好落在接创意总监的大姐头身上让她割稻尾、立战功。果然是天大的机会！

米雪想起老巫婆曾分享“叉白煮蛋理论”：去壳的白煮蛋滑溜滑溜的，想用叉子叉起来，怎么叉它怎么滚，一定要斜着下手，先用叉子一齿轻轻固定，手势摆对了一用力就逮到了。她说人事之妙尽在其中。当时米雪觉得她大概蛋吃太多没消化才有这种歪理，此刻一想，原来她早就成为白水煮蛋，人家把壳都剥好等在那儿，今天刚刚好下叉。

老巫婆摘下眼镜，瞪着画了过浓眼影的眼睛，说：

“这事呢，可大可小，不过呢，天底下的事什么叫大什么叫小，大事见大，小事能见人品，那更大。我跟总经理报告过了，他也认同你是个人才，将来公司说不定用得上，眼前你需要去历练历练。老总批了，把你调到人事处担任首席顾问。我觉得你要是能把握这个机会沉淀沉淀，对你也是不错的出路，开发新潜力嘛，将来用得上。来，讲一讲你有什么想法没有。”

米雪站起来，把那张收据递回去，手微微抖。头不痛了——其实是压下来，战士准备战斗时身体会失去痛觉——指着爱穿香奈儿套装、挂一条俗气无比的镀金链条形项链的老巫婆开炮：

“你这种下三烂手段，三岁小孩都看不起，四十六万都入不了我的眼，还四百六十块！你跟你那个爱将使什么阴谋我清楚得很，正好证明你们根本没创意，连要拔掉我这个眼中钉都使不出招，好歹尊敬一下敌人，用真功夫让我死得痛快死得心服口服。你能当经理，果然如传言靠裙带关系。顺便告诉你，你爱将在背后叫你老巫婆、死老太婆叫得可顺溜，我等着看哪一天你死在她手里连灰都没！”

站起来的米雪，头不痛了，僵硬地转身，朝门口走，微微抖着的手握着门把，回头抛一句：“你会收到我的辞呈，如你所愿。”

从头到尾二十分钟，米雪只说了“钱”“什么时候发现的”“怎么不立刻处理呢”及最后这句。那一串痛快的骂词没说出口，存档在轰隆隆脑子里九拐十八弯不知哪个洞穴。米雪不是泼妇的料，狠毒的话骂不了口，那些气话只会烂在肚子里，没出息到了典范的地步。

砰！她甩门而出。门口的小秘书怯怯地望着她。

米雪直接冲进厕所坐在马桶盖上喘息，什么叫把握机会沉淀沉淀开发新潜力，叫米其林三星厨师去修水电能叫开发新潜力吗？摆明要逼走她。说到底也不过是一份工作一笔薪水，需要弄得像动物频道血淋淋吗？

要不要反击？真的要辞职吗？这江山有大片是她打下的，

这口气怎么咽？

手机响，陌生号码，米雪不想接，按掉。又响，再按掉。居然还响，或许是业务急事，这时候还管业务死活干什么，帮老板赚钱最后被捅一刀，死前还要把业务做好，我是烂命还是贱命？米雪深吸一口气，接了。

“喂，我是米雪。”

“雪儿……”

陌生又熟悉的声音，这世上会这么叫她的只有一个人。米雪迟疑：“是你吗？”

“是我，以宽。”低沉的男人声音，好像从遥远山里传来坠谷者的呼唤，“雪儿，听到你的声音好高兴，你在哪里？”

米雪听到熟人声音，忍不住流泪、鼻塞，声音泡在水里，哽咽着：“我在地狱……”

“唉。”以宽叹气，“我也在地狱，你在哪一区？我去找你。”

米雪破涕为笑，适才的怒气消了些，忍不住低声唤：“以宽以宽以宽……”

这一叫，地动山摇。

“雪儿，我需要你救我，一起晚餐好吗？如果你不方便，我也可以理解。今天糟透了，不知道怎么搞的，碰到最好跟最坏的时候第一个想到你。你在地狱有没有想到我？”

"没有。"米雪答。

两人同时笑出来。当一个男人开口说我需要你救我时，女人很少会拒绝。米雪答应晚餐，但要先给她时间处理公事。

方以宽不早不晚的电话顺水推舟给了她一种感觉——伤痕累累，被铺天盖地的累攫住，不想鏖战了。

回到办公室，米雪扫过年轻同事们的脸立刻知道老巫婆已经先下手为强把消息放出来，给米雪造一个回不了头的势面。两位年轻同事站起来迎她，纠着眉："头儿……"米雪答："现在开始不要跟我讲话。"

往下一小时，她以迅雷速度打好辞呈越过企划部经理直接寄给总经理，做出职务清单及交接表，发电邮给重要的合作对象，最后用十分钟召集组员告知辞职决定。她叮嘱每个人要做好手边的工作，强调她仍会关注正在提案的案子，有任何问题可以找她协助，因为这些关乎他们的业绩与奖金。

"平常心，大家都在江湖转，迟早会碰到。"米雪对他们说。

3

六点五十五分，米雪进一家鞋店，买了一双高跟鞋，穿着新鞋去见旧人。试鞋时，米雪一度胆怯，按了电话号码想取消。

米雪无法思考到底是他需要她去拯救，还是即将灭顶的自己需要抓住一根稻草？见吧，当作去见一个好久不见、未曾好好说再见的老朋友，今天够糟了，还能更糟吗？

在一家叫“回”的餐厅，方以宽先到。两年不见，除了头发变长，仍是老样子，穿着细蓝条纹衬衫卷起袖子——米雪喜欢看男人穿细条纹衬衫，当年在一起时帮他买过几件——黑长裤，西装外套搭在椅背上，还是那副公司负责人该有的简约、权威又不失亲和的外貌。看到米雪，弹簧似的站起来，展开双臂直接拥抱她，全然不顾虑分手两年的旧情人是否应该先礼貌地询问对方的意愿。

“很想你！”

十秒钟紧紧地拥抱，好像一年那么长，好像这一抱就不想放手。

“怎么回事？我要从哪里开始救起？”才坐正，米雪问。

“这里。”以宽捂着心，深深望着她，“别管了，还不是家族老问题，可能免不了走司法途径。雪儿，你脸色不好，怎么回事？”

米雪的火气蹿升快烧到天花板了，把今天下午的情节说一遍。

“她还有脸说：你在我心中比我自己还重要。”

“她怎么抢了我的台词。”以宽含笑。

米雪瞪他一眼。

以宽毕竟比她长五岁且是个经营者，说：

“老板不会付高薪请一个没用处的经理，她能在五分钟内激怒你，二十分钟内让你自动辞职，这本事可大。把她的电话给我，我想请她当首席顾问，帮我把一个麻烦人物处理掉。”

米雪瞪得更大：“天下的老板都一个样，你们这些万恶的资本家。”

以宽意识到说错话，立刻道歉。他没忘记当年两人之间的矛盾之一，是一个习惯性从经营者角度思考，一个永远站在劳方。

“说个笑话。”以宽有意灭火，“有个人被聘为顾问，找印刷行印名片，送来一看，印错了，印成‘顾门’，打电话跟老板说，你印错了，少了‘口’。老板说抱歉抱歉立刻给您重印，送来一看，印成‘顾门口’。”

两人大笑，差点打翻水杯。米雪浮现自己坐在椅子上“顾门口”的样子，更觉得逗趣，一个人能自嘲表示站在比事件还高的位置，这事就伤不了他。

以宽说：“小池塘，容易功高震主。”指着自己的心脏位置，声音放软：“辞职也好，这里需要你顾。”

米雪抹了抹眼角的笑泪看着他，这男人现在安的是什么心啊！

“顾不动了，你的心太大，说不定也太挤。”

“大是大，不挤，人口管制。就怕你还要顾别人。”

米雪没吭声，抿着嘴笑。熟悉的言谈韵律感回来了，他喜欢迂回侧进，而她善于迷宫藏芳踪。好像两年之隔只是打翻一杯水、擦干桌面的时间而已，非旧情人见面应有的距离与礼节，这不是好现象。

4

泡在添了熏衣草香氛沐浴盐的浴缸里，米雪全身仍无法放松，头不那么痛，却是盲目且茫然地乱转。两周没回去看瘫痪的父亲了，一担子丢给住在家里没上班的姐姐照看，虽然请了外籍看护，姐妹俩已濒临破裂边缘。今天没进办公室，想必流言四窜，被扣上贪污舞弊的帽子，不摘掉，哪家公司敢要她？昨晚，以宽重新进入她的生活，往日被冰封的最甜美的部分都回来了，但现在甜美变成烦恼。

此刻，他正在客厅关注 NBA 总决赛，他是科比 · 布莱恩特的铁粉。湖人队今天战况不佳，守着电视观战的他不时哀声连连，更重要的，刚刚问她两遍“昨晚去哪里”。

能告诉他昨晚发生的事吗？

米雪不想说谎——感情世界一旦需要说谎，意味着战争快来了——米雪厌恶别人欺骗她，也要求自己不可当一个“说谎犯”，若是，就算对方未察觉，但自己知道在形上层次践踏了人家，就有罪。当她沉默，通常就是对他方猜中情况的默认。

浴室地上掉了两片花瓣，米雪拾起，用沐浴精打出泡泡堆，将花瓣放在上面吹着玩，花瓣吹落。这么无边无际的午后应该来点特别的，一杯特调酒——像昨晚——或是带着日晒果香与花朵风情的耶加雪菲咖啡在舌尖回荡，把感官带进阳光灿烂的花园，她因此忆起那家文艺气息浓厚的咖啡小店“牧神的午后”。

德彪西《牧神的午后》曲子，创发自马拉美的诗《牧神的午后》：

在一个燠热慵懒的夏日午后，
半人半神的牧神从蜷卧的浓荫底下悠悠醒来，
他轻缓地吹着芦笛，
思觉流入现实与梦境交织的磷光中……

两年前，她与陈辉信第二次聚，店里放的就是这曲子。

他是同校同系学长，在校时知道彼此但不熟。在一次米雪公司承办的大型公益活动中，杂志社要陈辉信做专题报道，米雪极力协助。学长学妹关系在职场上特别好用，但他俩不仅于此，米雪与以宽分手不久，伤得太重以致过度投入工作，这让陈辉信欠她好大一笔人情。

欠人情要还，第一次还，陈辉信请她吃饭，餐厅是她选的，就在三个月前她与以宽决裂那天的用餐地点。

三个月前，她与以宽在这儿晚餐，忽然走来两位穿着讲究的女士。以宽站起来，喊："妈，李阿姨，你们也来啊，这么巧。"米雪站起来，点头："伯母，李阿姨。"

以宽母亲以一双锐利的眼睛给米雪做了媳妇候选人断层扫描，旁边是她的牌搭子，这妇人堆着笑容看米雪。以宽在慌乱中做了最糟的介绍："这是米雪，我女人。"

"什么我女人！"米雪瞪他一眼。

李阿姨笑得更暧昧："什么时候请喝喜酒哇？先上车后补票最好，现在女孩子开放，大家都能接受。像我们那时候呀真不行，人家会讲话。"

以宽妈拾起以宽的筷子，翻了蒸笼里的花素蒸饺："谁点的？这家花素蒸饺真难吃。"放下筷子，补一句："我们家的饭也不好吃。"

"我们家的饭好吃。"米雪低声说，脸垮下来。

“不会呀，你们家娃蒂菜越烧越好咧。”妇人说。

“我们走啦。”以宽妈说，把米雪当空气。

以宽从他妈妈手上拿过账单，送她们去搭电梯，途中，妈妈停步说了什么，高大的以宽低着头听，接着双手环抱胸前点头。进电梯前，米雪想，如果她现在回头对我挥手，那就是友好的意思。电梯关门，以宽妈没回头。

米雪懂，她不是她的媳妇菜。米雪有个死穴，受不了别人当众给她洗脸，以宽妈第一次见面就把她的脸洗得发白，洗得皮开肉绽。

以宽回座，他们之间的沉默开始往死里去，原说好饭后去乌来洗温泉过夜，全毁了。离开餐厅，在他的“奥迪”车里，怒火炸了锅，不得不路边停下。

“我被你妈羞辱，你高兴了吧。”

“我高什么兴？我妈就这样，什么话都先说出口再来道歉。”

“她道过歉没？”

“没。”

“你们家的饭不好吃，我再穷也不必靠怀你的小孩钻到你家当阔太太讨饭吃。”

“我倒希望有那一天。”以宽微笑，他摘的是怀他的孩子这段有甜味的话，伸手要揽她的肩。米雪对准的是她穷的这句，以为以宽希望看到她穷苦潦倒，他这个坐拥金山银矿的人再笑着出来收留乞丐。

这是羞辱。米雪心死，用力拨掉他的手，手往方向盘敲去，敲得不轻。

“你无理取闹，我有什么办法，女朋友能换，妈妈能换吗？”以宽也怒了。

米雪没哭，她盛怒的时候不会哭。三分钟静默，够看到心碎裂的过程。米雪悟到这个极度宠溺她的男人是活在铜墙铁壁里的，他既不能把她宠成小宠物抱进那个铜墙铁壁的豪门做他一辈子的乖顺女人，也无法拆了富商家族的琉璃瓦跟她建立两个人的小爱巢。更重要的是，她不是做男人怀里乖顺女人的料。

米雪没看他一眼，开门下车前，冷冷地丢下一句：“那简单，换女朋友。”

那天，米雪先到餐厅，选同样位子等陈辉信。

她没对陈辉信说为何选这家苏杭菜系餐厅，只有自己心里明白，她想看看自己能不能事隔三个月后再次踏进那餐厅，点同样菜色，用新记忆盖掉发炎的旧记忆，就像一本书封面毁了、书页乱翘，用另一本书压住它，压久就服帖。

陈辉信来了，米雪问：“叫花素蒸饺好吗？”

“当然好，听说这家的花素蒸饺很有名，叫来吃吃，饿死了。”

陈辉信不知不觉进入新剧情，从路人甲摇身变成优异的男主角，以致有了喝咖啡的机会。

第二次还人情，就在“牧神的午后”请喝咖啡。

前一次谈话还绕着公务时事，这次一起回忆校园系馆：那家松饼店还在不在、冰果店换老板没，总有几个老师、同学成为回忆机里必点的歌曲、笑话。咖啡越喝越像还在学校的学长学妹，续了杯，还发痛的伤口自然而然露出来：一个正在疗治情伤，一个离婚未满周年，竟有同是天涯沦落人的相怜感。牧神的午后，无限可能。黄昏了，他说：“走走走，上山去土鸡城吃饭。”

说走就走，这是陈辉信的风格。他骑摩托车载她上阳明山吃土鸡、野菜，看夜景，凌晨往指南山看日出，一路唱歌，风灌进衣服，他一面反手牵她的手抱紧一点一面唱，歌喉不错，天地同游。米雪在台北住二十多年，从没像那晚从北到南跑遍台北盆地，吹一夜野风，最后躺在河堤草坡上，吃烧饼油条豆浆还有一杯 7-11 热拿铁，看着旭日东升染亮天空。

陈辉信说，台北非常适合流浪，生活机能这么方便，简直就是流浪汉的天堂。米雪第一次碰到一个破格的人，条条框框都碎了，风趣随兴，她尝到自由。这人是为了唤醒她的自由而来的。

七点半，米雪打了呵欠。陈辉信说："带你去一个地方。"不到十分钟，停在他家楼下。陈辉信刚租下这屋不久，家具未齐，床垫直接放在地上连床架都还没买，但这不妨碍两个洗浴干净的人躺下来看着天花板一起回味昨夜阳明山的星空。陈辉信亲吻米雪的耳朵，一只强壮的手臂铲起她，另一手环抱过来，把她的身体当作一片芭蕉叶完整地覆盖在自己身上，他两手两脚交叠把她锁住了。

"有没有吃饱？"他问。

"吃饱了。"

"我没吃饱。"

两个人像嘴馋的孩子在野地寻找食物，从床上滚到地上又从地上滚回床上，从山峰到丛林，掘井取水，一路贪婪地像两个不知饿了多久的饥民。白花花的阳光自窗户照来，这是上班时间，外面不时响起摩托车声，他俩像农夫村妇，躲在无人知晓的树荫下卖力干活，交缠时娇喘，刹不住顶撞时求饶，彼此认领新的脸庞、新的身体、新的体位、新的节奏、新的声浪。最后一里路，陈辉信带她到狂风扫落叶的峰顶，抵达之时，埋藏在米雪体内多年那个优雅男人以宽的身影，一脚被陈辉信踢下悬崖。

一个女人对情人最果断的处置是，先把他从体内赶出去，再将他从记忆芯片里删除。只有这样，伤才能收口。

陈辉信穿好衣服，十点钟有个采访，他得出门，临走，把一副钥匙交给米雪，让她随时可来随时可走。

“这是送出去的第几副钥匙？”

“第一副。”陈辉信笑着说，“不嫌弃的话，搬来住也欢迎。”

一周内，米雪不顾姐姐的强力阻挡搬过来。

“我要我的新生活。”她对姐姐说。

他们半认真半戏谑地写了一张“陈辉信与米雪的同居守则”，用磁铁压在冰箱上。第一条，陈辉信说：“自由，绝对要自由。”

5

昨晚用餐后移到餐厅附设的酒吧区，以宽帮她点一杯特调鸡尾酒，自己要开车只喝柠檬汁，端给她时，一根指头顺势划过她持杯的手背直到手肘内侧，问：

“他对你好吗？”

“谁？老巫婆吗？”米雪装蒜。

“结婚了吗？”他不知憋了多久。

“哎，我们这么快就要谈这个？不答不能喝？”

以宽微笑，捏一下她的脸颊，那是宠她的意思。他了解她的个性，心里有底，还没结婚，若结了，她会直说，她不是个会说谎的人，以宽信任她。往日他的习惯性小动作像一只只躲藏太久的小动物这边那边地奔回来围绕她。他用两掌含着她的左手，像把玩一只清朝皇宫佛手香熏精品，一下子弯曲她的指头一下子拨直，用自己的食指沿着米雪的五根指身顺一遍，后来干脆将她的指头合起来像一朵花苞，拉到嘴边，悄悄地伸出舌头沿虎口处舔一圈，湿润的触感让米雪左半身起一阵电流，酥麻到脚底。她没拒绝，人生走到糟透的地步，酒与一个宠溺过她的男人的舌头，正是她此刻需要的。

“不怕泻肚子啊？”米雪斜睨他。

“不怕，命都可以给你。”以宽没打算停，这个曾经用一根舌头扫荡她全身的男人，缠起来像个不达目的不歇手的小孩。

“你死，我怎么对你妈交代？”

“嘿，今晚让她休假，不要提她。”

米雪惊悚地想，该不会阴魂不散又从哪儿冒出来吧？不禁四处望，确定“皇太后”不在，敲一敲脑袋，不想让过去的阴影破坏眼前这一切。他与她是船难幸存者被大浪冲到无人岛，慢着，这好像是电影《蓝色珊瑚礁》剧情，米雪暗笑自己的脑子已经不听使唤去漫游了。

低调又神秘如梦境的灯光，让身体不自主地晃动的撩人音乐，这是个适合寻欢的夜晚。

“既然要死，”以宽附在她耳边说，“可否让我为女王陛下捐躯，今晚让我战死好不好！”

米雪扑哧一笑，心口发热，糟，快被他俘虏了。女人身体是山川地景的缩图，藏在器官底下，衣服遮住的是器官不是河山，开启的钥匙在脑部，浪漫猎人知道如何找到钥匙让器官幻变成地景，微风吹拂山脉，山脉自动献出丛林与密谷，迎接他进入秘境，引导他，呼唤他的名字，深入更深入，奔驰着，寻觅回春之泉。酒的热流与他挑起的电流全身乱窜，防卫能力崩垮，被他牵着，一步一步往水够深、火够热的地方走。米雪察觉自己的身体将从器官化成河山，仅剩一步之遥，她控制着，不让山峦、渊谷显现，意识到这两年陈辉信占领的是器官，并没有把窝藏在密林深处的以宽赶跑，记忆芯片也没删除干净，才使得马蹄扬起的灰尘还没落定，敌人已在脑部登基。这怎么可能？米雪暗想，今晚恐怕逃不出他的手掌心。

问题是，想逃吗？在逃与不逃之间有一条间隙，米雪的脚卡在里面。

“我现在爱好和平，”米雪两颊泛红，支着头逗他，“战场没带来。”

“他限制你！没关系，我会另辟战场。”

话虽这么说，以宽坐正，严肃起来，这不是酒意，他喝柠檬汁。霎时出现男人间的争斗气氛，一个隐形的敌人来到眼前。醋，泼得到处都是。

“我受伤了。”以宽放开她的手。

女侍过来收杯子，米雪不胜酒力，另要一杯柠檬汁。

“叫你‘女人’来帮你疗伤啊。”米雪加重语气。当年，“女人”这两字曾恼怒她。“做我的女人，我会宠你一辈子。”米雪非常厌烦大男人沙文主义把女性当作宠物的话语，以宽否认，他没这意思，但也承认富商大家族架构下做他们家的女人不可能吸得到自由空气，他的两个嫂嫂已经证明。他们家的女人还必须多产，大嫂连生三个女儿，对公婆说对不起。

“不在。”

“不在？”米雪推敲这两个字，舌尖微有醋味。不知道自己为什么缠着“女人”逼问，难道冀望他这两年守着对她的思念不交女友——这不可能，他周围多的是主动献媚的狐狸精——而她自己却在分手三个月后跟陈辉信同居直到今天，这心态她以前怎么没发现？

“叫你秘书来帮你疗伤。”米雪暗骂自己：你在普查吗？

可是现下就是想要翻箱倒箧地查。

“我秘书快做阿嬷了。”以宽正经地说，神情暗下来。

米雪笑出来，这她相信。他说过做老板不要用太漂亮的秘书，迟早出事。每天在数字堆里打滚的男人高压下会变成野兽，最直接的舒压方式就是满足那根宝贝棍。他宁愿请一个务实的愿意每天帮他打蔬果汁的总管，也不要年轻漂亮在他面前晃得他发情的女秘书。

他说的“不在”什么意思？今天够糟，不要把此刻毁了。逃或不逃都是地面的事，米雪想：我想升天。

“哎，以宽以宽以宽，为什么叫你的名字有甜味呢？”

换她握住他的手，摊平掌心，自己伸出食指沾杯里的柠檬汁，在他掌上写“好”，接着把脸埋入掌里，伸出舌头舔净汁液。

6

忽然听到楼下开门声音，想必房东一家回来了。要记得把信拿下去，如果可以，干脆把那张该死的樟木凳子扔掉。刚刚他怎么说的？“我出钱买的，需要你同意吗？”这话呛辣，他不高兴什么？

米雪找出花剪整理那束花。昨晚像一抹残影出现在酒杯前的他，堂而皇之点烟，视她如空气。电视关掉，笔记本电脑阖上，一脚伸直搁在矮凳上，一脚屈在沙发上用手抠着脚皮。米雪有洁癖，这是病态的，照他的说法，人类还在大草原上求生存时，要是执着于把树枝依长短摆齐、树叶依大小堆好，早就到狮子肚子里当蛋白质了，乱，才是上策。十个男人九个乱，另一个还没出生。米雪心里反驳但没说出口：有一个男人不乱。

室内静默。花大多萎了，咔嚓咔嚓，剪刀的声音，只剩几朵还开着，散着幽香。她把花瓶放到前阳台的小茶几上，看到那封信，趁现在记得拿下去。

出门后，米雪不下楼，往顶楼走。那儿有个小花园，房东种花，老妈妈种菜，可以坐下来远眺半个天空。陈辉信有时会上来抽烟，她知道烟放哪儿。现在，她需要有个东西与她交谈，一根不会泄露秘密、无声的烟的交谈。阴的天，像昨天一样，仍有落雨的可能。

昨晚，在温泉区旅店，欢爱中重新界定彼此体内山川湖泊的领土权归属，刚死过才复活、确定自己打了胜仗的男人，温柔地巡视所有疆域，说：“女王陛下，你安静的时候特别迷人。来，到我这里来。”把她拉入怀里，吻她的左眼皮：“眼睛闭起来，好好睡一觉。”又吻右眼皮：“睡饱了什么问题都会解决。”

等一下如果他再问“你昨晚去哪里”，该怎么解决?

米雪想起定同居守则时，他说自由的意思就是全方位开放，谁也不要管谁，包括几点睡觉、吃什么、穿什么，怎么花钱、工作、交友、娱乐，包括性，住一起不代表要没收对方的性自主权，总之一切的一切，拥有随心所欲的自主权。米雪觉得有意思，在以宽的铜墙铁壁框架下——这个品味不错的男人连她穿什么衣服都要管——她太需要自由，换她说第二条时，米雪不假思索说："诚实。"

如果他再问，米雪能回答他："依照同居守则，我有自由。"如果他以第二条"诚实"反驳，她怎么答？米雪意识到，两人若走到必须在心里沙盘推演、言词攻防，不管当下是婚姻中还是婚姻外，都在破裂边缘了。

每一桩爱情里都藏有一个潘多拉盒子，不可能永远不打开。她跟以宽打开盒子就是在餐厅那天，不论盒子里还有什么吓人的东西，首先跳出来的那件够摧毁她了。

她心里明白，与陈辉信的盒子老早就开了缝，出在第一条自由；他是追逐型的人，游走在各个标的之间。他知道怎么拿捏平衡，让标的对象不知不觉成为他的知己，共享殊异的愉悦时光。米雪在唯一中创造多样，而他在多样中实践各个不同的唯一。自由能平等吗？一个奔驰力旺盛的人在自由状态下收获的情爱，岂是裹足者能达到的。她问自己，不满的是不够自由还是太自由？潘多拉的盒子打开了，蹦出来的第一件东西叫作分享，而米雪不能忍受跟别人分享情爱。有一纸结婚证书的，有东西可以撕；没结婚证书的，能撕什么？

米雪想起有一次问他，是否想象过他们之间有一纸结婚证书是什么样子。结果竟吵起来。

“你发烧啊？”陈辉信摸了她额头。

“换个角度看，那张纸应该蛮好用的，至少我不必跟朋友介绍：‘这是我室友。’最起码，房东她妈妈不会老是问我什么时候结婚。”

“除了那张纸，你还缺什么？我们合租房子不必背房贷，你有你的书房，我有我的工作室。有固定工作，生活费各出一半，薪水够我们玩乐，每周看一次电影，吃遍台北新开幕餐馆，住遍每一区 hotel，每年出国旅行，还计划合买一部车去环岛。没人管，只有享受的权利没有负担的义务，多自由！还要什么？我想不出还要什么。”

他喜欢无拘无束，摒弃所有条条框框，浪漫的行动派，自由自在。米雪不否认在他身边呼吸得到新鲜空气，他们是最好的旅伴，美食玩乐，随兴也尽兴。

“我要把结婚证书裱起来，就挂在你头上那面墙壁，然后印成传单，请派报生塞到每个信箱。”米雪故意这么说，她想知道他到底多怕。

“你荷尔蒙有问题。”

“男人要婚姻的时候会说婚姻促成人类社会的进步，男人不要婚姻就说婚姻违反基本人性。”米雪哼一声，“没有真理，只是诠释问题。”

“随你怎么想。”他挥一挥双手，“我很满意我们目前平等的、有创意的两性关系。你想，如果今天坐在你面前的是你丈夫，他会给你自由吗？”

“我不只要自由，我还要拥有分期付款的房子，在自己的草坪上晾尿布，孩子睡在娃娃车里晒太阳。”

“你有能耐生孩子？”

“什么意思？”

“我不是怀疑你的生育能力。”他用一种嘲讽的语气说，“你可以花半个月薪水买一套衣服，看看你有几双鞋？不到最后一秒钟不会起床，你这是‘宠物心理’作祟，建议你买只猫。”

“先生，你没有资格批评我的生活系统。”

“那当然，不过你的生活系统已经侵犯到我，我犯不着为了满足你生理上的冲动答应结婚生子，我有拒绝的权利，你不能否认。”

抬杠到最后，米雪气扑扑地用一句话收尾：“放心，我会替我孩子慎选精子。”

那次半真半假吵完之后，米雪不快乐，不知道问题出在哪里。她诚实地给自己诊断，难道是这么长时间以来有个什么东西骗过自己，让她误以为自己只能过某种生活？米雪渐渐发现，自己不能过逐水草而居、无目的地漫游的生活，自问是否高估了对自由的需求。这样想会危险地趋向那一条被称为没出息的旧路，而这带来新苦恼，她有时会为这么不够前端的想法感到羞耻。

“我一直在替别人监视我的思想、生活是否符合现代女性的主流思潮，我是出卖自己的汉奸吗？”米雪忽然想。想要一个可以信任、安定的家是否就是落伍？她从未像此刻想要撤离，退出共振圈，真实的她是有洁癖的，不喜欢那种暧昧的气候，忽晴忽雨，令她无法掌握，她终于洞悉陈辉信开垦出来的整个城堡建立在沙丘上，濒临沼泽。她想重新变成一个发亮的人，遗忘沙丘与沼泽的故事，她知道她要去的地方是他从未想象过的国度。只是，往那个国度的路在哪里？

头又痛起来，按熄烟，果然开始下雨。

按三楼门铃，开门的是房东女儿小慈，还在念大学。米雪问：“你怎么在家？”

这个被忧愁绑住的女孩说：“陪妈妈去做化疗。”

阳台上堆满杂物、扫具，女孩解释："另一间房子的房客退租，我去打扫。米雪阿姨，如果你有朋友要租，可不可以帮我们介绍一下？"

米雪问了屋况，答应帮忙留意，把挂号信交给她，想跟房东问个好，进门看到雪子歪坐沙发上，已经发热的天气还穿羽绒外套戴毛帽，看到米雪，起不了身也展不出笑容，身形枯瘦、脸色蜡黄，勉强说："你来了，谢谢你啊，帮忙……"

"Yukiko，多少喝一些，你不吃不行。"老妈妈从厨房出来，膝盖病变，微跛着，端一杯高营养的癌患饮品。

雪子摇头，声音细得像微风："喝不下。"

老妈妈揪着眉。

"喝一口就好。"米雪端过来给她，雪子勉强喝一口。"再一口。"雪子又喝。"再一口就好。"雪子鼓起力气喝光了。老妈妈高兴得流泪。

米雪想起父亲第一次中风后姐姐搀他走路，就用这法子，不知不觉走到尽头。到处都有需要疗治、复健的事，一小步再一小步，说不定就看到终点。

老妈妈曾说，真有缘啊，你们两个的名字用日文说都是Yukiko。米雪比她小多了，叫她雪子姐。雪，米雪没办法问早已过世的母亲为何取名雪，但她从老妈妈那儿听得，因为台湾不下雪，所以雪是很珍贵的，让人惊喜。米雪设想自己也是珍贵的。

“晚上我可以来你家吃饭吗？跟雪子姐聊聊天。”

老妈妈露出笑容。这个家太需要访客，这样才像正常生活，人若觉得自己在过正常生活就有力气抗争下去。在步向黑夜的路上，能听到亲切的人声，是短暂的安慰。

米雪回到家，觉得累，可是累中有想要前进的念头。她不想继续活在纠缠里，彼此耗费心思编织精致的话术甚至是谎言，只为了照顾对方的感受。同居两年，不短不长，放弃很可惜，但走下去就是深海会溺水。米雪领悟到陈辉信的自由里没有承诺，没有承诺等同孤魂野鬼。然而以宽呢？她想起以前的感觉，宛如断臂者捉鱼。从心底浮升一股疲累，不如一个人远远地离开，去荒山野岭重新开始。只是，那股天不怕地不怕的青春劲头还剩多少？

回到家，该面对的还是得面对。

“昨天，我们是怎么约的？”陈辉信开门见山。

米雪想煮咖啡，咖啡粉没了，拿出磨豆机，倒入豆子，“嘎嘎嘎嘎……”机器吼叫，她松手问：“你要咖啡吗？”

“不用。”

一个嗜烟酗咖啡的人答不要，不是拒绝咖啡是拒绝她。米雪还是煮两杯，给自己加糖加奶，给他黑咖啡。说不定，今天是最后一次记得他的喜好。

他从沙发站起来，拈一只青花碗将烟蒂倒进垃圾桶。沙发被他窝成一个难以平复的凹，他进盥洗室，传来尿滴声，接着马桶“哗哗”大响。米雪将那碗刷洗干净，擦干，放在他面前。今天，她不在意烟味。

“昨天早上出门前，我们约好七点在新开的那家餐厅吃饭，再去买鞋，看晚场电影。结果我等到八点，打你手机不接，我想得到的人都问了，你姐说你很久没回去。我乱猜你是不是给车撞了，还打到医院急诊室问，差点去报案。你要不要解释一下，你知道昨天是什么日子吗？”

昨天是个特别的日子，米雪叹口气问：“什么日子？”

“我们同居满两周年。”陈辉信点烟，“难得我想庆祝一下，特地跟我姐夫要一束花。”

“好快啊！”米雪也拿出一根烟，陈辉信帮她点火，“抱歉，全忘了，昨天发生好多事，很混乱，我需要理一理。”

米雪的声音低缓，像在河里任凭水流带动她摇摆，想什么或不想什么都阻挡不了水的流向。墙上的大钟指着五点二十分，米雪的意识也像河水流动，触到枝条或岩石随意转弯，忽而阳台上玫瑰花香刺激她想及昨晚的缠绵，忽而他搭在沙发上的外套让她联想下午那通“老地方见”的电话猜测他晚上跟另一个情人有约，忽而想到等一下去巷口烧腊店切半只油鸡带去雪子姐家晚餐说不定是最后一餐，并因此角色互换地想，雪子一定愿意与她互换，只要健康什么都不是难题，而如果罹癌的是米雪，在天暗下来几乎看不到灯的路上，人还会在乎什么？

米雪叹一口气，说实话：“信，我走不下去了。好累好累。”

她没看他，偏头看到还压在冰箱上的那张守则。

“可以告诉我原因吗？我以为我们过得很好。”

“如果不多想，我们过得不能再好了。是我自己的问题，三十三岁了，数字一直往上升，心里碰到关卡。”米雪停顿一会儿，“主要是心不在了，这个屋子里，我们都没办法专心。”

“专心”两个字，让陈辉信无法进一步发挥，他立刻懂，米雪挑明自己也点名他，只是不说破。两个人走到悬崖边，都知道等一下会坠落，此时不需要言语叫嚣肢体扭打，反而需要帮对方顺一顺头发、给自己整一整衣服，让留在彼此眼瞳里的影像好看一些。

“我不可能再在别人身上体验到你带给我的快乐，谢谢你。”

“你有什么打算？”陈辉信点燃第二根烟。

“昨天辞职了，你说过老巫婆迟早会把我生吞活剥，果然。还是你睿智，看得远。”米雪平静地说，“先找房子吧，静下来好好想想下一步，我爸的事也不能一直丢给我姐，她已经恨我了，不能再这样下去。”

“好。”陈辉信低下头，嘘出一口长气，稳定情绪，“有什么我帮得上忙的吗？”

“我想带走凳子。”米雪指着，从皮包数出一沓钞票，压在他手机下，“算我买的。”

陈辉信苦笑一声，把钱塞回她的皮包：“本来就是送你的，留个纪念。”

这樟木凳子果然又当了关键角色。“纪念”二字意味着永远不再，米雪一时心绪起伏，掉下眼泪，陈辉信见状也红了眼眶。

手机响，他看一眼来电显示，没接，说：“我要出门了，有个约。”

陈辉信进房间，换衣服出来，米雪站起来：

“昨天发生太多事情，让你担心，真的很抱歉。”

伸手欲拥抱他，陈辉信迎着，两人默默地拥抱，放开时，都有泪，无法看对方的眼睛。

陈辉信坐在阳台椅上穿鞋，她竟希望他穿慢些，有一丝眷念爬出来，希望他重新进门，抱住她说：“我们再试试好吗？”

没有。

铁门关上，他成为她的历史，她变成他的前任。

7

当晚，发生两件事。一件，办公室的小朋友电她：“头儿，下午有人送好大一盆双色香水百合给你，卡片写：贺大鹏展翼。署名XX股份有限公司董事长方以宽。”米雪明白，这人用这种方式做面子给她，替她出一口台面上的气。她固然心里有感，毕竟才刚处理完陈辉信那把花，无法有更多荡漾。第二件，米雪要雪子女儿带她去看那间空屋，很满意，当晚租下，这是双赢。三天后，搬了家。跟姐姐说好，以后各轮流一个月回家陪爸爸，另一人住租屋处喘息。正式实施前，她安排一趟旅行，带不快乐的姐姐去一处可以忘却现实、快乐地当陌生人的地方。

出发前，还有一件事要办，叫了快递。

在商业区一栋大楼里，方以宽收到米雪的信。

信封里只有一个杯垫。那天在餐厅酒吧，他在“回”上下添了字，变成“等你回来”，送给她。她退回，意思很明显了。

方以宽脸色一沉，揉掉信封丢进垃圾桶，要丢杯垫时下意识翻到背面，才看见写了字。

亲爱的：

这不是辞呈，是辞行。我已在飞往欧洲的飞机上，新生活第一步，准备面对时差及语言不通可能会被老虎吃掉的旅行。我向我的人生请假，我值得放一次长假，找“回”愿意重新相信的事，更重要的是，相信自己做得到这些事。如果旅行“回”得来，打算念点书，再当一次学生，也修一些跟人生有关的学分。到时候，如果有人愿意等我“回”来，说不定我能学会把旧爱变成新欢。

谢谢花，并问候你的三寸不烂之舌。

雪儿

看到三个“回”，方以宽顿了一会儿。最后一句，让他笑出声，一抹笑意从脸上荡开。他站在窗边，望着底下的车流，那是回家的灯河。

窗外是夜晚已然降临的台北天空，自高楼远眺，月牙高挂，灯火已亮。这是个适合把心打扫干净、乖乖等待的良夜，适合用来推算御驾亲征的“女王陛下”大约何时回来。

如果她还想回来的话。

老姐妹

棉被店二楼窗台繁殖了一大丛昙花，

张牙舞爪霸住半面墙，

好像跟这个世界无冤无仇，

也没什么情义可言。

她吃过粥了。

每天早上六点半，鱼松、红烧豆腐、软烂青菜及一碗白粥准时来到她的房间，包括看护那句带呵欠的招呼语：“早，阿鹅嬷！”勉强也算一碟小菜，清清淡淡，半云半雾。有时，菜色嘀嘀嘟嘟丰富些像莲藕会牵丝，如果隔壁床又尿湿床单的话。

“Yukiko，你真乖，今日几号？”刚刚她一面喝粥，想起什么似的，问看护。

“八月……十二号吧。”

手脚利落的看护腆着壮硕的臀部正在更换床单，那位八十多岁瘫痪老妇如一尾干煎的四破鱼摊在床上，非常瘦也非常安静，从不发表意见，对食物或飘浮在空气中自己释放的温腥尿骚都能接受。躺在长方形瓷盘上的四破鱼，基本上也有沉默的尊严。

“旧历几号呢？”她又问。等不到回答，提高声音再问一遍：“旧历今日几号？阿雪啊。”

其实，被唤作日语 Yukiko 也就是雪子或闽南语“阿雪啊”的看护扎扎实实答了一串，但跟日子无关。她是个勤快敬业的本地妇人，五十多岁，身材中等偏壮，脸上有不少淡斑但懂得用微笑遮掩，脾气还算稳定，除了习惯性自言自语发表一些柴米油盐式的个人看法外，称得上是长照界不可多得的人才——把屎把尿清秽物不嫌脏，她照顾的住民身上没老人味。再说，她的自言自语也保持一种含蓄且委婉的风格，声音拿捏得有分有寸，接近耳语与呢喃之间。刚刚，她一手铲起四破鱼一手铺床单，嘤嘤嗡嗡地诵经：“问几号做什么？你儿子会接你去美国住吗？你媳妇会煮稀饭伺候你吗？几号还不是一样，出日头摔大雨也是同款的啦，早上也 Yukiko，晚上也 Yukiko，阿雪啊、阿雪啊，叫魂哪！”

她的声音宛如暗自哼歌的少妇，有一点春梦乍醒的慵懒味。她十分了解四破鱼是个具有传统美德的老妇，绝不会搬弄闲话，事实上，除了偶尔呛到咳嗽几声或喉咙蓄着未吞咽的食物发出咕噜声，她几乎没听过四破鱼开口吐一个字。这一点她试探过了，曾对她透露薪水，留意第二天有没有耳语生出来，结果没有，证明她真的是语言能力受损。因此，喂四破鱼用膳时，她也呢呢喃喃磨出一摊话水，不过内容宽阔，媲美一本有声版八卦杂志，诸如：几号房那个谁昨天一大早做仙去了，家属有够离谱到下午才来，要是分财产，哼，一定跑到裂裤脚马上来；几号房那个谁昨天被送进来，晚上哭哭啼啼吵着要回家，老人跟小孩一样，第一晚都会哭，第二晚哭一点点，第三晚就认命了；VIP 房照顾那个鼻胃管、尿袋阿公的印籍看护娃蒂可怜啊天天哭，听说她老公外遇，没良心地把她当提款机，她在这里抱老男人下床，他在那里抱年轻妹妹上床，有没有天理啊，老天瞎眼了？听说今年薪水不会调，是不会去问问外面东西有多贵喔，最起码也要调个意思对不对；听说老板又揍老板娘，这次老板娘硬起来有去验伤喔，那个不死鬼老板在外面偷吃很久了，奇怪咧男人怎么都管不好那一根小黄瓜，给它剁掉去喂猪猪都嫌臭腥，再闹下去说不定赡养院要关门，我就要回家吃自己喽，很烦咧……

依照员工手册规定，员工不可以对“客户”透露公司营运状况——包括老板、老板娘的婚姻营运状况——但这岂不是叫他们被一肚子烂话堵住要便秘了，反正这些“客户”连听懂都有问题，会搬弄是非的话那就是医学发生重大奇迹，所以八卦看护没在怕。不知道的人从房门经过看到这一幕，倒以为母女俩正在说什么体己话。人老了只有三种，一种可恨，一种可厌，一种可怜。八卦看护很会分类，她觉得四破鱼是可怜的，阿鹅嬷在可怜与可厌之间。这样说来，人老了不止三种，把之间算进去的话，那应该算五种吗？她不会算排列组合，把四破鱼当作举“可怜”牌子，阿鹅嬷举“可厌”牌子，自己举“可恨”牌子，用手指点来点去，总算算出有六种。她算出来时，差不多也喂好了，一碗喂了八分，很不错。帮四破鱼梳洗、漱口，把药磨粉泡水喂好，“早课”算结束，才七点半，太顺利了。她一高兴就会对这个安静老人做搞笑动作，把自己额头与老人额头相碰，发出不知哪个原始部落的嬉闹声：“阿喜嬷，你好棒，来，啊嘟嘟、啊嘟嘟嘟嘟嘟……”

叫人家四破鱼太不礼貌，人家有个好名字，阿喜。说来话长，那是阿喜嬷刚中风时的事，两个年轻女看护来帮她洗浴，一个说她躺着不动像一尾秋刀鱼。隔床的阿鹅嬷听到了，要知道她虽然生在日据时期，日语、中文、闽南语都通，还会一点英文，人家是老不是笨，她插嘴道：“小姐，不是秋刀鱼，我们老了都变作四破鱼，亲情破、钱财破、身体破、希望嘛破了了，拜托你两个轻一点，莫把她的骨头搬散了。”从此，背后被叫四破鱼。

“旧历今日几号啊？Yukiko。”阿鹅嬷只关心这个。

“旧历喔，嗯……七月初七。”看护踅至她面前大声说，轻轻拍弄她那软绵绵的脸颊，几粒大大小小老人斑随着松垮的颊肉荡了荡，大的像松子眼看要荡出去，又被丝丝缕缕的皱纹给掏回来。看护顺手替她捏起几绺银发别到耳后，发丝没剩多少，十分宝贝，连梳子也碰不得，用手指替她顺了顺，勉强遮一遮粉腻腻的头皮，摇一串牛铃似的说：“阿鹅嬷，你今日气色真好，有没有睡饱？胃口不错喔，比昨天吃得多呢。”

里里外外听到这声音都知道收餐盘了。

房间恢复安静。

“吃饱未、困饱未，讲来讲去这几句，人说呷老有三坏：哈嘻流目屎，放尿加尿苔，放屁兼渗屎。呷老有三好：顾厝、带囡仔、死好[1]。我现在呷饱、困，困饱、呷，剩‘死好’啦！”

阿鹅嬷说完，自己咕咕笑起来，深吸一口气，还闻得到鱼松的甜味，不禁再吸几口，像一群天真无邪的小鱼不断啄弄她的白发，一瞬间竟有儿孙满堂的趣味。她有时会乱乱想，像插头找插座，插到好插座跑出奇妙感受，想起几件有趣的事；插到坏插座，那些死人骨头咽气事情通通跑出来缠她，心情一下子沉到谷底。今天不错，插到好插座，心情很轻，像羽毛。

这间双人房还算宽敞，十五坪附带一卫，摆两张电动医疗床，中间放一张双人座沙发做间隔，各有衣橱、桌子、椅子及

[1] 台湾俚语，意思是人老了有三个坏处：打呵欠时流眼泪、尿液混浊好似长苔、放屁时会渗屎，都是指身体衰老。但人老了也有三个好处：一是在家里顾着，二是带孙儿，这两项指尚有利用价值，若没了利用价值，那就“死好”，第三项是自嘲。

一部轻巧型轮椅，电视嵌在正中央墙上，冰箱放在房门后，都不碍通行。墙壁挂着复制花卉油画，装潢偏暖色粉嫩，好像有钱人家把女儿送去贵族寄宿学校，住的宿舍就该洋溢少女风情，最好每晚还有不良少年罗密欧来窗下扯喉咙唱歌，那就更像了。

“看得出来，布置得很用心啦。”入住前先来参观，阿鹅嬷温温地给这个评语，说给带她来的孙女小慈听，毕竟这家赡养院是她花心思找的，标榜像大家庭般温馨的小型赡养机构，甚至有些事项可以客制化管理，收费稍贵一些，这不是问题，阿鹅嬷留三栋房子给她。

依规定，先入住的可以选床位，阿鹅嬷选择离厕所近的，原本小慈建议选窗边较不吵，这床位离门也近，进进出出很干扰。阿鹅嬷虽说靠九十这个数字不远，脑袋瓜还很清楚，只不过该记得的一下子记不起来、该忘记的老是忘不掉而已，听孙女这么说，直接打开天窗说亮话：

“靠门吵，靠马路窗户不吵？等你老你就知，半夜起来放尿两三次，有时四次，离厕所远，像去爬山。吵有什么关系，横竖我耳聋听无，若是佛祖好心来接我，离大门近，人家抬出去也利便。”

“阿嬷，你每次都讲这些有的没的。”

“讲这些有什么要紧，阿嬷活到这些岁，讲这嘛理所当然，早也要去、晚也要去，去才见得到我的心肝查某囝（女儿）啊！”话到结尾，理所当然掏手帕擦泪。

孙女嘟着嘴，不主动提什么了。

起初孙女每周都来，买一堆阿鹅嬷喜欢吃的零食，奶油椰子乖乖、虾饼、海苔米果、花生夹心酥、布丁、水果软糖之类的，连衣橱都塞满。阿鹅嬷只好拜托阿喜嬷“出一支嘴”帮忙消化。好在院方饮食以养生健康为主，稍嫌清淡寡味，正好用零食救一救快淡出一只麻雀的嘴巴。这样吃下来，阿鹅嬷本就胖看不出，瘦瘦的阿喜嬷很快见出成绩，脸颊丰润起来。阿鹅嬷还开玩笑：“我叫鹅，你叫喜，合起来‘鹅喜’（音似闽南语‘饿死’），现在尽量吃，免惊会饿死。”说完两人呱呱笑，天天回到童年，好像两个逃课躲在树下吃零食的小女生。

后来阿鹅嬷叫孙女没事不用常来，话挑得很明白：

“阿嬷知道你有这点心就好，你来阿嬷也是这样，吃饱饱、看电视、等死。你少年人事情多，上班真累，有闲去交一个‘懒捧油’（男朋友）要紧，莫浪费时间在老岁仔身上，无彩工。”

这一句中听，下一句就不中听了：

“交‘懒捧油’，眼睛要睁亮咧，莫像你妈妈，多少人欲给她做媒，伊自己千拣万拣，拣到一个勤劳吃、懒惰做，还爱赌博……”

哇啦哇啦一大串，越讲越顺嘴。孙女的嘴又嘟起来。

阿鹅嬷的论述方式很固定，只要碰触到关键词“赌博”“好吃懒做”——其实只要提“男人”——不管什么剧情，她都可以进行绕道手术绕到那个没出息的“前女婿”身上，接着提出警世箴言：“人讲，嫁到臭头尪（丈夫），有肉又有葱，嫁到赌博尪，整厝内空空。你那个老爸口袋空空，总有一天会来找你，你不要傻傻地卖房子给他去爽爽花，知道吗？”

“知道啦，你每次都讲这些。”

既然阿鹅嬷叫她没事不用常来，孙女很听话，出现的次数越来越少。

阿鹅嬷真的这么想：“莫浪费时间在老岁仔身上。”其实是花了一些力气教会自己这样想。女儿死后她痛彻心扉地反省，一定是心肝女儿放不下她这个老母，那几年她心脏病发又跌倒伤到髋骨动手术，为了省钱坚持不请钟点阿嫂来做家务，女儿每周台中台北两边跑，直到她身体稳定，这当中那个“死人”不知怎么为难她给她气受，一定是蜡烛两头烧落下病根的。她一直后悔自己当时为何看钱那么重，把女儿累成这样，想起来还会扇巴掌教训自己，到了吃饱等死的年纪，她才不要换孙女挂心她。

阿鹅嬷扶着助行器还能自理，院方也鼓励住民一定要做“胡自强”“陆小曼”。话说有一次，院方请大学银龄关怀社团来教健康操，顺便请职能治疗师倡导“保密防跌”——保持骨质密度、防止跌倒——老师在白板上写两个名字，叫阿公阿嬷要学“胡自强”“陆小曼”：“胡自强”就是那个胖胖的台中市市长，意思是凡事要自立自强；“陆小曼”呢，老师还没解释，底下扑来乱七八糟的声浪：

“胡自强他太太出过车祸？”

“是啊是啊，他好像有中风，要学他什么？”

“人家复健得很好，看不出来，复健很重要。”

“陆小曼是谁？”

“陆小曼是胡自强的太太啊？”

杵在旁边的大学生忍不住出声平乱：“陆小曼是徐志摩的太太啦。”

“徐志摩是谁？”

“徐志摩是陆小曼的先生啦。”另一个大学生抢着说。

“陆小曼是谁？徐志摩是谁？”

终于有一个脑袋瓜清楚的大学生打破循环，说：“徐志摩是个作家，后来摔飞机死了。”

“哎哟哟，阿弥陀佛喔！”一个阿嬷手持念珠，立刻念佛号。

另一个说："摔飞机，咻一下就没了，快死，这也是一种'胡报'（福报）。"

老师用力拍拍双手，总算把阿公阿嬷涣散的目光聚集到她身上："陆小曼，就是走路要小小步哟，慢慢来哟，才不会跌倒哟。"

阿鹅嬷记住了，很坚强，每天都做"胡自强""陆小曼"，凡事慢慢来，慢慢起来、慢慢站稳、慢慢开步、慢慢坐下。既然动作变换之间都要慢，也就养成自己配乐的习惯，不是"哦"一长声就是"哎哟哟"三短音，反正碍不着别人，自己觉得热闹些好像左仆右婢跟着。声音太重要了，尤其当你的室友是个过度安静的人时。三年前她入住，曾担心室友太吵干扰她喜欢清幽的习性，没想到比她晚几天搬进来、小她几岁的阿喜嬷越来越安静。刚开始还好，能聊几句，阿喜嬷个性内向，要把生鲜的家常话炖熟总要几天，那没关系，反正老人多的是时间。等到越来越熟有说有笑了，阿喜嬷却中风，整个安静下来，好像声音被强盗抢走，连睡觉都不打鼾。声音很重要，无法靠别人只好靠自己，还好这一点是她的强项，声嗓还算有力。

阿鹅嬷把刚刚看护拿来的心脏病药吃下——其实有时偷偷把它吐掉，她喜欢吃糖果不喜欢吃药——去浴室梳洗，出来时发现看护忘了把窗帘拉开，这是每日标准动作，可见看护今天心不在焉。当然阿鹅嬷不会去投诉，可是能够一大早发现他人的小瑕疵就像池边番石榴树掉下一颗番石榴发出“咚”般，整个早上变得不一样，让她的精神也得到振兴。扶着助行器慢慢踱到窗边的路上，同时发表一小篇评论：“没拉起来，室内暗蒙蒙，点灯浪费电，出一下手拉起来，是不是就光灿灿，人看起来也元气。”拉开少女风的粉红碎花窗帘，八月阳光像武侠片，满天银刀子飞来飞去，倏地把室内挑亮。

“你有没有吃饱？”她问阿喜嬷。

每天早晨这时候，当她扶着助行器朝窗户蹒跚而行时，总会问她吃饱没，移到窗前先到她床头边仔细看一下，要知道对一个行动不便的老人，这段路等同于奔出自家竹围到目光所及的邻厝去打招呼那么远，虽然阿喜嬷没响应，但她相信她都知道，也等着听这一声招呼。这句话，像古早时代甫从路头走出来、打算到镇上市集逛逛的少妇对河岸洗衣的另一名少妇的招呼。没什么大意义，却家常到不可或缺。女人的日子捶过来压过去，都是烧锅举爨、养家糊口的重活，一下子这辈子就被碾得碎碎的，只有少少的空隙能够迎着让人放松的野风。

今日因急着去拉窗帘，次序颠倒，阿鹅嬷拉好窗帘才回身移到阿喜嬷床边，路途更遥远了些，有点喘，坐在床边椅子上，一口气调理了一会儿。阿喜嬷总是盯着天花板，这栋楼有岁数了，天花板被时间画成一幅有山有水的小品风景，整栋楼五十多个老人，说不定只有阿喜嬷最懂天花板图画。依照规定，原本中风后不能自理的她需搬到长照区，但阿鹅嬷跟她有感情了，“情同姐妹”，她是这么对院方及阿喜嬷的儿子、媳妇说的，负责这间房的八卦看护也觉得阿喜嬷乖乖地蛮好照顾，既然大家都赞成便照旧，有状况再来调整。

“咱的日子长长短短谁知道，住一起，我看得到你，人家有没有照规矩给你照顾我才知道，你儿子媳妇住那么远，一年能来几次，你讲对莫？”拍板定案那天，众人都走了，阿鹅嬷附在阿喜嬷耳边小声说，好像两个情报员讲天大秘密一般。

阿喜嬷难得发出一长串声音：“噢哦，我咕唷嘟你蓦墨，得得喔喔哀……”

“你欲讲啥，我都知道啦。”阿鹅嬷说，拍拍她的胸口，顺便帮她擦口水。

现在，她摸摸阿喜嬷消瘦的脸颊，叹口气：“你要多吃一点，要不要吃布丁？”有时阿鹅嬷会喂她吃布丁。两人四目对看，阿喜嬷嘴里发出咿呜咕噜声。“吃不下啊？好啦，刚吃过早餐吃不下。”孙女虽然少来，每个月都会网购一堆零食叫宅急便送来，两人的货源极为充足。接着，阿鹅嬷嘟嘟囔囔发表评论：“天气热，被子给你盖这么密，是欲把你热乎死喔！”

随手替她掀开一些，虽说室内有空调保持稳定温度，但窗外阳光这么烈，照进来一下子就升温。别以为照顾卧床的人很简单，她是不会动不会讲但不是没感觉的木头石块，冷冷热热的变化都要预先帮她设想，要不然她热到包着尿布、蓄着尿液的臀部流汗，闷湿久了长疹子，一旦红肿破皮，接着就发炎变成褥疮。阿喜嬷瘦，长期卧床更容易病变，这点阿鹅嬷很清楚，她的Yukiko后来瘦到剩一只骨，屁股没肉，皱皱的皮肤常发红。她想起这事就心底艰难，那时替Yukiko洗澡，一面抹沐浴精一面叹：“你怎么这样瘦，阿母割肉给你，阿母割肉给你！”洗到母女两个抱头痛哭。

帮阿喜嬷弄好薄被，阿鹅嬷慢慢站起来，一面用话语“哎哟哟，快死不老、快老不死哟”鼓舞自己，好像激烈的运动比赛场边，妖娇的啦啦队小美女跳大腿舞鼓动男性的肾上腺素一般，卖力移了六步，来到窗前。

这间房在二楼，面对还算宽的街，从窗口望去是一条狭仄的菜市场长巷，蔬菜水果摊、每样九十九元的家用杂物铺，还有幼儿童装店……大多数女人生命中总可以找到几处市场是从年轻逛到年老的，从一把蒜头到一颗高丽菜，从帮小宝宝买围兜到帮公婆买防漏尿护垫布，一生就像一条结结实实的大白萝卜，转眼间被刨成丝，下锅一煮烂成萝卜泥，连用筷子夹都不能够。锅铲执久了，手臂还念旧的，阿喜嬷还没中风前，那条右臂总在寤寐之间挥动。隔床的阿鹅嬷浅眠，歪着头看，数清楚是三菜一汤，才微笑躺下。第二天问她：“你昨夜在炒什么菜？”两人谈起厨房的事立刻变成三头六臂的灶头女神龙，你公我婆、祖宗三代都能因年节祭拜的牲礼习俗串出来。“哎，原来白斩鸡要先抹糖再抹盐再去蒸，可惜现在才知。”颇有相逢恨晚之感。“唉，咱那口鼎的执照给人吊销去喽！”阿鹅嬷说的是弄锅舞铲的日子已被没收了。

对街一楼是一家棉被店，差不多这时刻，约莫五十出头的老板娘会骑摩托车来。一眨眼，铁门拉上，床包、枕头套堆在门口平台招揽生意。倚在窗口的她回头告诉阿喜嬷：“有听到莫？你媳妇把铁门拉起来喽。”

穿梭于街道的机车声像开山刀劈掉行人耳朵，但她相信阿喜嬷跟她一样清楚外头世界何时开门何时打烊。杵在棉被店门前几步处，鹅肉摊已伺候过几巡早客，不外是空腹出门的妇人携着小孩叫一碗米粉汤、切一碟鹅肉；或是菜巷小贩大清早批菜不及填腹，此时补个早顿。太阳白晃晃笼着这条菜市场小巷，有烟有雾的，载货、提篮的，打伞、戴草帽的，叫卖、聊天的，无一不在八月骄阳中浮浮漾漾，那种鼓噪的温暖有一种升腾的力量，慢慢从鹅肉摊两口滚锅开始，像热气球一样颠颠荡荡往上浮，掠过“长兴牌棉被店”斑驳的招牌，顽皮地往她所倚靠的这栋大楼飘过来，仿佛伸手可以抓一把嗅嗅看，饮食世间的油炸味、人情世故的腌渍味，有油葱酥有辣椒酱，香得叫人眉开眼笑。她看得乐晕晕的，就像当年她拿钱给雪子，让他们夫妇去台中开小吃店，她大老远看见店门系两球菠萝红彩不禁提声叫“Yukiko 喔”一样，有什么可以阻挡胖硕老妇沿路叫女儿的快乐，何况是疼入心的独生女。

那时的日子甜蜜蜜，一切是那么顺利，万事万物都朝着正确的方向走。小吃店生意蒸蒸日上，小慈出生后送到她这里来照顾直到进小学，雪子夫妇每两周上来台北一次，换她煮一桌澎湃地盼着。如果日子继续顺下去，该有多甜。那个“死没人哭的”什么时候沾了赌，雪子一句话也不吭，她看他讲话越来越“五四三”[1]，手上戴一只假“露螺”[2]，心中有疑，难怪后来只有雪子回台北来，再后来店顶让了，再来只剩雪子带着小慈搬回台北，顺便背一屁股那个“死人”的赌债。结果还不是她拿钱出来摆平。

“Yukiko 喔，我的心肝 Yukiko 喔！”阿鹅嬷勉力睁开松塌

[1] “五四三”，指胡言乱语，此人不可靠。

[2] 劳力士表，英文 ROLEX，发音似闽南语“露螺”，即蜗牛。民间因此戏称此昂贵名表为“露螺”。

的眼皮朝那团不断升腾的热风低唤，声音低到一出口即消逝，可是喉咙深处马上又转出新的更温柔更绵长的呼唤。她眨着干涩的眼睛，接着看见从棉被店二楼窗口丢出什么东西，“叭”打在鹅肉摊桌面上。女人放下长勺，朝上骂了几声，又从棉被店旁的楼梯上去，闪到窗口把玻璃窗关上、窗帘拉密，隐约揍了惹事的人，没多久，下楼继续提刀切肉做生意。

“唉，鹅肉娘仔那个儿子又丢拖鞋喔，啧啧啧，真惨。”八卦看护不知何时进来，站在她背后看到这一幕，嘀嘀嘟嘟结出一串话珠子，“有一次我去吃面，吓，我险险被拖鞋丢中，把我惊到睡不稳，后来去行天宫收惊。生到这种儿子还不如去死，一世人说短很短，说长也很长，卖鹅肉能存多少钱？不如死了卡归去（死了干脆）！”看护帮阿喜嬷翻身、拍背，拍得“波波”响，好像给自己的现场广播配乐。员工训练千叮咛万嘱咐，不可以在住民面前提“死”这个字，不得已要提的话用“做仙”“极乐世界”“出国去天顶七逃（游玩）”代替，她全忘了，简直把这两个老的当作自家人，一开口百无禁忌。拍背完，喂阿喜嬷喝水，检查尿布有没有湿。顺道把阿鹅嬷床头的茶杯拿过来让她喝两口水，稍微整理房间，收起换洗衣服，飘出去了。

阿鹅嬷僵在窗口不动，耳畔嘤嘤嗡嗡绕着“死了卡归去”的余音。

雪子自小孩子起就懂得贴心。腊月天她在后阳台洗衣，雪子提一壶热水给她温手，怎么赶也不进屋，缩头流涕情愿陪她洗衣，生到贴心的女儿怎么疼她都是不够的。前阵子梦到雪子叫她："阿母、阿母，你过来好不好？"梦中那个所在好像是她的乡下老家，她嘴里说"好哇阿母来了"，却不知路在哪里，一转头，场景变成她站在桌前吞药，五彩药粒，好像帮雪子吃一些。

有人从棉被店出来，提着凉席、软褥之类往这边走，约莫是哪个新住民的亲属，顺便在附近采买生活器物。院方有个细腻做法，鼓励住民用自己的床单被褥，这样像在自己家不像赡养院，减少搬迁的凄凉感。人老了跟小孩一样，必须靠自己熟悉的物品、气味维系一点尊严与安全感，东西在哪里，家就在哪里。唯一不同的是，小孩的熟悉感建立在被子玩偶玩具上，老人除了用品还需一尊观音像或十字架，确认神与我同在赡养院。

棉被店二楼窗台繁殖了一大丛昙花，张牙舞爪霸住半面墙，好像跟这个世界无冤无仇，也没什么情义可言。注意时，它不开花，没留神，倒起起伏伏开过了，四处悬吊白手帕似的花尸，一起风荡来荡去，像在跟谁挥别。一只羸瘦的猫从隔壁窗台跃过来，站在昙花丛边忽左忽右弓背，白色的毛在这个污浊的城市里流浪久了染成灰尘色。忽然，那扇玻璃窗被拉开，探出十来岁少年的憨脸，猫扭头看一眼，也不惊，继续坐在昙花阴影下觑着菜市场巷的行人，或者觑着这边窗口的阿鹅嬷的脸。

“哎哟，阿喜呀，昙花有开呢，二三十朵有喔。”阿鹅嬷偏着头跟阿喜嬷报告，面露喜色，好像同班小女生看到隔壁班心仪的男生站在树下往这里看，不禁心旌摇荡。

回过头来，看着晴朗的蓝天，心情快速翻过一页，喃喃自语：“Yukiko，今日七月初七喽，阿母真想 Yukiko 呢！”

她站久脚麻，扶着助行器又到阿喜嬷床前的椅子坐下，伸手抚了抚阿喜嬷的手臂，今天不知怎么搞的，很想跟她说几句体己话。

“阿喜呀，今日七月初七喽！”她顿住，忽然忘记往下要说什么，太熟稔的日子或事件明明在心里炖得烂熟了，端到嘴边一下子化掉，嗯嗯哼哼又得重新再炖一次。

“今日七月初七喽……你记得吗？我跟你讲过，我女儿托梦叫我去她那里，阿喜老姐妹，我们一起去好不好？”

阿喜嬷仍旧安静地欣赏天花板上雾蒙蒙的风景，凝滞的眼神仿佛什么都没看见，又仿佛看穿这栋大楼每个老人的哀怨人生；仿佛痴情地浸泡在只有她自己才知道的悲喜回忆里，又好像一尾被野猫叼到橱柜下藏起来的鱼，厨房里的人忘了它，猫也忘了。日子一张张撕下来，垃圾一包包运走，只有它永远藏在柜底，不腐不烂，睁着两珠浊白的鱼目谛视柜底的蜘蛛网，连蟑螂也不屑与它分享小道消息。现在，她听到“阿喜老姐妹，我们一起去好不好？”竟恍恍惚惚有了出游的感觉，好像旧时代从路头转出邻家媳妇，邀蹲在河边洗衣服的她要不要一起到镇上逛街。她的心被勾动，突然野起来，渴望去玩，把没洗完的衣服搁到草丛下，两手往腰身抹干，说：“等我回家换条裙子一起上街。”她从来没有像此刻那么想从床上爬起来，她甚至觉得自己的脚在动了，要一起去远方。

“Yukiko 也会孝顺你，我生的女儿我知道。”阿鹅嬷两手颤巍巍捧着阿喜嬷枯柴似的手流泪、吸鼻子，这一吸忽然断了下文，好像不明白自己为什么要对不能言语的阿喜嬷掉泪。人家不比她，阿喜还有儿子媳妇孙子在牵挂，她还有家人，虽说很少来，来了也是蘸一下酱油就走，但是有就是有，没有就是没有。

她觉得乏了，拍拍阿喜嬷的手背：“就这样，阿喜啊，我会来看你！”

扶着助行器往自己的床铺走，东摸西扶，走了一年那么久。雪子是个乖女儿，就是太瘦，她以前常跟雪子讲：“要是能割一半的肉给你就好了。”墙上那只挂扇轻轻地吹着，从左边到右边，从阿喜嬷的床到她的床。“说不定 Yukiko 现在变胖了，会不会认不得呢？”她想着雪子变胖的样子，肉肉的屁股变大，嘴角荡出了笑，笑着慢慢躺下，“啊，躺下困不着，卡想嘛想过去！”给自己一个评语，忽然觉得很累很累，收起了笑，胸口又闷又重，铅块压下来，渐渐起了困意。

八月骄阳兀自在外头滚烫着。整个白天都没事，中午八卦看护下班，换另一个看护值午晚班。阿鹅嬷午餐吃不多，晚餐吃不下只喝一点汤，看护协助她洗了澡，上床。八点以后基本上整栋赡养院就进入夜间模式，老人睡不好，但大多睡得早。

除了阿喜嬷，没人知道那天晚上究竟发生什么事，致使阿鹅嬷倒在窗口地上“出国去天顶七逃”——好像这个窗口是机场的出境海关，阿鹅嬷拿着登机证，飞机等在停机坪上——次晨早膳时间，八卦看护一推门看到，大叫：“阿鹅嬷、阿鹅嬷！”其他房间的看护员闻声立刻奔来，乒乒乓乓整个院像地震。院方护理人员做了初步鉴定，确认俯卧的阿鹅嬷身体已冷，早已出境登仙，说不定已抵达目的地入住酒店了。

八卦看护哭丧着脸一再向警方澄清，她叫秋凤、阿凤仔，根本不叫什么 Yukiko、雪子啦、阿雪啊，也不知道阿鹅嬷为什么颠三倒四这样叫，怎么讲都讲不听，就随她去。那个棉被店老板娘根本不是阿喜嬷的媳妇，她也一直说是，不信你去问，大家都知道。警察问昨天有没有什么不寻常的事。看护怎么也想不起来，只嘟囔说阿鹅嬷问农历几号，她告诉她“七月初七”。有人纠正她，今日才是七月初七、七夕，昨天是七月初六。这事显然不重要，阿鹅嬷常常问日子，别房的老人也是如此，没多少日子的人特别喜欢问日子。这也是大家都知道的。

警察无用武之地，医生也没找到可疑伤口，阿鹅嬷有心脏病史，装过支架，心肌梗塞导致猝死，这是大家都能接受的事。孙女小慈很快赶来，一个男性友人陪她，院方有一套标准作业程序，她只需在一堆文件上签名即可。

三小时后，阿鹅嬷换穿漂亮衣服在孙女陪伴下搭乘礼仪社的黑色箱型车去殡仪馆报到。出房门前，礼仪师将她移入白色往生袋，拉链拉上之时，阿鹅嬷对阿喜嬷眨了一下眼睛，虽然两床之间的粉红帘子拉密，但阿喜嬷看到了。她看到阿鹅嬷从雪白的往生袋爬出来，好像从下雪的地方赶来，不用助行器快步走到她床边，帮她把头发顺了顺、拍拍脸颊，高兴地对她说：“我要去跟我女儿团圆喽。”阿喜嬷说：“阿鹅姐啊，你要来带我去哟，你答应我，莫忘记。”这一串伴随着口水的咕噜咿呜声，比不上一只蚊子的音量，自然是无人听到。

下午，这间房恢复平静，大家各忙各的，仿佛这一摊事是电视里的报道。不平静的只有看护秋凤，她夹在帮阿鹅嬷整理遗物、消毒房间与顿失“亲人”之间异常烦闷，想到从此没人叫她“Yukiko”“阿雪啊”，既轻松又有沉重的失落感，竟忍不住抱紧阿喜嬷喔喔地哭，惹得阿喜嬷也流眼泪。不知情的人从房门口看见，还以为这个老人是不是也不行了。她还打手机问礼仪师阿鹅嬷的牌位号码，下班后要去上香。这一来，动了真感情，哭多了，第二天竟起不来必须请假。

只有阿喜嬷知道她的老姐妹早走一天。

三年前，她住进来那几天，阿鹅嬷兴奋地告诉她所有的故事，包括她的苦命女儿 Yukiko 如何婚变、如何背债、如何罹癌、如何在七夕那天死在她的怀里，而她哭到昏过去，他人费好大的劲才能从她怀中把 Yukiko 抱出来换穿衣服。

“唉，呷老等死，若能跟 Yukiko 同一个日子走，也不错，像换我去做她的女儿。嘻嘻嘻。”

阿鹅嬷说那句话同一天，她们看到棉被店二楼窗台有人种下好茂盛的一丛昙花。

那是短暂的欢乐时光，她们每天一起靠在窗口吃零食，用仅剩的视力很仔细地看菜市场风景、看路人甲乙丙，说这个像谁、那个像谁。她们相逢太迟，没机会参与对方的人与事，用这种模拟方式可以稍为接近彼此已逝去的人生。

还有，共同期盼未来——昙花什么时候开。

阿鹅嬷的七七佛事尚未做完，昙花疯狂绽放的某个夜里，阿喜嬷像落单的妹妹拼命地跑，终于赶上姐姐，一起去了远方。

三温暖

山不转路转，

路不转人转，

人不转头转，

头不转我念头转一转

可不可以啊！

1

秋凤把摩托车停在一棵茂密的茄冬树下，庆幸自己无须半路停车穿雨衣就到达目的地。雨开始变大，发怒摔脸盆的下法，夹着闪电惊雷。摘下安全帽，目测只需跑五大步可到骑楼，吸口气开步跑，一、二、三步，脚踩上一块布着青苔的砖石，那苔平日在太阳下装死，遇到连日雨水活了，第四步一滑，身体往后仰，本能地侧身用手去撑，右半身顺势往花圃仆倒，不多不少算第五步。

“啊，是怎样？我有得罪你吗？”歪在地上的秋凤对老天翻白眼，还没翻全，一脸盆雨水泼来算是给她点眼药水，只好紧闭眼睛。她受过训练，知道跌倒后不可立刻站起，要分解动作慢慢来。总算站起来，检视结果，除了手掌抓泥巴、裤子脏之外，居然连个擦伤都没有。出门前本想穿短裤，可能妈祖有保庇改穿牛仔裤，那撮青苔再怎么狠也狠不透牛仔布的厚。车钥匙系了绕境时买的妈祖小公仔，果然有感应有灵验。

这下全身湿透透，转念一想：“没差啦，反正要来洗澡。”

2

秋凤最近——其实也不近，三个多月以来不能算最近，不过如果跟五十多岁的时间比，说最近也没错——常诵念“转念一想”四字诀。遇到不顺心的事，该发的牢骚当然不会少发，但跟以前不同的是，发过之后会用“转念一想”鼓励自己朝事情的另一面探探头、挥挥手。这招是演讲听来的，院里曾请一位作家来演讲，那作家讲什么她听不大懂也不多大想懂，不过作家说了一段话：“山不转路转，路不转人转，人不转头转，头不转我念头转一转可不可以啊！”秋凤听得目瞪口呆，这就是她讲不出却很有感觉的道理，没想到就在“鱿鱼不嚼”要不要辞职的时候听到这话。“鱿鱼不嚼”就是“犹豫不决”，她跟同事后来改说闽南语搞笑版“柔鱼没哺”，鱿鱼若是不嚼整条吞，痛死你老娘的胃，犹豫做不了决定的时候，那粒胃也是很痛的。

三个月前她向老板娘辞职。以她当选过多次“年度最佳照护员”的荣誉纪录，老板娘当然不放人，要知道像秋凤这样耐磨耐操、会抱怨但很勤劳的人真难找，马路上多的是“工作不努力，努力找工作”的人，尤其长照这一行，资深卧床者不能动，说句不礼貌的，等于搬重物，可比搬家工人。人家搬家工人干脆，不必考虑沙发会不会发神经捏你奶奶、冰箱会不会呕吐喷你一身。找到一个有体力、有耐心、有爱心的人，那是照护界的台积电股票，理应长抱岂可轻抛？老板娘只有碰到老板时犯糊涂，其他时间是个精明角色，立刻针对薪水做调整，马上提供各种方案供她选择以度过“职业倦怠”。秋风很感动老板娘用这么有学问的话帮她诊断，一下子好像她这个“倦怠”变得很专业、很高级、很光荣。可是，秋风半夜睡不着躺在床上滚床单的时候越想越糊涂，如果说，一个人很认真地一直做一件事就会倦怠的话，那老板一直K老板娘（大家都知道他是个烂人），老板娘一直被老板K，他俩怎么就不会“倦怠”咧？

家务事是“你不清楚我的明白，我不了解你的知道”，他们打得高兴、揍得开心就好，不关秋风的事。老板娘先让秋风一周休两天半的假，三个月后再说。三个月后，秋风眉头仍然锁出一条沟，说身体好累，还是想辞，老板娘秒速流下爱的泪珠，说：

“这样好了，留职半薪一个月，你先调养身体再说。”老板娘从皮包掏出票券，撕下一张给她：“洗三温暖加按摩一节附送一餐，免费，你去放松放松！”

秋风不敢拿，目瞪口呆：“洗三温暖，那要脱衣服？”

“你洗澡不脱衣服？”老板娘笑着把票券塞入她口袋。

“大家脱光光一起洗？”

“什么大家，女子三温暖，都女的。你以为那么好啊，有男的。”

秋凤啐一声：“神经病，有男的有什么好？才不好咧。”神经病是心里话没说出口。她对男人身体兴趣不大但认识太深了，一般人只知那副四两重的“牲礼”，她不同，从丈夫那儿认识到病体、遗体，其余的不是太小（她儿子）就是太老（受照护的病人）。她有句名言：“不是跟自己一起老的男人身体，不骗你，真的很不OK。”严格说，男人身体在秋凤眼里只有两种差别，一种不需要你喂饭、带他去厕所、帮他洗澡，一种要你喂饭、帮他把屎把尿、刷背搓鸟鸟。你若问她对男人追求制冰盒形腹肌、人鱼线的看法，她会说，什么都是假的，健康最重要啦，只要一条血管给你爆掉，你就变成面团而且持续发酵，当肾功能急速衰竭时，收尾的口头禅是：“我看太多了。”

话说回来，全是女人也不OK，秋凤瞪大眼睛：“哎哟哟，被看光光……”

“有什么好看？”老板娘扑哧一笑，拍她肩头，“你有的她们都有，她们有的你也有。”

“是没错啦，可是……”秋凤觉得很怪，终于抓到重点，“可是不一样大！”

“你去洗澡还是挑水果？”

“可是，”秋凤的眼睛越睁越大，“我不想被看光光……”

“你也看她们呀。”

“啐，我更不想看她们，她们有钱有闲整天洗三温暖皮肤白泡泡，我做工的人一身粗坯能看吗？我都觉得丢脸！”

老板娘没时间陪她纠缠，她自己都欠缺高人帮她做前世今生的心理治疗，没能力帮秋凤打开心扉或脱光衣服，匆匆丢一句：“我要去接小孩不跟你说，你去就对了，跟柜台报我的名字，她们会帮你安排最好的按摩师，你不去洗就别来上班。”

这句话把秋凤定住，她还没回过神，老板娘又丢来一句：“人家八十几岁阿嬷都去洗了，你怕什么？”

局面翻转。首先，要她“别来上班”这句话打到她了。秋凤这辈子最怕的就是没工作，自从丈夫早逝她独力抚养一儿一女，靠的就是全年无休的拼劲，如今女儿上班、儿子念大学，仍不敢松懈。年轻人那点薪水填自己的嘴洞都不够，况且儿子是能念书的，打算继续念研究所，还得靠她两手两脚给他“撒铺”（support）。就算他们都有工作，秋凤仍然不敢“退休”，要存养老金。她在赡养院听到耳朵都长包皮了，多少老人败在一个钱字上。有钱老人放的屁都有麝香味，只剩“两忆”（记忆加回忆）、“一忆”（失忆）的很惨，在儿女面前抬不起头来，尊严是什么？是天边那颗一闪一闪的星，还不见得天天看得到。退休享受第二个人生，那是幼绵绵白泡泡好命人才有的福气，她认定自己这款人唯一享受得到的就是“做到死”，再讲一遍，做到死！三个月来，原本以为自己看开了想辞职、休息，老板娘的话针刺一样帮她找到症结：她想休息，不想辞职，职业倦怠只能倦怠一下下，终究要回去上班。既然人家把路开好，红毯也铺好，她只要去洗澡有个交代就可以顺应天然回去上班，何乐不为？当然，就算她没去洗澡老板娘也会让她复职的，但做人就是这样，有时你必须给出一点空间让上位的人觉得他帮到你，有成就感，这种人与人之间的润滑技巧，秋凤懂。

还有，“八十几岁阿嬷都去洗了”这句话也打到秋凤。她对皱巴巴、具备“黄土比例”（即将入土之人的身材比例，相对于健身房里肌肉男的黄金比例以及她这年龄层的黄铜比例）的老人裸身很熟悉，在她手里洗了人生最后一次澡的老人超过三十个。瞬间，本来跟隐私、羞耻感相关必须用衣服扣子拉链隐藏起来的身体，忽然转变成器具类用品，好像吃饱饭需洗碗刷锅一样自然。她心里那只忸怩的虫子被太阳晒死，恢复帮老人洗浴的职业本能，只不过扩大到帮自己洗浴而已。秋凤心情活络起来，追着那台“米奶”（BMW）问：

“那我要带什么去？”

老板娘摇下车窗：“带身体啊。”

3

柜台小姐没见过有人从水里捞起直接来洗澡，秋凤的头发在滴水，一面掏出弄湿的票券一面抱怨怎么没人跟里长反映那边会滑。小姐小心摊开票券做登记，没怎么理会，秋凤报了老板娘名字，她脸上立刻活络起来，主动帮秋凤办会员还送一张咖啡券。秋凤暗想，老板娘应是贵宾级，这女人“真讨债”不知花多少钱在洗澡上，有钱人一根脚毛比我们的手臂还粗，趁势补上：“她说，你们会帮我安排最好的按摩师，还说我洗得怎样要跟她详细报告。”最后一句是她添的，秋凤太了解人的眼睛跟楼梯一样高高低低，该借光的时候，“恁祖妈”不会跟你客气。

有个很有礼貌的小姐知道她第一次来，详细说明流程，给了一把钥匙一条白色大浴巾，亲自引导秋凤到楼下更衣间置物柜前。

“阿姨，您把衣服脱下来放柜子里锁好喔，钥匙圈在手腕上就可以去洗了喔，里面什么都有喔。”年轻人讲话一直喔喔喔，又不是公鸡这么会喔。

忽然不知该怎么脱衣。秋凤最擅长帮重度卧床老人脱、穿衣服，这项高难度技术若有比赛她必定得名，现在却不知怎么帮自己脱，怪怪的，说不上来。忽然懂了，这还真像医院照 X

光前到更衣间换衣服。老毛病犯了，一面脱衣一面喃喃自语：“你看看，人家好命的，脱衣服去洗澡；我们歹命的，脱衣服照 X 光。今天来做好命人。”说完咯咯笑起来。这是个不错的开始，心情飘飘的。

等她戴好浴帽围着浴巾走到入口，眼见无边无际白茫茫、一阵翻腾的暖烟夹着哗啦啦水声扑面而来，她却步了。

秋凤很少却步。不，从未却步。

这大半生遭逢的事件由不得她有任何怯懦，专心悲伤与他人的同情都是珍贵、奢侈的，她明白自己除了认命没别的选择，而以她有限的求学经历与毫无人脉的现实处境，她的最佳选择就是去走一条最辛苦却能最快赚到钱的路。丈夫癌末多次进出医院，那一年等于是职前训练，抽痰、管灌、处理尿管她都会。她老早安排妥当，办完丧事隔周，穿起中介公司的背心、挂上识别证在另一家医院当日薪两千元的特别看护。有亲戚议论她无一点哀戚之心，不满一个月就趴趴走，好歹过了百日再抛头露面。话传到她耳里，秋凤直接去敲门：“丈夫死了也要坐月子啊？你养我们孤儿寡母，我就专心在家哭我老公。”

千万不要惹一个一无所有的女人，尤其这女人刚跟死神交过手。

现在她却步。整间弥漫着温暖水雾，飘着沐浴精香氛，听到女人高声对答，有笑语，有招呼声，像来到一个被隐藏的水幕仙境。秋凤从未想象过这样的所在，但她祈求过菩萨，有一天功课做完了要带她去极乐世界享福。现在，脑内干巴巴的“极乐世界”名词与眼前景象做了联结，瞬间扩大、加深，变成唯一真实，她不只脱去衣服也脱去一切庞杂记忆。她停住脚步，重新指认自己。

正好有个工作人员（当然都穿着制服）走过，知道她第一次来，亲切地指引她洗浴程序：最里面是一排沐浴间，先洗澡洗头，再到水池泡；三大池，温水、冷水、冰水，一般都是泡温水、冲一下冷水，很少人敢碰冰水。泡过后记得要补充水分，茶水区有多种健康养生饮品。旁边是两大间烘烤室，两大间蒸气室，随意随喜进出。总之，洗泡烤蒸，看个人喜欢自行搭配。末了，女职员指向另一个出口说，去那里吹干头发穿好浴袍，上楼就是按摩室，柜台小姐会帮你安排。按摩后去餐厅吃饭，饭后若想小睡，休息区有大躺椅沙发、小床，随你躺，爱躺多久就躺多久，我们是二十四小时营业的。

秋凤听得雾煞煞，洗个澡还有这么多花样。因为新奇，还没洗就觉得年轻五岁。朝沐浴间走去，迎面走来一位五十岁左右的女人，轻松自在，拿随行杯到茶水区倒水喝，喝完往大池去，池中有三两位高声招呼她，她熟练地下池有说有笑。怎么自然到像去 Seven 买咖啡！秋凤刚刚偷瞄她，三秒钟正面大特写、四秒钟背后扫描，秋凤心脏扑通脸面发红，替她害臊。身材普通，皮肤白皙，手脚灵活，一等健康。秋凤忽地领悟到，该害臊的是她自己："人家天生自然，我在替她不好意思，我有病啊？"

十多间沐浴间都没门。"是怎样，没钱装门吗？"秋凤大开眼界，她即使一个人在家洗澡也要关门的——但不锁门，很多老人在浴室跌倒，这点是普通常识。走过去，正好看到一排洗浴中的虎背、熊腰、马臀、象腿，秋凤从没看过自己的背后，心想"我应该也差不多"。她们这一行比较关心血压血氧、体重体脂肪，对身材没感觉。没想到今天很变态，怎么脑子里装的都是身材胖瘦、皮肤黑白、大腿粗细、乳房大小。

"不该来。"秋凤不喜欢自己的脑子陷在这些……该怎么说呢？这些"有的没的"不正经的念头里。

她进去最里间，探头确定没人看她，鼓起勇气卸下围着的浴巾，开始洗头洗澡。适当的水温、丰沛的三段式大莲蓬瀑布、熏衣草香氛沐浴泡泡，她好像一条蚯蚓被人从百年泥巴滩里拉出来。这辈子从未如此奢侈，平日为了省水，连热水管线前端的冷水都不浪费，变通之法是用水桶接水调温，一桶温水够她洗头洗澡五分钟解决。现在，站在温热小瀑布下，跳跃的水珠围绕全身，她低头承受源源不绝的水吻，完全忘掉省水这回事，连带也忘记省电省瓦斯省吃俭用、付房贷付学费付补习费付保险费这一串碱粽、肉粽。她调换出水方式，水柱射着背部十分舒服，面朝外站着，正好被经过的人看光光。秋凤没有闪躲，活泼的水精灵缠绕她，她闭眼进入遗忘状态。

洗毕，依规定戴好浴帽，下一步去浸泡。

三座大池中有一池人较多，秋凤本能地朝无人的那座小池去，匆匆解下围身浴巾挂在壁钩上，迅速跳下，扑通一声，她大叫：“啊！救人哪！”旁边两位姐妹立刻将她捞起，有人舀一盆温水朝她泼，有人帮她拍背揉臀搓大腿，有人喊“快带来这里泡”，一群垂来晃去的裸身姐妹七嘴八舌护送她五六步，像海边营救人员护送搁浅鲸鱼返回大海，把秋凤送入温水池。两个特别热心的姐妹游过来，四只手尽情地帮她搓呀揉呀拍背收惊。秋凤说：“没想到那么冰，夏天也会冷死人哟！”姐妹们大笑。有人说自己第一次也是没看清楚告示跳入冰水池，之后看到手摇冰都会抖。笑声比水声还响，女人国国运昌隆。

秋凤自嘲：“去了了，不只给人看光光，还摸光光。”

池边池里，环肥燕瘦的女人们各有喜好组合，去烘烤室或蒸气室，只剩秋凤及另外两个结伙的泡着。池边有几个半圆形设计，人坐着，头伸出水平线，两手搭在圆弧上，水柱喷射背部有按摩效果。秋凤移入，坐着享受水的服务，那感觉又不同。水的浮力托起身体像托一只小狗，瞬间松弛想睡，瞬间又无比清醒。她深深吸一口气，又重重叹息，如是数回。刚刚一阵混乱，现在有空闲回想，感受到善意与亲和，身体放松，被观看的羞怯感消失了，她现在像一片叶子漂在安静的河面，被温柔的风吹着。闭眼，脑中影像乱窜，叹息中浮现赡养院里常常问她“今日几号”那个老人家最后的身影，与老人同寝室的那位中风阿嬷几日前也走了。生来死去、人来人往，秋风早已麻木无感，但无感的经验堆栈起来就像积木堆得太高也会掉落。现在，水雾氤氲中，所有坚硬的东西忽然柔软起来，尘封已久的她的人生、她的岁月，包括记忆与感受，在水中像干香菇一朵一朵泡发开来。

她想起丈夫骑摩托车载她，回头问她想吃什么的样子，那时两人刚结婚。但脑中一闪，却闪出赡养院那两位情同姐妹的老人家倚在窗边吃乖乖的影像；她们现在应该重逢了，极乐世界也有乖乖吧，说不定口味更多。她鼻塞，察觉到池里不宜擤鼻涕，用力吸鼻子，恢复正常。这一用力，蹿出在医院当看护时遇到的那个老头的记忆，正因为他，秋风才会在“用力吸鼻子”后反击，接着发生的事促使她辞去医院看护工作改到赡养院上班。那位老先生恐怕不在了吧。现在想起他觉得好笑，但当时被这个因急性肾炎住院的失智色老头气到快失控。八十岁中过风，身材肥胛，一身“癞膏烂浊”，脾气焦躁不安，满口“挫干拉谯”，一辈子才听全的脏话在他身旁一周就听满。某次，秋凤扶他下床，他竟伸手捏她奶子，秋凤超级不爽，一把火蹿升大声呵斥：“你干什么？”色老头骂：“干你老母。”秋凤被他怄到快吐血，又不能出手打，只能靠伶牙俐嘴：“我老母死了，你要先去死才干得到。”他提高声量：“干你 XX。”哎哟，母女一起惹，这下秋凤不客气：“你要先站起来才干得到。”老头血压飙到一百九，大口喘气全身无力，病情有一点加重，她不免有点小内疚。俗话说：“强惊勇，勇惊雄（狠），雄惊无天良，无天良惊神经不正常。”干这一行，被骂被电被嫌都是家常便饭，她原以为自己修行很够，没想到差点毁在老头身上。幸好他病情好转，才解除心理负担。从此，秋凤发展出一套呢喃模式，不知道的人还以为她在诵“嗡嘛呢叭咪吽”六字真言。这事刺激秋凤，她想：“你皮痒，我命贱，难道就该任你糟蹋？命贱的难道一定要帮皮痒的做吗？老娘不干可以吧。”辞职去赡养院，一转眼也十多年了。不知道原来的他是怎样的人，病痛把人变成猪狗牛羊，说不定他也有可爱的时候。啊，身边可爱的人一个一个走了。她想起丈夫最后对她说的话：“阿凤，对不起，无法照顾你到老，一大担拢交给你。”秋凤把头埋入水中，喃喃自语：“不是你愿意的，我没怨你，拢是命，拢是命啦！”

泪，流入水中。

4

吹干头发，秋凤穿妥宽袍上楼到按摩室，柜台小姐已帮她指定三号按摩师。想必这个就是老板娘口中最好的按摩师。

一个笑眯眯、短发、四十多岁壮女人，深色制服，还没开口先笑一朵花给你，一秒内让人觉得已认识她一个月。她自我介绍“三号”。秋凤不喜欢用号码记人，问她名字，每个人都有父母给的名字，为什么用号码，又不是犯人，而且长得这么漂亮叫号码太委屈喽。“委屈”这两个字在某些行业、某些人内心非常敏感，因未曾被他人察觉以致变成关键词，加上从未有人一见面就送一盘话语小甜点，三号大方地答：“叫我阿观，姐仔，你呢？”

“秋凤，菜市仔名啦。”

仿佛已认识一年。

阿观请秋凤脱下宽袍，趴在指压床上，脸嵌入圆洞。秋凤没这样趴过，一时手忙脚乱差点跌下来。阿观笑起来，帮她调姿势，把那头炸发顺了顺别在耳后，手指轻轻抚过耳朵、颈线、肩头，在上背画圆收起。这只是准备而已，连前菜都不是，但秋凤像被电波扫到，忽然间被触过的肌肉都松了。

“哦，阿观，你的手软 Q 软 Q，亲像麻糬。”秋凤赞叹。

阿观笑：“哪、哪有。”从来没人这样称赞她。

秋凤心一揪，听出她有一点大舌头，难怪是最好的按摩师，有瑕疵的人只能比别人更拼命才有机会活下去。秋凤又有点鼻塞，吸了鼻子。

阿观看着秋凤的身体：皮肤黝黑粗糙，手臂粗壮手骨变形，脊椎侧弯，腰臀大腿布着赘肉，腿部多处有静脉曲张。女人只要脱光衣服，不必一句话，身体说尽一切故事。阿观看多了精雕细琢、细致白嫩的女体，没看过劳动者的肉身，毕竟来这里一趟不便宜。她知道秋凤的票券是那位贵宾招待的。

阿观帮秋凤选了茶树香氛按摩精油，她对人与香氛的联结具有敏锐度，秋凤的属性不是花，是山上生生不息的茶树，一小撮茶叶能让人喉韵回甘。

抹了按摩油，她先沿秋凤的肩线滑动，轻揉慢推三五次，再以指节刮下，听到秋凤发出“啊——”声，意味着锁头已被钥匙打开。

阿观转向左右两边上斜方肌、下斜方肌施力，大范围按摩，节奏与播放的轻音乐吻合，灵活运用大拇指、四指指腹、曲握的指节、掌肉，时而顺着肌肉纹理、时而逆向，或单点穴位按压，或小块擒拿，或大片推揉，或合掌敲击，或双手张开如起飞的禽鸟在背上滑行。往下行进，侧弯的脊椎、腰部两道勒痕，阿观知道这是个跟她一样需要戴护腰工作的女人身体，联结到与她一般必须比别人更拼命才有机会活下去的命运。这一回合忽急忽缓的手舞，最后停在膏肓位置做点状按压、腰部画小圆周运动，她知道这两个地方伤得最重。她不只侦测到秋凤身体里层层堆栈的劳动档案，也从那不间断低吟的声息中判读，这一副身躯是无人疼惜过的原始山野。

秋凤不间断发出低声叹息，趴着，不必担心别人看到表情，但必须借由吐息避免自己哭出声。有一双温柔又强劲的手在她的裸背上自由自在地探索，好像大宅院被人闯入，畅行无阻，搜出她的珍宝。珍宝不是塞在某一处孔洞里，而是到处放，现在有人破解，在肩颈搜出珍珠，肩胛找到玛瑙，腰部搜到金子。她并不知道自己身体的强烈触感藏在这些地方，上面还用几十年劳动伤痕像杂草一样掩盖着，必须先移除杂草才能找到。一直没人发现，即使跟丈夫生了两个小孩，被使用过的只是那个孔洞而已，她的走了样的五十多岁身体还是处子状态，现在被找到了。她低声叹息挟着舒畅的呻吟，每每被揉推的手指推至哭泣边缘，如潮浪往返，像风筝高飞，怎么有一种舒服是这么奇妙。秋凤的身躯被解密者敲开锁，肌肉松了筋络软了骨架正了，她觉得自己一直缩小，欲仙欲死的舒畅会让人变小而非变老，她变回戴草帽少女，沿着夏日故乡的河堤奔跑。那时，她还是个爱笑的快乐女生，命运之神还没有找到她。

阿观推完两手自三角肌至手指后，要秋凤翻身。

“啊！正面也要？不好意思呢。”秋凤以为只按背面就好。

阿观笑说：“姐仔，交给我，你躺着睡、睡觉就好。”

一条热巾盖住秋凤腰部，阿观继续推揉。背部被推松了，正过来恰好是睡眠姿势，秋凤闭眼，把身体全部交出去。除了盖住的腰际机关重地，阿观的手指舞遍全身，连长着粗皮龟裂的脚跟都被油润过了。轻盈的睡眠把秋凤带到梦境，依稀感觉有几根软嫩的手指在她的乳房处回旋，轻轻地往上推好像要把它推到云端，接着缓慢地画小圈圈，顺时针又逆时针，像一群少女在上面跳芭蕾舞。电流从左蹿到右，从右蹿到左，连成一脉，从来没人这么温柔地抚摸过这两团山丘，这是爱抚，连她自己也不曾这样对待过供应婴儿奶水的母职圣地。秋凤沉睡，甚至发出轻微的鼾声。

一觉醒来，竟是两个钟头后，扣掉一节五十分钟按摩，她睡了七十分钟。

“你醒了？不、不敢叫你。”阿观换到另一张指压床，正在帮另一个女人服务。

“喔，一年欠的眠都补回来，全身都轻了，你实在是一流的啦！”

秋凤竖起两根大拇指，一直念“赞赞赞”。阿观笑着点头，指着一张纸，请秋凤留电话，她也留了自己的电话，提醒秋凤去餐厅用餐，这里的梅子鸡腿饭是招牌。

秋凤身心无比畅快，雨停了，真幸运不必穿雨衣。骑过一个街口看到水果摊，买两个特大的丰水梨折回去托柜台转交给阿观。秋凤忽然想，她的工作不是普通的累，靠两只手吃饭，酸痛了怎么办？谁帮她按摩？

5

当天晚上，阿观打电话来，谢谢水梨。

“姐仔，你、你有去餐厅吃饭吗？”

秋凤把梅子鸡腿饭称赞一番，但怪罪自己没认份喝了咖啡，晚上恐怕只好起来打蚊子到天亮。阿观接着问她有没有去美容室做护肤护发，不过那要另外计费。秋凤自嘲我这身“旧皮衣”洗干净就很对得起她喽，护肤给谁看？再接着，问哪里人、住哪里、职场经历。

阿观没结婚，一个人住，接着吞吞吐吐起来。

“姐仔，有件事我不知道该不该说……”

秋凤警戒，一定是麻烦事，江湖历练让她起戒心，这个人会不会要来诈骗我？

“什么事？”

“我想、想了很久，姐仔，我不是很确定，说出来你、你不要生气去公司告我，那、那我就惨了，可是不讲，我……”

“不会啦，什么事？”

阿观压低声音：“姐仔，我今天按摩你的胸部很久，你、你有感觉吗？”

秋凤不懂这话什么意思，该说“有感觉”还是“没感觉”？是有感觉呀，但现在怎么可以随便跟你说有感觉，这不是很奇怪吗？为什么要问我有没有感觉？这样很没有礼貌咧。

阿观在等她回答。秋凤不知怎么答，没穿衣服时发生的事，现在穿上衣服了，思考的方向都不一样。

“没有感觉……”秋凤说。

阿观有点意外，“嗯”了一会儿：“我就直说，你右边靠近胳肢窝的地方有一个硬块蛮明显的，姐仔，赶快去看医生，不要拖。”

换秋凤感到意外，没讲话。

她有点生气，气阿观为什么讲这些，今天这么美好都被她破坏掉，这是不可能的事，这种事不会发生在她身上，她这辈子够倒霉了，怎么可能衰到胸部有硬块，那是什么意思每个女人都知道。秋凤想：你在咒我吗？

“你有没有做过乳房摄影？”

秋凤没讲话，甚至没伸手去摸胸部，她的气往上喷。

“姐仔，我觉得你是古意人，我多说几句你不要骂我，”阿观沉默一会儿，“我们都是天公伯不惜的人，要靠自己惜自己。”

秋凤没讲话，把电话挂掉。

她更气了，气阿观为什么要把话说穿说破呢？突然朝向阳台趴跪在地，如绕境时钻轿脚，喃喃自语：“妈祖会惜我，妈祖会惜我！”

接着，秋凤把衣服脱掉，对镜摸到硬块，藏在还算丰满的半球体里。摸着它到天亮，好像跟冤亲债主开一夜讨价还价的债权会议。

次日一早，手机响，又是阿观。

她说她早上休假，现在巷口Seven门口，叫秋凤换衣服下来，她骑摩托车载她去医院检查，有个口碑不错很亲切的乳房外科医生今早有诊，很多客人看过他，加挂没问题。

秋凤笑出来，完全明白这女人跟她一样是信奉“立刻、马上、现在、快”的急性子。要不是行动派怎么求生存？

两人乍一看都认不出对方，一个穿上便服戴安全帽，一个穿上衣服，在大太阳底下、在烟火人生里，面对面。

先去做乳房摄影。医生看着片子，表情严肃，先数落几句为什么之前没做过，开单叫她去照超声波，照时说有点问题，当场做穿刺，开了预约单，几天后回来看报告。

“没事了没事了，”秋凤笑眯眯地说，“多谢你这么关心我，从来没人这样关心我，你是妈祖派来的喔。”邀她一起吃中饭，阿观急着赶回店里，下午有预约的熟客。

“要不要陪你看报告？”阿观问。

秋凤说不用，会叫女儿陪。看着阿观离去的背影，直到转弯不见。

秋凤心里有数。

日子照常，该吃饭就吃饭，该倒垃圾就倒垃圾，该给在外县市上班的女儿打电话就啰唆几句，顺便问：“你有没有爱妈妈？”该给在南部念书的儿子汇钱就去转账，打电话告知也顺便问：“你有没有爱妈妈？”接着把保险箱的金饰取回，银行、保险的事都顺过一遍，写了一张清单。

“真是急性改不掉，赶着去投胎啊！”秋凤喃喃自语，接着朝上翻白眼，“啊，是怎样？你比我更急吗？”

看报告那天，秋凤一个人提早到医院，逛了一圈，摸清各部门。坐在候诊室闭目，回想在医院、赡养院当看护照顾过的人，人来人往、生来死去，不知还有几人活着，就算活着大概也免不了被病磨成猪狗牛羊吧。医院是离死亡最近、离慈悲最远的地方，如今轮到自己要照顾自己了，转念一想，也好，十八般武艺可以用在自己身上。

忽然有人拍她肩膀，是阿观。

“你几号？”阿观问。

“十三号。”

灯号显示现在看十一号，下一位十二号。

“我、我陪你进去。”

“不用，阿观妹妹，我自己来。”秋凤以坚定的眼神看着她。

阿观掏出一张员工优待票券给她：“下午来洗，我、我帮你按摩。”

“怎么这么好，连续有人请我洗澡，我要发了！”秋凤收下，拍拍她的手说谢谢。有时，呵护你的家人最初是以朋友身份出现的。

提示音响起，灯号跳到十三。秋凤起身走向诊间，回头跟阿观说：“你回去吧。”

阿观答：“没关系，我等你。”

秋凤下定决心，不管等一下医生说什么，她都要把自己照顾好。找一天，带着完好的身体去洗三温暖，让阿观的手指再次把她变回戴草帽少女，在故乡的河堤奔跑，奔向那个她曾经设想过却迟迟没来的美好人生。

寂寞公寓的幸福纪事

悲伤、痛苦时候种下的不起眼东西，

竟然也会默默地开花结果。

这栋公寓的命运就这么定了。

原本是城市南区较早开发的区块，带中庭花园的两栋双并五层楼共二十户，名字响亮：“极美公寓”。当年抱着新生儿欢喜入厝的年轻夫妻、换屋的三代同堂大家庭，风吹雨打四十年后，有的被送入养老院，有的由外佣搀着去医院当尽责的老病号；翅膀硬的都飞了，不是飞过一个海峡就是一个洋。当年足以睥睨周遭的楼房，如今被高耸的电梯大楼给压下去，人跟建筑物一样，老了，除非老得优雅又气派，否则自己识相一点闪一边去。

后来，转机出现。政府推动都市更新，台北市老屋高达一百三十多万户，建商、房仲、掮客、代书从腐朽潮湿的气息中嗅出放在未来的那一箱新钞票的酥脆味，跟狼犬一样四处搜，一时老屋的房价往上蹿，那些受够楼上漏水不修、老人家爬不动楼梯、兄弟一天到晚吵着分产的，干脆卖掉了事。

接手的人莫不等着都更赚一间新屋，可惜都是计算器上的梦幻数字，手一滑爱按几个零随你自己高兴。

毫无意外，开“都更：区分所有权人大会”时，发言踊跃，出现一根慷慨激昂的钉子说这是他家的发迹地谁也不准动，以及一个被外佣用轮椅推来的老伯伯一把鼻涕一把眼泪说他要死在这里，能怎么办？当然是气嘟嘟地散会。该送礼的、该疏通的、该威胁的先顺一遍，下次开会，有人先发八仙果给大家润润喉，接着发言的人动之以情说之以理，果然钉子松动、老人没意见。怎知，船正要鸣笛入港，换另一根钉子及另一个哭着要死在这里的人冒出来。这种剧情搞几次，虽说大家都追过剧，也是会累的。加上建商调出地籍图发现有一块畸零地卡住整体规划，而那个有先见之明买畸零地当关键少数的人是一头大开口的狮子，一打听，根本是个揩油专业人士，立刻浇熄建商欲望，两事相加，住户们做好心理准备你绑我、我绑你一起死在危老建筑里。那些投资客反正不缺钱跟你耗着，有的房子空着、有的出租，一个小区一旦租客多过自住，加上没管理员，居住质量完全照“破窗理论”所言，一窗被打破不修，二窗三窗跟着破。乱丢垃圾厨余招惹苍蝇、发出恶臭不必细表，竟然还出现夹鼠板及死老鼠，把这里当福德坑垃圾掩埋场，那住这里的人岂不都成了垃圾人。

没跟上翻新潮的极美公寓，破旧得连住户都不好意思叫这名。有个住顶楼、膝盖严重退化的老妇下楼领挂号，早就不爽未能都更，那日不知哪条神经绊到电线，一阵噼啪走火，站在中庭往空中甩手，好像掴哪一户耳光，高声骂：“哪一天给地震压死了再来后悔，哼，什么极美，寂寞还差不多。”骂得好哇，这话是土制炸弹，声音刺耳且有嗡嗡嗡的回音效果，很痛快，听到的人都点头，同意这名字比较符合本小区目前的身份地位。真难得，这是唯一取得共识的事。

俗话说，有一就有二，对寂寞老公寓而言，第二项有共识的事竟然很快发生了。

其实是被迫的。依照“公寓大厦管理条例”规定需组织“管委会”，管理小区安全与生活质量相关事项。开会时，租客没一个出席，自住户相互推诿，没人愿意吃饱没事干当什么“管委会主委”。后来，那个膝盖不好、每年联络厂商清洗水塔再挨家挨户收钱的阿桑不想再当志工了，气扑扑地回顾本小区之“穷酸落魄史”与她的“志工血汗史”，再岔出去跳跃式报告“膝盖求医史”与“女儿不婚史”，最后在大家快要受不了时讲到重点：提议提高每月管理费，请管理员专责整顿本小区，好歹有人代收挂号邮件、宅配包裹，毕竟“我们都老了，哼，快要可以申请残障手册”。

大家吓一跳。开会真的是很耗脑力的事，尤其跟一个讲话没有重点却又意见很多的人，主委怎么选还没结论又冒出花钱请管理员一事，这下会议变得更复杂。可是很奇怪，某些事就是要在复杂与混乱中才能获得解决。首先有几个人的心被刺到，不是同情她的膝盖，不是感念她当志工，是“穷酸落魄史”伤到尊严。这还得了，有一位难得出席的屋主，虽是投资客，却是注重小区质量的，大力赞成此提案，夸下海口愿意出钱在本小区中庭边角弄个管理亭，还立刻打电话询问几家保全公司给了报价，风向被带往请管理员专责管理本小区提升生活质量。一时大家变得高尚起来，情绪滚沸，有人喊表决啦表决，算一算出席符合法定人数，不知是气周围新大楼的住户不知道他们不少人是土财主，没换屋不是买不起是恋旧，还是气那些从不出席小区会议的人自私，或是更气“都更”不成让小区从极美变成极丑或寂寞，随便哪个，总之，竟然无异议地全数举手，赞成提高管理费请管理员。

问题是，谁去做后续联系，还是需要把管委会组织起来，起码要有一位主委一位财委。大家看着那位投资客，他说：“别看我，出钱没问题，我不住这里凡事不方便。”这时，住二楼在三温暖当按摩师的阿观举手，站起来说：

“我、我是这样建议啦，啊、啊怎么做也要看大家同不同意，因为、因为那个……”

她一急就结巴，大家都知道，平日笑眯眯的，碰到喊腰酸背痛的邻居老太太还会出手按摩几下，人缘极佳。在大家的鼓励与猜测、相互插嘴与彼此修正下，她的提议点亮每个人的脑袋：主委、财委分别选出，纯义务，符合规定；重头戏是由小区住户担任管理员，有给职一年一聘，上下班制，薪水自己人赚，不必受制于保全公司高价收费及人员流动引发不安全的疑虑。阿观的结巴让大家你一言我一语接龙起来，等于还没表决已充分发言、取得共识了。

“有没有人想当？”

“我认为应该请保全公司。”

轰天一声雷，谁呀谁呀？

一楼住户，退休多年的小学老师，姓谢，去年初太太走了。他是唯一持反对意见的，平日不大与人往来，现在换大家你看我、我看你直接跳过，集体不跟他往来。

“有没有人想当？”

放眼望去，住户们头发白的白、秃的秃，腰椎歪的歪、膝盖坏的坏，老员外、老夫人不缺钱但缺人服侍。阿观再度发言，推荐她的堂妹秀华：上个月搬来与她同住，离婚带一个六岁孩子，目前还没找工作，如果有点收入又能在家照顾小孩，等于帮她一个忙，“给她重新站起来的机会”。阿观说堂妹个性随和，很爱干净。立刻有住户呼应，看过她主动扫中庭，还提水将生苔的地方刷干净免得老人家滑倒。“重新站起来”很有说服力，听在这些膝关节不好快要站不起来的人耳里，特别励志。

“真的，足感心的喔。”住户说。

表决时，不少人像伸懒腰般高举两手。接着，主委及管财务的财委也有了，每月管理费提高至若干、如何收取，大小事像搭上顺风车一一得到解决。

散会时，每个人脸上都挂着胜利的微笑，好像寂寞小区经过医美整治终于回春变成极美公寓一般。

没人注意到，谢老师臭着一张脸。

1. 老孤儿

谢老师总在五点五十五分醒来，接着闹钟响，哓哓哓……六点整。

四十多年习惯，太太起得早，先去准备早餐，他是夜猫，大清早爬不起来，闹钟响一阵才醒，有时还得太太跑来按下闹铃，摇他：“快迟到了。”

两人都在小学任教，不同校。太太开车先送他再到自己学校，为了补眠让他坐后座，有个大椅垫歪靠，下车时他还拎着昨晚太太做好的便当、早上现切的水果与现煮咖啡。太太姓方，不孕，同事笑说方老师把谢老师当小孩子宠。同事不知道的是，太太每天早上帮他把牙膏挤好搁在装了水的漱口杯上。他除了上班，什么都不知道。

自从去年春天太太走后，谢老师的生理时钟变了，闹钟还没响就醒，不下床，望向窗户，让闹铃响个够。他幻想会听到拖鞋声，太太从厨房跑来按掉闹铃叫他起床，他开口说："好险，做了噩梦。"太太问："什么梦？"他说："竟然梦到你先走，你答应过我，要走在我后面！"

谢老师按掉闹铃，每天都在这种循环中开始。

一个多月以来，二楼的秀华被迫在六点醒来。楼下闹钟一直响，好像旁人都听不到，声音直接灌入她的耳朵。她被吵醒后心情郁闷，掉入失败婚姻造出的暗黑深渊。通常这时刻，也是谢老师幻想太太脚步声的时候。如果从空中用透视眼观看，会发现一道黑雾朝下卷动，自二楼卧室穿透天花板落下一楼卧室再直直下陷，秀华与谢老师都在滚滚的浓雾之中飘荡，没有目的地。这是一天当中他们两人靠得最近的时候。

不过，最近秀华反倒感谢这闹钟，让她准时六点起床。堂姐帮她找了小区管理员工作，月薪两万，她很感激。趁儿子还在睡觉，骑机车去附近早市买菜，回来弄早餐、中餐，以便八点半准时到中庭小亭子上班。她推测那时间大概每户阳台都有人从盆景枝叶缝隙往下探，那些眼睛像扇翅的蝴蝶，看她这朵花有没有准时开。

秀华一向准时，大家都放心了。堂姐叫她熟记住户名册、各家习惯，主动招呼人家，这一点寡言的她还要加强。“不要穿花花绿绿洋装，要有专业的样子。”这没问题，可能就是平常穿得太像专业用人才被前夫嫌丑，干脆在海峡那一边找美女。先天气喘的儿子跟她在小区转，安静的小孩，稍嫌瘦，两只眼睛总有黑眼圈，在亭子里画画，秀华喊他过来帮忙也会照做。小儿科医生建议要多运动，晒太阳、打打球，现在天天晒，黑了一些。

小区的信件包裹收发都在近午时间，该巡视的范围也不多，很轻松。秀华觉得大家给了她恩惠，她要做出比人家预期更好的表现。她话不多，一头直发，脸型秀气不施脂粉，力气倒是饱的，主动帮住户提菜篮、送挂号信上楼——唯一例外是谢老师，他特别叮嘱不要帮他代收挂号，他不想别人碰——每周扫一次楼梯、擦墙壁，连信箱都擦得发亮。接着整顿中庭花圃，种了住户不要的桂花、茶树，把石栏实实在在刷洗一遍。次日起，四个阿公阿嬷下楼，坐在石栏上像老猴子晒太阳，邮差来时还帮忙收信件，像四个助理。隔天，有五个下楼，其中一个还带自己煮的冬瓜茶给秀华喝。他们没事时就观看秀华劳动的样子，好像看生态实境秀。

勤快又不计较的人，谁不喜欢呢？不到一个月，他们已离不开秀华，而秀华重新发觉自己是有用的人，脸上有了微笑。

靠近一楼住户后院旁有块公有畸零地没人理，长满一人高的芒草，晚上经过这里还真有坟墓的感觉。某日近午，秀华全副工作服蹲着割草，忽然闻到烧焦的煎鱼味。

谢老师的一天是从八点跨出家门才正式开始的。

每天早上赖到将近七点才起床，用慢动作盥洗，不像六十多岁倒像八十岁老头，其实高瘦斯文的他若能多点微笑多长些肌肉，谎称五十多岁也像的。小学老师五十岁就退休，夫妻俩玩遍世界，有些国家还去过不止一次。刷牙洗脸时，他在脑中挑选旅行纪录片，回忆一遍。去厨房倒一杯温水，慢慢喝下，再用妻子的鸢尾花马克杯装一杯温水，放在她的灵桌前。

说是灵桌其实是柚木饭桌，两边靠墙，谢老师把太太的照片垫高，前面放小香炉，旁边放小花瓶，养着长青竹。他放上那杯温开水，点一炷线香，坐下来，开始对太太说话：“有一年我们跟团去土耳其，你为了一个花瓶跟小贩杀价害我们差点被导游放鸽子，记得吧？我对你发脾气，真不该。那个花瓶放哪里去了，我找不到……”

类似小学朝会升旗典礼，谢老师的晨间谈话大约半个钟头，接着换衣服出门。八点左右，沿着附近河堤走路，弯进巷子，看小学操场上学生打球，总要看个十分钟，如果不是一堵围墙隔着，他真会冲去排解起了纠纷的学生。之后到7-11买报纸，最后到麦当劳吃早餐看报纸，每天都点猪肉满福堡加蛋套餐。熟识的店员多次建议他换口味，他不要，说："到我这年纪你就知道，改变是很可怕的事。"

吃过早餐，走一段路到菜市场买菜，一鱼两菜几个水果，回到家将近十一点。再花一个多钟头准备他与妻子的午餐。每天的菜色相近，只不过虱目鱼变成鳕鱼，高丽菜变成A菜，水果大多以软烂的香蕉木瓜为主。虽然很爱大西瓜，但小贩都以四分之一个为单位贩卖，他提不动也吃不了那么多。四分之一个大西瓜是家庭号，简直歧视他这种独居者。

太太过世后，自国外买回的漂亮盘子、大碗都送人。他用小饭碗装食物，饭一碗、鱼一碗、菜两碗、水果一碗，共两份，总共十只碗摆上桌。煮完饭累得吃不下，先歪在沙发看电视午间新闻，约一点钟，点香，招呼太太："该吃饭，鱼又煎碎了，真糟糕。"他一面吃一面看报纸，念一段新闻再评论一番给太太听，"真是胡搞"是最常用的语助词。照片前那五碗饭菜在线香缭绕中仿佛也被食用。有时，他会把不想吃的菜夹到太太碗里，像从前一样。

谢老师的下午过得很快，用过午膳，把自己的五只碗收到厨房，不洗，径自去卧室午眠。但自从楼上住了个小孩，他的午觉常被打断。公寓楼板薄隔音差，小孩跑步声或是拉椅子发出嘎嘎声，这些他不陌生，小学生每天都在制造这种声音，当时不觉得刺耳，现在听来像有人拿锯子锯他耳朵。有一回他火了，拿扫把头往天花板捅两下，安静了，结果换他有愧疚感：“不过是个孩子，皮一点也很正常，自己当一辈子老师怎么连这个都容不了呢？”自从那妈妈当了小区管理员，孩子大多在户外活动，楼板没声音，照说可以静眠，可他不自觉地会去听中庭的动静，那妈妈喊：“小可，你过来。”或孩子叫：“妈，你看，毛毛虫。”谢老师听着听着胡乱想一些小学自然课本的内容，松垮垮的倒也睡了个好觉。起来后，洗衣服或处理信件。六点钟，把太太的那四碗饭菜放入大锅子蒸，就是他的晚餐。饭后再把一天的锅碗瓢盆洗净，这是他最讨厌做的事，花去不少时间。之后看情况去河堤散个步，回来洗澡，差不多一天也就熬过了。

有一天午眠时候，忽然听到砰的一声，什么东西掉地碎了，接着有人按门铃。这种干扰从来没有过的，他戴上眼镜，有点生气。

一颗棒球落在前院地上，碎玻璃四散，那是去年临时用来当香炉插香的玻璃杯，换了新香炉后随手放在鞋柜上，现在碎了。谢老师愣住，接着辨识就是那颗球砸中玻璃杯。他的情绪往上冲，没来由地新加入一股很强的气流，就在他弯腰捡球时，时间的齿轮忽然卡住，被一根比头发还细的意念卡住，这意念来自灵桌上那张照片，有人必须决定谢老师盛怒中这一弯腰是血液冲破血管还是存下一丝善意给未来。

门铃又响，谢老师没开门，直接把球从矮砖墙上丢出去。他原想大声吼："这里是棒球场吗？"话到嘴边咽下，他知道门外是谁。都是新生，一个是等着进小学、以后日子不见得好过的气喘新生，而他也是新生，刚进入一所艰难的人生学校，学得也是气喘吁吁。学习，从来就不是容易的事。他想起一个有学习障碍的小男生对他说："老师，好羡慕你们大人不用上学。"他现在想对他说："我才羡慕你们，在学校有老师教，我们在外面没人教。"

门外，小男生怯声："谢老师对不起。"

往后几天，秀华怕遇到他。还好他们出入的时间都错开，也有可能彼此刻意回避。小男孩再也不敢丢球，大部分时间在家里看卡通。

秀华每天都闻到煎鱼味。她精于厨艺，从油烟闻得出那条鱼不新鲜。她很想告诉谢老师市场哪摊鱼新鲜，终究忍住。她是个缺乏自信的人，总是先行替别人做好判断：人家一定不喜欢她，嫌弃她。

有一天傍晚，她做出正确的判断。

五点下班，她回家整理垃圾，顺便帮五楼膝盖痛的阿桑家的带下来。垃圾车五点半到巷口，她看到谢老师家门外也有一包，一起提着奔去丢。这本不是她分内的，但她常常体谅他人顺便做许多事。回来时，听到谢老师屋内发出叫声："谁来啊，帮帮忙……"秀华按门铃，没开，判断出事了，情急下拿椅子垫脚翻过矮墙，看到谢老师倒在地上呻吟，旁边有呕吐物，虚弱地说："肚子好痛，吐好几次……"秀华立刻叫救护车，邻居围过来，有个五楼租客、长发年轻人二话不说跟着上救护车，临走，谢老师递来钥匙："我忘了瓦斯炉火有没有关。"

秀华接过钥匙。

在住户们的注视下，咿呕咿呕救护车开走。关于独居老人孤独死的临时研讨大会就在蚊子叮咬、手提厨余桶回收袋的状态下开了起来。秋天的天色缓缓暗下，空气像经过千万叶片扇出的香气稀释过，但还闻得到炒菜的油烟味，花木与人生的气流混合在一起，有时清新，有时不好闻。

秀华进屋，按亮灯，吓一大跳，没见过有人可以把屋子住得像回收场。报纸、书籍、衣服、箱子，四处乱放。大大小小的箱子本应用来整理东西，结果反而加强混乱，像镇暴警察变成杀手。一个人不整理屋子，最后会被屋子吞掉。

瓦斯炉上果然开着火，大锅里有四碗饭菜正在蒸，水槽里泡着好几只碗。她只见过清明扫墓把祭品用碗装，一碗一碗排着祭拜祖先，没见过有人这样吃饭。但待她看到餐桌上的照片与香炉时，明白一切，谢老师每天都在扫墓。

秀华回家晚餐后，再到谢老师家把屋子清理了，这花不了太多时间，但对一个还活在每天扫墓的老人来说，拾一张纸片都要去掉半条命。

临走前，秀华仔细地把香炉四周心事未了般的香灰抹干净。站着，合掌一鞠躬。此时看清楚照片中的人：站在参天神木下，笑得很灿烂，大大的眼睛，温煦的笑容，双手捧着樱花瓣，好像整个季节最美好的时刻就在她手上，好像信任这世界其实就是森林小火车，被善意推着往前走，一路呜呜呜地冒着赞叹的白烟。

她不知道她的名字，她也不知道她的名字。

这不重要，重要的是，那朵多年前在山林中绽放的笑容、双手捧着的樱花瓣，都是专程给秀华的，好像在说：

“家里这个老孤儿，拜托你了。”

2. 当Q遇到A

五楼膝盖痛的阿桑对面住的是租客翟先生，声音低沉有磁性，中等身材，常跑健身房锻炼，肌肉看来结实有嚼劲，一只耳朵戴银耳环，左臂三角肌有个船锚小刺青，据他说是寻找“灵魂的锚”，跟卡通大力水手波比无关。留一头披肩长发，发丝柔细偏褐色，阳光下颇吸睛，据他说可能先祖来台开垦时不小心沾上荷兰血统。苦恼的是，不时有人在背后喊“小姐小姐你东西掉了”。他对女性很尊重，但不喜欢被误认为女性，这会妨碍他的桃花运——同居两年的女友另谋高就，现在处于疗伤止痛的空窗期——毕竟他想交的是女朋友不是男朋友。那为何不干脆理个短发呢？他偏执地认为发丝是缪思寄放灵感的免投币置物柜，也就是缪思会在头发下蛋的概念——一般人只知道头皮屑，但他毕竟不是一般的人——理短了，破坏灵感，开玩笑，对搞创作的来说这等于是阉割。为了增加男性辨识度及雄风风力，开始留小胡子，没想到竟提高惊吓指数，那些在他背后喊“小姐”见他猛然转身竟有胡子的人，吓得像见鬼。

他行走艺文江湖多年，多才多艺，没有他不碰的领域，博得“艺文浪子”雅号，熟识的人都叫他“老Q”。Q指Question，每次跟他开会都需吃高血压药，他提的问题特多，不按牌理出牌，喜欢挑战制度，口头禅：“这没道理你懂吗？”出名地难搞。话说回来，艺文界哪一个好搞？都是怪胎。那些好料理的怪胎，只有两种可能：第一，修养已登峰造极；第二，没才气。问题是，哪个作家会承认自己没才气，所以第二种改为，除非他死了。

老Q的经济状况跟他的才气不成正比，没办法，这是不幸生在肤浅时代、身为作家的悲哀。为了申请一笔丰厚的奖助金，不得不耐着性子对付一沓申请表格，包括：计划大纲、创作理念、自传、预算分配单、运行时间表、推荐信、著作简介（每件作品需附三百字内容摘要）、切结书（若未如期完成需退款，若抄袭也需退款）、银行存折复印件、身份证复印件。除了未要求提供病历，主办单位把老Q的身家数据都掏光，让他不禁怀疑这奖助有警政署的经费在里面，为了抓通缉犯。老Q一面填一面骂白痴，须知作家最不耐烦的一是看说明书，二是写申请书。就在火爆脾气蹿至喉头之前，老Q对付完最后一张表格，叫快递把一大包文件送走。

次日，承办这个案子的年轻貌美女职员、大学毕业才四五年就学会摆点小架子的Anna传来简讯：“翟先生，还欠五张照片，× 日前补齐，逾期不受理。Anna。”

恐怕是酷夏太热了，尤其顶楼室内三十三摄氏度，烤箱等级，让老 Q 浑身像涂一层胶水般难受以致丧失修养（话说他本就没啥修养），简讯看两遍，眼睛着火，打电话找那位超级没礼貌不用“您”“请”，只留洋名的 Anna。也恐怕是办公室冷气太强、工作量太多，Anna 那超级冷淡的说话方式让人觉得她非常瞧不起你们这些靠申请补助才活得下去的文人。

老 Q 是这么问的：“我很好奇，为什么要交五张照片？”

“不需要好奇，申请办法第五条写得清清楚楚，你看不懂吗？”

老 Q 觉得他的肝脏像乌鱼子快烤焦了需翻面，继续问：“这没道理你懂吗？”

“不用跟我讲道理，规定就是规定。”Anna 答，她最讨厌讲话带一句“你懂吗”的人，好像他高高在上其他人都是个屁，更加冷淡地复述补交日期，切断电话，连一句“再见”都没有。

“哇靠，你谁呀，好大的官威！”

老 Q 踢翻一把椅子后，在一罐冰啤酒的协助下恢复冷静，接着对那罐啤酒说：“好，很好，非常之好，我们来交照片！”仿佛它是他的另一颗脑袋。

音响放的是“We will rock you”，我们要摇滚你，皇后合唱团，他的偶像 Freddie Mercury 主唱。这首运动赛事必放的圣歌激励老 Q 的斗志，他甚至学 Freddie 甩麦克风棍的姿势，只不过老Q甩的是扫把。三十分钟后，喊快递送去一张不多一张不少共五张费了一番工夫才找出的“侧面”照片，内附纸条：“希望这些照片能增进您对我的认识。”

次日，照片退回，内附纸条：“请交正面、脱帽两英寸照片。”

老Q大笑三声，遵从指示火速翻箱倒箧，又顺利地找出五年前参加示威游行头绑布条激动照、十年前水上摩托车露六块肌照、当兵时还没坐稳拍下的光头军服照、大学时烫爆炸头的愤青照、被他视为经典的高中学生证苦闷处男照，共五张“正面、脱帽”照片，再附一言：“我对您无所隐瞒。”

第三天，又退件了，纸条上写：“依规定请交最近正面、脱帽两英寸照片。”“最近”二字画红线打三个星号。

老Q立刻架好数字相机自拍，绑马尾、绑冲天炮、绑左右两边小甜甜卡通发型、左分抹油、右分抹油，他亲自送去，放在Anna面前。她正在讲电话，点个头，收下信封。老Q笑着搭电梯下楼，猜想明日一定会再收到退件，不管如何今天玩到这儿。接着约朋友吃晚饭泡小酒馆，过了午夜才归，开信箱时赫然发现原封退回，内附纸条：“相貌不统一，不符规定。”又括号写下一行字：“你看来很正常，何必把精神浪费在这种小事上，难道没有更重要的事吗？”

带着酒意的老Q叹一口气，遇到对手了，她那个A像尖牙正好刺着他的Q，刺得他心痒难耐，于是彻夜不眠，自拍一张咧嘴、一张撇嘴、一张露齿、一张挤眼、一张瞪眼如乍闻晴天霹雳状。天蒙蒙亮，骑机车送去。

Anna一上班看到熟悉字迹心头一热，几日来这位单身汉翟先生（她从资料上得知）把她弄得心浮气躁却又充满前所未有的刺激，至少至少，比其他申请者所附五张同样露出死鱼眼照片有“朝气”多了。她拆开信封掏出那些照片，笑得花枝乱颤竟把茶杯打翻，老Q的纸条只有五个字：“因为您值得！”字迹被水晕开，如五只眼睛正在放电，必须遮眼喊：“好强的辐射！”

Anna拨老Q手机：“请问您在附近吗？我要退件。”声音嗲嗲软软的，尤其“退件”二字，牵麦芽糖丝。

“又怎么啦？”老Q问，也牵麦芽糖丝，口吻像多年的老相好。

“嗯，表情不统一，看了好难受喔。”Anna说。

“好哇，如果您要退件，我就会在附近。”老Q慢悠悠地答，忽发奇想，“您希望我在您办公室对面咖啡馆点好一杯咖啡等您来退件，还是我亲自带那杯咖啡去找您呢？”他也开始挂语尾助词了。

Anna忍着笑，说：“才不要你来呢，我去。”

三十分钟后，出现在老Q面前的是一位笑眯眯、胖嘟嘟的总务阿姨：“安娜要我把信封交给你，然后说，带一杯咖啡回去，热拿铁不要加糖。”

五分钟后，Anna桌上放着那杯咖啡，她正在犹豫要不要喝，有没有被下药？忽然，一条人影停在她面前，披头散发、黑T恤黑长裤的老Q笑得灿灿的，以绅士手法打开蛋糕盒，里面有五杯一模一样的提拉米苏，温柔地说：“这么贵重的东西，我不放心托妈妈桑带回来，怕被她偷吃。还有，受了您的影响，我越来越喜欢一模一样的东西！”

Anna笑到弯腰趴桌，低声骂：“神经！”红着脸不好意思看他，故意装冷淡，丢了句：“明天最后一天，逾期我不管你喔。”

第二天中午十二点之前，毫无动静。Anna一面吃便当一面揣测老Q是不是放弃了？她摸出手机，没有留言，开始觉得那条照片规定莫名其妙，一张就够了干吗要五张，煮“味噌汤”啊？定规定的这个人脑袋瓜有问题。该不该打电话劝劝他？正在寻思之际，电话响了，老Q的声音：

“我正要拍照，是否有荣幸请您来现场指导，我就在一楼警卫室。”

Anna赶紧去化妆室梳发扑粉搽口红喷香水戴耳环，整一整衣服，嘟着嘴下楼。老Q绑个马尾露出一张还算俊的脸，小胡子充满挑衅与挑逗，难得穿上衬衫还是粉红色的，一副要上台领奖的样子，问：

“您觉得我笑好还是不笑好？”

Anna还没答先笑出来，这个人怎么这么逗啊？

“随便。”

“头发要不要放下来？都听您的。”

“随便。”

“我真喜欢听您说‘随便’。”

老Q教她操作相机，Anna是个好学生，听得很认真，还确认这样对不对那样对不对。“要照喽，一、二、三。”帮他拍下正面露五官没得挑剔的标准照。

照完，老Q说：“您今天好漂亮，我帮您照几张，让您同事嫉妒。”

拿相机的老Q一副专业架势，让人觉得他是摄影师正在帮时尚杂志拍封面，而你就是那颗Super Star。被他这么一拍，Anna甩发叉腰都有巨星风采了。接着，老Q温文有礼地邀请：

“小A，有没有荣幸跟您合照？”

Anna心中大叫：“好过分，竟然叫我小A！”骑虎难下，心想：“照就照嘛，怕你啊？又不会死！”

被抓差的警卫帮他俩拍照，快门按下那一霎，老Q搂了她的肩。

照完，老Q说：“我现在回家印照片，晚上一起晚餐，亲手交给您好不好？这样才不会逾期。”

Anna一听，也对，逾期不好。撇撇嘴，算是答应。

跟老Q合照当然不会死，会没完没了。

六个月后，这张合照印在喜帖上，旁边有个小标题“Q&A”，他俩结婚了。

3. 种马

一张淡粉红信封跟一堆银行对账单、广告函躺在黑暗信箱里，四天后才被一只烟熏味的手给掏出来。他是小章，一个不快乐的中年男人，最近都拖着脚走路，进公司像去地狱报到。

这沓信连同皮肤科、精神科药袋摊在茶几上两天两夜才又等到小章的手，这只手以王建民的金臂神力将玉山、中国信托、国泰世华、台北富邦、远东、台湾、华南……各银行对账单或信用卡账单一一投入垃圾桶。进行到这儿，累了，药袋压着粉红信封继续搁在茶几上，不久被报纸盖上，再不久报纸被外套盖上。

这半年来小章很不好过。交往一年的女友分了，原因很简单，一个以婚姻为前提进行交往，一个以体验为目的进行交往，他被“体验”过了当然就“结案”。结案后搬回父母家，两老一个轰炸他一定有缺点女生才不要，一个广发英雄帖安排相亲；一个说他要先通盘检讨改正缺点再去交友，一个说先交友再来“做中学——一面做一面学”。两老唯一共识：“你是独子，要负起责任。”老妈的手机里都是别人家的孙子照片，不知道的人看了以为她在网拍小孩，那是型录。有一天小章受不了，拍桌发飙：“我要负什么责任，我要负什么责任？一天到晚叫我结婚生子，有什么好生的，这种烂基因有什么好生的！”

话到嘴边留三分德，对自己父母不必留那么多，至少留一分半。都怪情场失意引发智力受损，才说出这么缺德的话，这是小章妈的诊断。同个屋檐下，父子越看越不顺眼，一个说：“我怎么会有这种儿子？”一个说：“我怎么会有这种爸爸？”夹在中间做妈的跟墙头草一样两面附和：“就是说嘛！就是说嘛！”

小章搬出父母家，租到寂寞公寓来。从此，在亲戚圈多了“毒子”封号。根据成语“虎毒不食子”，他父亲改成“虎毒不食父母”，老虎再毒也不会吃父母，而小章用毒舌食了父母。

"毒子"是他父亲给封的，像古代皇帝封亲王一样。

人真的不能衰，一衰就会再衰，"坏坏坏连三坏"，棒球场上的投手魔咒出现了，小章情场失意、家庭失和，接着职场失利。衰到极点。

人称"白目王子"的小章跟总经理八字相克，这是大家都知道的事。在服膺管理、追求绩效的老总眼中，小章不长进、跟不上潮流、缺乏斗志，是个旧零件。同样，在小章眼中，老总是工蜂楷模投胎转世，要逼员工爆肝、过劳死。

其实，老总追求的是管理的最高境界，老子"大音希声，大象无形"，这两句请书法家写下裱框悬于墙上，早晚膜拜，以志不忘。但属下们另有体会，说它活脱脱指的是网络世界、数字人间。老总崇尚数字生活几至五体投地，要求属下不论公私事都用 E-mail、Line、Facebook 联系，他认为活体人际、面对面言谈是阻碍文明进步的陋习，更是散发口臭、传播病毒的快捷方式，会导致人类灭亡。所以，五六十坪办公室在他统治下宛如五六公顷般"鸡犬相闻，老死不相往来"，这也是老子的理想。偏偏，小章不喜欢没有温度、没有肢体接触的"网球"——网络地球——他常常幻想把笔记本电脑丢入澡缸或是用手机打水漂这种没出息的事。

终于出事了。

一日，小章从电梯出来，迎面看见老总、同事陪着客户等电梯。小章眼尖，发现老总身上有个小瑕疵，心想："算了，管他的。"下一秒想："这不好，告诉他吧。"遂随他们又进电梯，找空隙要告诉他。

"老总……"小章低声呼唤，老总故意不理，盯着电梯降落灯号。

"老总……"小章压低嗓音，如间谍欲交换情报，"有件事可否私下跟你谈？"

电梯抵达一楼，门开了，老总头也不回，丢一句正大光明的话："有什么事Line我。"Line这个字要加重语气拉长尾音，再听一遍："有什么事Line——我。"

"白目王子"之所以永远成不了"白马王子"，在于抓不准应对进退的节奏又欠缺预测他人感受的能力。小章恨透Line来Line去，看了几个月的精神科都白看了，大声昭告天下：

"Line个屁，我只是要告诉你，你拉链没拉，老鸟跑出来了。"

次日，单位主管暗示他，"年轻人"要多多接触其他工作机会拓展可能性以备不时之需。

"他丢人算什么，你丢工作，开心吗？"小章在厕所对着镜子说。

“我算年轻人吗？”他拿这个无聊问题问无辜的精神科医师。医师的答复就像荨麻疹被治好一样不痛不痒：“跟其他病人比起来，你算年轻。”这什么回答？不痛不痒，但很白痴。

现在，外套被拿走，报纸被移开，小章拿起药袋吞了药，放杯子时看到那张淡粉红信封，点根烟，拆开，是喜帖，上面贴了一张合照，这不是老Q吗！小章惊叫，吓得连叼着的烟都掉了。

“真的假的？”

老Q与小章高中同班、大学同校，同样是NBA公牛王朝乔丹大帝的铁粉，球友兼摄影社社友，但毕业后各奔各的，最近六年音讯全断。老Q住寂寞公寓一号五楼，父母家住台北市北区；小章租在寂寞公寓七号四楼，父母家住新北市。这张喜帖简直像户政巡查员，由北区翟宅寄到新北市章家，再由章家改投递到台北市南区小章住处。老Q以为小章还住在新北市父母家，毕竟他是独子。小章以为老Q说不定漂流到哪个听都没听过的小国，搞不好被当地原住民同化在丛林里打猎。高中时老Q唾弃制度，向往背着行囊流浪，认为死在征服高山的路上是一种荣耀。小章相反，巨蟹座的他向往爱情、渴望女人、拥护婚姻。当老Q说男人最屌的是“醒握天下权、醉卧美人膝”时，小章用大吸管搅动杯里的珍珠奶茶说：“变态。”他认为最屌的是“三代同堂，子孙绕膝”。换老Q搅动杯里的绿奶珍珠说：“变态，你想当种马！”从此老Q喊他“种马”，后来修饰为“马”。当然这是两人的秘密典故，在小章的历任女友面前，老Q知轻重守规矩，叫他“小章”，免得真的妨碍他播种的机会。

现在这张喜帖像中度台风以十五级风力扫荡小章的脑袋，他自言自语：“一定是诈骗集团，打电话去问？不行，电话是假的，接电话的一定是他妈妈，他妈妈也是假的。都六年没联络了还发喜帖给我，天女散花呀！可是，万一是真的，表示他心里还有我这个人，我们曾经那么好，他想跟我分享喜悦而已。嗯，不可能，诈骗的成分比较高。”

小章就这么踱来踱去整夜没睡（本就有睡眠障碍），最后，写一封信附一张支票寄给老Q。信是这么写的：

老Q：

命运开我们玩笑，想当浪子的你被俘虏变成家禽家畜，立志结婚生子的我变成爱情厨余，在馊水桶里挣扎。幸运之神眷顾你，它的兄弟厄运之神目前跟我住在一起。我被老爸老妈赶出来，医生诊断我有焦虑症，七家银行借钱给我吸我的血，我的主管暗示我有机会要多多接触其他公司以备不时之需。老Q，虽然结婚不是什么大事，照规定还是要庆祝的。但，我的精神与财务状况让我反应迟缓，无法实时为你庆贺。内附支票乙张，兑现日期在明年此时，就当作一次考验吧，如果明年此时我还活着，这支票会兑现；如果明年此时你的婚姻还在，支票也会兑现。

不管你结婚是不是真的，老友，干杯吧，你朝着光明，我朝着黑暗，让我们继续前进吧！

小章要骑摩托车去邮局寄挂号，正戴上安全帽，忽然听见有人大喊：

“种马！”

一看，竟是老Q，两人露出笑容，大大地拥抱、拍背，同时问：

“你怎么在这里？”——脑子里各自跑出答案，老Q认为小章特地来祝贺他，小章认为老Q特地来关心他。

这一刻起，小章家的厄运之神被幸运之神用狼牙棒狠狠地打一顿之后，赶出去了。

4. 膝盖桑与桶柑的共伴效应

五楼那个膝盖痛的阿桑，有严重的家庭问题。

话说从头，我们就叫她“膝盖桑”——反正她自己或是邻居都不在意名字，见面第一句话不是“恭喜恭喜”而是“膝盖膝盖”。

她家本来人口简单，老夫妻加上成年未婚的一儿一女，几年前又加了一口，是条狗。这几年忽然猫狗的社会地位提升起来，“毛小孩长、毛小孩短”叫得亲热，整个社会变得毛茸茸，而且基于爱心要认养流浪猫犬。

有一天，膝盖桑女儿的爱心指数破表，没经过家庭会议带回一条被弃的柴犬，毛色褐黄掺咖啡黑加一点奶泡白，是柴犬中姿色较差的母狗，结过扎，皮肤病刚好。大家都同情它的遭遇，一点也不在乎它的外貌，只有膝盖桑发表缺乏爱心的言论，说：“看外表就知道会有这种遭遇。”其他三人同时瞪她，好像她是异类。

没人知道狗的名字，它自己也不会讲。给个新名字等于帮它改运，命名过程很慎重，只差没给祖先上香禀报。本来要叫“拿铁”，恰巧那天膝盖桑买了阳明山桶柑，而且是经过锈螨咬过、果皮像火烧的“火烧柑”，大家觉得和那狗的毛色很像，基于强烈的本土意识，无异议通过叫它“桶柑”。江湖上有个说法，四口加一犬，成“器”，大吉大利——这个听听就好，照这么说，一人养犬叫“吠”，两人养犬岂不是要“哭”了——不过，什么好道理落到膝盖桑家都会歪掉，“器”音还在，变成“气”“弃”“泣”。

怎么会这样?

膝盖桑不喜欢狗，她是这个家唯一反对养狗的，却变成唯一照顾狗的人，喂食、洗澡、管教，都归她。当然，她的照顾法要是说出来恐怕会招来爱狗人士批评。她把狗当人养，不，当猪养，甚至把老伴喝剩的雅培安素、桂格养气人参倒给它吃。桶柑肠胃出问题，女儿粗声粗气地问:

“妈，你给它乱吃什么? ”

膝盖桑口气也好不到哪儿，说:“没有啊！我人都快顾不动了还顾狗? ”

老伴跟膝盖桑处得不算好，老夫老妻吵的都是老掉牙的事，但他跟桶柑处得不错，右手不是拿放大镜看报纸就是摸顺桶柑的毛，早晚各一次带它散步，帮它捡大便，一面走一面抽烟，状甚悠闲，对它讲话轻声细语，简直把桶柑当小三。这些，膝盖桑都看到眼里。

桶柑不听话时，膝盖桑曾拿拖鞋打它，这事露了馅。有一次，女儿见到一只大蟑螂，拔下拖鞋举得高高的，一旁的桶柑竟出现惊恐表情，躲到餐桌底下。女儿虽不照顾桶柑，却能跟它心心相印，当下猜到桶柑受到不合理的对待，高声质问：

“你是不是打它？你打它对不对！超级没爱心。”一把抱起桶柑进自己房间，门重重地甩上。

膝盖桑回呛：“你去告我家暴呀！”

说到两个子女，膝盖桑如果是个编剧大概可以编出十集剧情，但因为他们家都是大嗓门，等于直播，左邻右舍实时掌握剧情，不耐听回放，总没能让她畅所欲言。

简单说，姐弟除了养狗这件事意见相同，其他的事都严重不合，勉强再加上，都不照顾桶柑却嘴巴说爱，这事也合。吵得最凶是老爸住院病危期间，女儿的意思是万一危险放弃急救，让老爸平安地走；儿子相反，要极尽一切医疗手段延续老爸生命。基于重男轻女铁律，儿子拍板定案。老爸被成功地救回来了，拖着鼻胃管、导尿管回家，躺在床上一声声呻吟、哀叫，鼻胃管被他拔了两次，不得已把尚有力气的右手给戴上乒乓球拍型的手套，以防他再拔。

这前前后后照顾的都是膝盖桑。女儿赌气不想管，遇事就撂话：“你去问你宝贝儿子呀，我们女生算什么？”儿子一天到晚出差（也不知真假），再者，说是正在穷尽洪荒之力追求一个条件很优的女同事，看能不能赶在老爸怎么样之前订婚让他“没有遗憾”。人家他忙这么了不起的婚配业务，有时间压力，当然无暇管小事，再说，照顾病人一向是女人最擅长的。“我去照顾，那是害爸爸，你也不放心对吧！”讲这话，膝盖桑乍一听很有理，再一想，真是：“去他妈的。”更一想：“他妈不就是我吗？骂他不就是骂我自己吗？”心里怄得不得了。

事发那天早上，女儿上班去了。膝盖桑看老伴闭眼休息，想去菜场买菜顺便逛逛市集，来回一个多小时，应该没问题，这之前她也出去过，没事。

拉着菜篮车临出门，听到房间有哀叹声，她进去跟他说：“我去买菜，你想吃什么？”明知道他插鼻胃管还这么问，实在是几十年老习惯没想那么多。老伴缓慢地摇头，又闭上眼，膝盖桑把乒乓球拍手套解开让他的手透透气，再问几次，他都没理。膝盖桑知道他在气她，老夫老妻了，一个眼神一个表情，什么意思都明了。他在气她为什么把他救回来，那以前交代的病危处置都白讲了。膝盖桑之前就跟他解释过：“是儿子做决定的，我也没办法……”

哄病人的话不是膝盖桑擅长的，什么软话经过她的喉咙都变硬的。这一天她自己的心情也很低落，看老伴闭眼不理她，积了一桶的馊水情绪满出来，说话喷了火星：“我有什么办法？

我也有年纪了，膝盖不好，高血压，你们每个人都嫌我，我连桶柑都不如，最好等一下我出去给车撞死算了！”临出房门再补一句：“我撞死了，你们就开心了！”

膝盖桑一把鼻涕一把眼泪出门，不像一个准备要给车撞的人，因为她拉着菜篮车。两个小时后，她返家，第一件事进房间，看到老伴趴倒地上，鼻胃管、导尿管都拔掉了，桶柑发出哀鸣。

多强的意志啊，竟翻过医疗床的围栏摔下来。管理员秀华帮忙叫救护车。两天前出差的儿子再次见到老爸，是在急诊室。他赶到时，老爸刚走，面容安详，他哭得最大声，一迭声：“为什么会这样？为什么会这样？”惊动警卫奔过来，那阵子发生一起莽汉冲进急诊室殴打医生的案件。警卫看到是个跪在地上的孝子，松口气，摇摇手跟同事说：“没事没事，是死人不是打人。”

膝盖桑怀疑，一定是桶柑帮他的忙。告别式后，膝盖桑拍打桶柑屁股低声问：“是你干的对不对？对不对？”又摸顺它的毛，说：“唉，谢谢啦，他现在解脱了。”膝盖桑很感激桶柑没把那天她说的气话说出去，接着，想起它是狗只会汪汪，骂自己“老糊涂”。

桶柑知道老主人不见了，常趴在他固定坐的椅子旁，张着无助的狗眼望向遥不可及的远方，食量也减了。膝盖桑看它这样念旧情，对它的态度转好，毕竟，跟那两个子女比起来，桶柑的表情哀戚多了。

不久，儿子跟女友在外租屋同居，房东不准养宠物，搬出去之前，交代老妈：“好好照顾桶柑，看到它就想起老爸，心痛啊！”

再不久，女儿受不了她一天到晚问：“为什么不去嫁？我要帮你做饭洗衣服到什么时候？”答以：“让你有事情做才不会失智，一点都不懂人家的孝心。”

膝盖桑的血压飙高：“我做牛做马比不上一条狗受宠！”女儿答：“你又不是宠物。”

“你听听，她竟然说我不是宠物！”膝盖桑向菜摊老板娘投诉，旁边支着耳朵听八卦的妇人忍不住给了评语：“你确实不是宠物。”

女儿也搬出去了。

膝盖桑进入“空巢期”，几乎天天以泪洗面。桶柑在她脚边绕来绕去，膝盖桑一面哭一面叫它“坐下”，桶柑坐下来又站起来，如是数回，很不安的样子。膝盖桑忽然觉得，桶柑说不定是老伴上辈子的妻子，这生来做他的小三，只不过修行不够没变成人。这样说来，她们俩算是情敌，不，算原配与妾。

膝盖桑叫桶柑“上来”，拍拍自己的膝盖，桶柑跳上沙发，把头搁在她的膝盖上，一人一狗呜呜地发出互相安慰的声音。

膝盖桑学老伴一日两次带桶柑去散步，帮它捡大便装入塑料袋带回家，也舍得花钱买好一点的狗粮给它吃，把桶柑当成老伴的小三看待，有时对它说：“以前对你不够好，抱歉啦。”有时搂着桶柑掉眼泪：“我很想他，你想不想啊、想不想啊？”

十岁的桶柑相当于人类五十多岁，也不年轻，除了白内障，有条腿显得较无力，走起路来有点瘸，真是老狗样。膝盖桑的膝盖也越来越严重，但是下楼梯时，膝盖桑心疼它，一手抱它一手扶栏杆，慢慢下楼。

小区的人都喜欢桶柑，它成了每日在中庭晒太阳的老猴团一员，方圆五公里内的人都知道这只忠心耿耿的老柴犬跟膝盖桑形影不离。

刚开始桶柑衰老少食，后来倦怠无力，病得明显，膝盖桑打电话叫子女回来带它看医生，一天拖过一天，没人理，不得已，拜托秀华带去。医生诊断是肾脏毛病，熬不到两个月，桶柑在膝盖桑诵念佛号声中，走完狗生。

桶柑的后事是对面邻居老Q帮着办的，备极哀荣，老猴团都去了，还请人诵经，真像一群白发人送黑发人，不，是一群无毛的送一只有毛的。诵经时，膝盖桑的眼泪没停过，大约是想到以后自己死了不可能有人真心哀悼她，像是预先为自己备一些哭粮般，让人分不清她到底在哭人还是狗。

桶柑走后，膝盖桑凡是看到别人遛狗，都会去搭讪，顺便炫耀桶柑如何聪明、贴心。逢年过节去龙山寺礼拜，也会求观世音菩萨，下辈子让她做一条狗。

5. 命运共同体

自号“永远的流浪汉”的王查理跟太太袭袭结婚不到两年宣告分居，说是给彼此放“婚姻病假”。朋友们关注怎么回事，两人笑称得了“良性婚姻肿瘤”，需要分开休养。王查理换了身份，“已婚单身贵族”，还真的印在名片上。王查理的父母从寂寞公寓搬去电梯大楼跟另一个有成就的儿子住，这儿就给没成就的儿子度日了事。王查理没家累，所以一点也不累，下了班，该去的地方一定去，不该去的地方也兴高采烈地去了。

夜路走多，终于碰到附账单的性爱设计师。

他收到光盘，一看，全身血液逆流差点像开香槟——软木塞飞射，气泡喷出一条蛇形——王查理一手捂嘴一手捂裤裆只露出两颗无辜眼球看完两分二十五秒的性爱秀。那女的是谁他根本忘了，但男主角确实是本尊无误。他口干舌燥、心脏咚咚地鼓动，在这千钧一发之时，他做了一件天底下再怎么蠢的男人都不会做但最后证明是睿智的事——伸出颤抖的手，打手机给裘裘："老婆，老婆，你快来救我！"

三十分钟内裘裘飞车赶到，钥匙往桌上一扔，摘下太阳眼镜，笔记本电脑移过来，三秒内立刻明白事情闹大了。她够冷静也够犀利，抓起茶几上杂志，慢慢地慢慢地卷成扎实的油条状，狠狠地朝王查理的脑袋挥去：

"你猪啊，你猪啊，猪都比你聪明！"

王查理抚着后脑勺红着眼眶，跪下来：

"老婆，我什么都交给你，我爱玩我乱玩我混账我承认，可他们别想诈我一毛钱，我身败名裂没关系，我去坐牢无所谓！"

裘裘又用硬油条抽他："坐什么牢？你是受害者耶，你给她'干活'你坐牢？你头壳坏去！"再补一抽，把硬油条往阳台扔去。

这时，她看到桌上拢着一小堆存折、印章、金融卡、金手链、名表、房屋土地所有权证，裘裘感动地捧着王查理的脸深深一吻，顺便用袖子帮他抹去脸上泪珠。结婚以来两人大吵小闹不断，常常为了家用你出多少、我出多少争执，从未像此刻感到彼此相融，真的有"命运共同体"的 fu（feel），这才是婚姻的真谛啊！裘裘也难得地掉了一颗泪珠，温柔地说："有我在怕什么，把你的胆子掏出来。"

确实，男人就是学不会在正确的时间掏出正确的器官。

果然，手机响了，一男子自称是那女的丈夫，连珠炮骂三字经，若是胆小之人必被他吓得手脚俱软。他威胁要将光盘分赠给王查理的"老"字辈亲友团：老婆、老板、老子、老娘、老友、老邻居、老师，除非——他提到五十万遮羞费。

江湖在走，规矩要懂，依"体格"决定"价格"、"时间"决定"金钱"的原则，这价钱开得太离谱了。

裘裘接过电话，以近乎家暴的泼妇气势吼回去：

"你给我听好，我就是他老婆，你要敲诈也专业一点，拍得模模糊糊也敢要五十万。那女的未免太会演，叫得跟凶杀案一样，我老公什么德行我不知道吗？你给我五十万，我跟他拍清楚的给你！"

裘裘挂断电话。原先跪在地上的王查理一跃而起，全身充满力量，左勾拳、右勾拳还踢个弹簧腿，发出李小龙式的哇啊哇啊声，接着抱紧裘裘，左亲亲右亲亲，说："老婆，你好强！"

他俩同时想到开香槟，没香槟汽水也行，没汽水啤酒也行，啵啵两声，仰头一灌，王查理怯怯地问："老婆，我真的有那么糟吗？”

裘裘瞪他一眼，忍着笑。没想到两人这一对眼，百年天雷勾动千年地火，接着地动山摇，直到天黑才战死在床。

没多久，裘裘搬过来，她觉得这里的气场很强。从此，婚姻肿瘤消了，两口子恩爱得不得了。

6. 桑树上的月亮

这阵子钓虾场的生意不大好，琴美的心情也跟着荡到谷底。

还不都是那些大老板害的，搞什么黑心油被抓包，一时之间群情沸腾大家都变成“食安纠察员”，什么面条有问题，香肠不能吃，猪血糕不要碰，这下好了，台风尾扫到海鲜，第一个点名泰国虾有药物残留。钓虾场钓的就是泰国虾，不然咧，钓高丽菜吗？

那些钓客钓了虾，大多是现场料理，自己用烤箱烤来吃，或是花一两百元料理费叫厨房炒胡椒虾、盐炒啤酒虾，三五人配啤酒吃光，很少带回家的。钓费第一小时三百元，以后每小时两百五十元，花个三小时八百元钓起来的虾不能吃，那他还来真的就叫头壳坏去！不如去河边钓吴郭鱼，反正不敢吃，钓好玩的何必花钱。

钓虾场是琴美舅舅开的，规模不大，两窟虾池，大多是熟客，生意过得去。人手都是自己家族，琴美负责柜台，管账管内场一切杂务，她虽然个头不高相貌普通，喜欢一切金光闪闪、bling-bling 的饰品，爱穿荷叶波浪短裙，脚蹬高跟凉鞋，貌似工地秀首席伴舞，但人品端正办事利落，比管外场的她表哥还管用。“琴美”两字念快一点，音似闽南语“蟳仔”，小学就被臭男生叫“蟳仔”，果然她也像蟳仔有两只大螯能决断，碰到“虾品”差的钓客，抛竿起虾时跟人有纠纷——要知道那些行家一个比一个龟毛，有自己的“仪式”，钓虾场没办法弄包厢，要是左邻右舍人不对，很容易冲突——还需琴美这朵香喷喷红花软言好语去哄一哄，把毛摸顺。那男人为了在女人面前展现“阿莎力”（日文 Asari，干脆）与“抛饵”（power），拼命消费，扳回面子。男人跟池里的泰国虾一样，吃饵，不吃拳头。

琴美心情不好，跟她老母有关。

琴美的兄弟都在家乡，老母在两个儿子家奔波，跟驻军一样每月换防好不辛苦，接着老母的行为脾气变得怪怪的，诊断是早期失智，这下大家的脸色更沉。琴美看老母过得连狗都不如——那些被捧在怀里的毛小孩可不需要每月换地方住——看穿两个哥哥没种，胸脯一拍，将老母带来寂寞公寓跟她住。反正她没结婚，不需看谁脸色。钓虾场是舅舅的，也好办，琴美老母就在厨房打杂，舅舅给这个姐姐一点零用钱，老人家也高兴。人老了，没有经济支配权步步靠别人，即使是自己子女，靠起来也很难堪，靠没多久就会觉得自己根本是废物。

每天琴美骑摩托车载老母上下班，像未婚小妈妈载老小孩上学。这本是琴美这个孝顺女儿乐意做的，但最近，老母的病情加重，常常自作主张做一些离谱事，虽说钓虾场是舅舅的，别忘了还有一个难搞女人叫“阿妗”（舅妈），两个眼睛金朵朵看着呢。

起因是一件纠纷，有两个钓客大声嚷嚷起来，琴美听到声音赶紧去处理。两人坐得太近，其中一个是生手，抛竿起虾不懂规矩，钓线跟人家的缠在一起。要知道这里是计时收费，清理钓线的时间都是钱。琴美只好暗中跟一个说多给二十分钟，把另一个调到别处去钓。回到柜台，老母从厨房走来问：“按怎？”琴美随口说：“炒米粉啦！”老母说：“喔。”

这个“喔”，“喔”出问题了。“炒米粉”是钓虾场术语，指钓线缠在一起状似炒米粉。像钓虾场这种不单纯是花钱买娱乐这般简单的场所，有些禁忌的，衰尾带屎的话不能明讲，好比管计算机的信息部门会悄悄放一包“乖乖”一样，有些话有些事用暗语，不要戳破，就怕一戳戳醒瘟神，它有一就有二，没完没了。老母不会不晓得，但当下，她的脑袋里不知刮起什么旋风，返回厨房，干起活了。

阿妗大嚷，琴美冲进去，看见大水盆里泡了米粉，五包，老母要炒米粉。

阿妗比金刚鹦鹉还聒噪，状似老母放火烧房子。老母被骂，无辜的表情让琴美很难受，五包米粉两百多块有什么好嚷的，但人性就是这样，他要是看不惯或看不起你，即使一片叶子掉在肩膀他也会说成刀子杀下来，而被看不起，那真的是被人当作蚂蚁用拖鞋去踩还压磨几下的事。

能怎么办？头发湿了只好洗下去。琴美憋气忍泪，卖力炒米粉，三十分钟后，搬一大盆炒米粉到用餐区放在桌上，正要扯喉咙喊“虾汁米粉一碗二十元”，忽然一条身影站在她面前，叼烟，打开皮夹抽出一张五百元，说：“算我的。”接着转身对钓客大声宣布：“兄弟，食米粉，我请。”

这个七字怪人算熟客，一年前阿舅请他来装潢，从此一个月总会来一两次，绰号“阿金”“金条”，叫他金条的人比较多，琴美为了汇工程款知道他叫徐长金。一头自然卷头发，烟酒槟榔三合一，看起来是个古意人，话不多，也不跟谁套交情，自备钓竿与饵。偶尔带朋友来，大多自己来。钓技不错，三小时下来收获三十多只，有人问他诀窍，他回：“我跟虾子能沟通。”

一大盆米粉即刻扫光，厨房里多的是虾汤，米粉吸饱鲜味，不好吃才怪。这下阿妗没话说了。琴美当晚回家抱着老母哭一场，老母越是自责“我怎么这么笨”，琴美越是哭得大声，哭到老母糊涂：“我是死了？你怎么哭这么大声？”琴美破涕为笑。打电话跟金条道谢，金条说：“我做粗工的讲话直接，每个家族都有一个疯女人。”

琴美哈哈大笑。自此对金条印象大好，他来买槟榔时多塞一两粒给他“沙米苏”（service日文发音）。反正这个世界就像虾池，明的暗的谁看得出，天知地知你知我知，顶多再加一个虾子知。

三个月后，台风刚过、钓客清淡的黄昏，金条对琴美说：“我们两个要交往一下才对，你是美、我是金，美金呢。”

“我结婚了。”琴美说。

“嚎哮，我有探听，我们同故乡。”

一比对，果然同乡不同村，人脉牵来绊去，还不乏共同认识的人。人不亲土亲，这下子土亲人更亲，不多久，大家都察觉琴美与金条这两个人可能有暧昧。

但这只红蟳仔正式被金条钓走，还是跟炒米粉有关。

某假日，金条来寂寞公寓坐坐，该说的话都说完，该喝的乌龙茶也喝完，该抽的烟也抽去好几根。琴美老母一直在屋里走来走去，一下子收衣服一下子帮热水瓶加水一下子整理回收，忽然问琴美：

“晚上煮什么？”

琴美答：“炒米粉。”

老母说：“啊，冰箱没葱，我去菜园看看。”

话说管理员秀华勤快，把谢老师家旁边那块空地整理成小菜园，种些大家用得到的辛香料，辣椒、九层塔、葱，倒也一片欣荣，小区若有人临时需要自去采摘。

老母前脚一出，两人一跃而起，进房，门一锁，正要抛竿入池，怎料老母返回敲房门：“晚上煮什么我忘了。你在做什么，为何锁门？”

“炒米粉。我在忙，你去拔葱。”

“喔。”

老母匆匆出门采葱，房里这两个匆匆办事，漏了防护措施，一个多月后，浮标动了，讯号真的很强，一尾超级泰国虾在琴美肚里。顺水推舟，奉子结婚。

婚后的琴美、金条与老母同住，人逢喜事精神爽，一副红膏赤舌，连老母也丰润许多。金条家里的长辈都不在了，对这个岳母很尽心。琴美辞去钓虾场工作，在家带孩子，老母当她助手。能干的她，也当起金条的助理，凡是跟客户、建材行联系的事，有她就搞定。两人都不喜欢都市，盘算将来回乡发展。

如果不是老母的病情走下坡，这个“将来”不知是何时。琴美与金条的儿子三岁那年，他们已无法一天到晚去找走失的老母。金条是个好女婿，打听家乡有家赡养院不错，决定先让岳母住进赡养院有专人照顾，他们也朝返乡的方向规划。为了让老人家不要有被遗弃的感觉，入住之前，金条常开车载一家人到赡养院溜达，几次下来，老母对那地方有熟悉感，也认识不少人。

那阵子民宿很夯，金条打算将来整修荒废多年的老厝，除了自住也能拨出两个房间做民宿。琴美够能干，可以在家带孩子顺便照管民宿，金条仍去做装潢，两人联手打拼，一个家就能稳稳地站好。

秋老虎还在发威的时节，金条一家护送老母去赡养院入住。老人自然而然跟着已熟识的照护员去做运动。傍晚时分，金条开车回到自家老厝。

停好车，先到附近巡一巡，迎面驶来一部白色“奔驰”，摇下车窗叫：“阿金仔！”金条一看，原来是小学同学阿福，二十年没见。

两人拍肩、说干话，阿福叫琴美“嫂仔”，逗逗孩子。阿福做砂石生意，看来很发达。两人交换名片，互道：“老大，多照顾。”

阿金问他怎会走入这一行，阿福说：

“你介绍的啊。”

“我什么时候介绍？”阿金一头雾水。

“你忘了，小学时我们打架，你把我压在地上吃沙，我吃了觉得沙子蛮好吃的。”

“干！要再来吗？”阿金大力拍他肩膀，两人仰头哈哈大笑，好像打架是昨天发生的一件快乐的事。

“我们为什么打架？”阿金问。

“哪知？吃饱太闲。”阿福答，他真的忘了。

阿福离去，阿金觉得恍如昨日。

“你小时候常打架啊？”琴美问。

“怎么可能，我很乖的，厝边头尾有名的。”阿金抱起儿子，刻意说：“不可以打架喔！”但又小小声加一句：“该打的时候还是要给他打下去。”

对那次打架似乎还有一点印象，怎么起因的却模糊了。他想起后来躲到桑葚树上，这一想，便往后院方向去，不知那棵树还在不在。

树还在，老样子。

他把儿子抱高，让他往树干分杈处爬，琴美托着他，小孩很乐，阿金告诉儿子："爸爸小时候爬过这棵树，在树上可以看高高的喔。"

阿金发现地上有好几颗土番石榴，寻到桑树边果然有一棵番石榴树。他蹲下来点烟，呼出一口雾，疑惑这棵番石榴树谁种的，为何他毫无印象。

记忆的闸门打开，有一些感觉袭来，忽浓忽淡，把他缩小，缩回到那一个夜晚。他记起不知散在天涯何处的阿郎哥一家，记起在他家前院拔起不知什么植物带回来，哭着带回来。

难道就是这棵番石榴树？会把它种下的，除了阿嬷还有谁？这么说，当天发生的事，也需要很多年后才能得知全部的情节。譬如，多出一棵番石榴树。

"啊，也长高了。"阿金仰头看着土番石榴树。

悲伤、痛苦时候种下的不起眼东西，竟然也会默默地开花结果。阿金摘下一颗，咬一口，真涩，但是土番石榴的香气就是这么独一无二。

"我爬树树咧，我爬树树咧。"小孩很乐。

"在树上看到什么？"琴美问。

小孩扭着小脖子东看看西看看，伸出手，指着遥远天边一枚刚出现却是永远存在的白色淡影，说：

"月亮。"

后记

简媜

“人生是等待收割的田地。”[1]

用彼得·汉德克的这句话来总括这本小书是适当的。周围的蓊郁人生太猖狂，收割了几个小人物故事，他们在各自的寂寞里载沉载浮，看似彼此不相涉，但终究在同一块风吹雨打的田地里。

写着写着，我竟然喜欢起自己创造的人物，尤其是那个在同一天里努力地打架、哭泣、看到猫头鹰的小男生，我甚至被这段情节疗愈而有感，说不定我们蜷缩在自己的寂寞里的时候，

[1] 引自纪录片《彼得·汉德克：我在森林，晚一点到》（*Peter Handke: In the Woods, Might Be Late*）。

都有一只专属的猫头鹰飞来，只是没被发现。

但愿我的拙笔没辜负这些人物，也许他们真的存在于某个时空，用超出我能想象的器械继续捶打不平整的人生。

谢谢简熙，他慷慨地让我使用精彩的画作，蓬荜得以生辉。

作为持续阅读小说获致无上狂喜的人，本书亦可视作一个不带地图的登山客的朝圣之行，于磨破脚跟的徒步中，向留下巨著的大师们致敬，感谢他们曾在不为人知的暗夜里，用小说拯救了我。